鏡の花

道尾秀介

集英社文庫

鏡の花 ● 目次

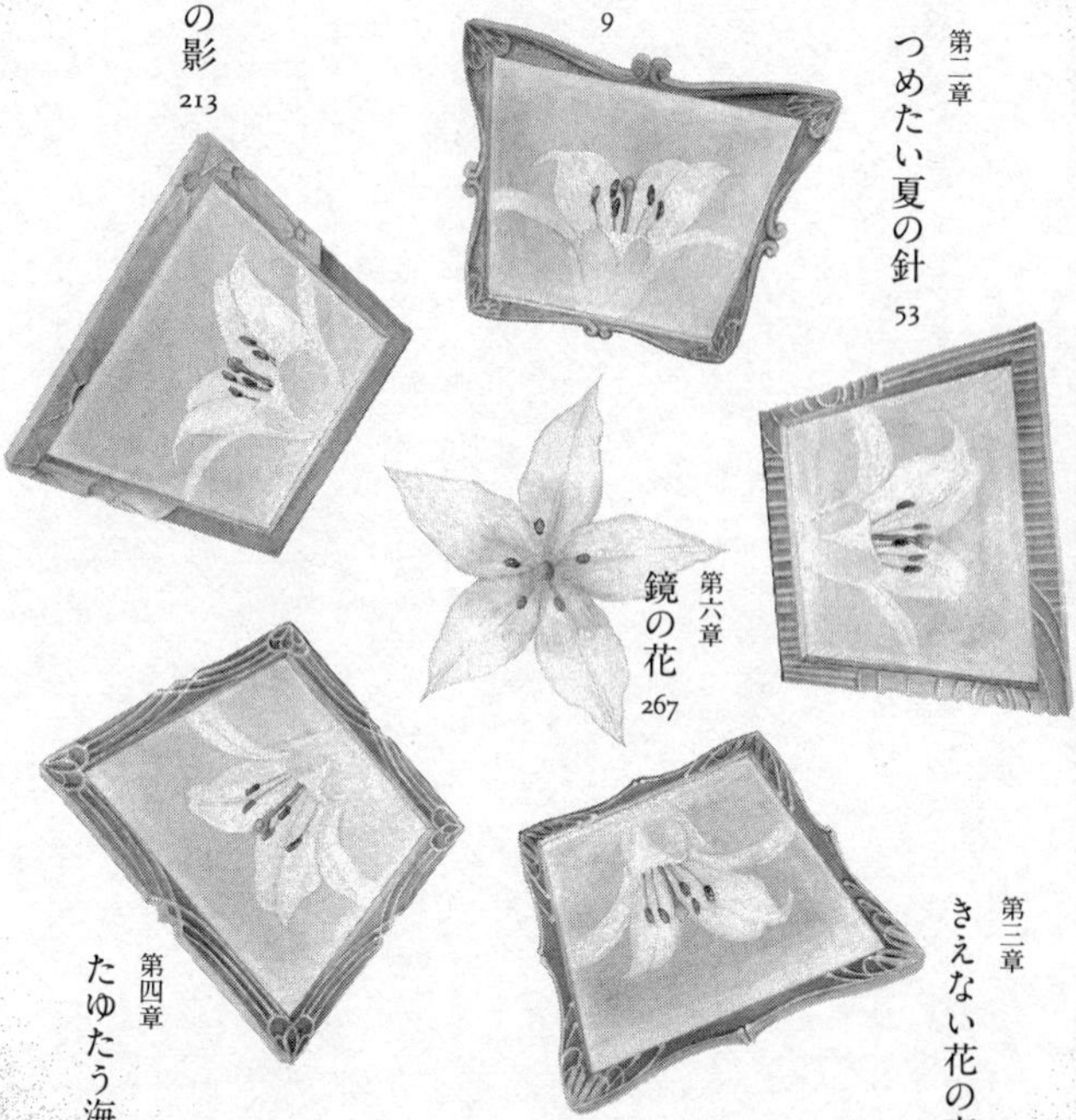

鏡の花

ならば　とまるがいい
あなたが選ぶ　その花に
——ステファン・ミラン『夢の花たち』

第一章

やさしい風の道

（一）

「あんた、おつかい？」

　バスで隣り合わせたおばあさんが顔を近づけてきた。にこにこと顔を横皺《よこじわ》でいっぱいにしながら、まるで覆い被《かぶ》さってくるような感じだったので、章也《しょうや》は肩を引いて首を横に振った。

「べつに、おつかいじゃないです」

「そいじゃ、お友達のところ行くの？」

「買い物。文房具とか、そういうやつ買うんです」

　あらあ、とおばあさんは急に上体を引いて、怖いくらいに両目を見ひらく。

「偉いのねえ、ちゃんとバスん乗って。お母さんもお父さんもいないのに」

「二人とも、ずっと前に死にました」

「え」

バスが減速し、停留所に車体を寄せる。

「死んじゃった」

章也は立ち上がって通路を駆け抜けた。後ろでおばあさんが何か言ったが、聞こえないふりをしてステップから跳び降りた。――が、歩道に着地した直後、あとから降りてきた姉の翔子《しょうこ》に頭をばちんとはたかれた。

「いって！」

「何で嘘《うそ》ばっか言うのよ」

「いいじゃんべつに。知らない人だし」

「あたしたち買い物に行くのでもなければ、お父さんだってお母さんだって、ちゃんと生きてるでしょ」

「うるさい」

舌打ちをして、章也は周囲の景色を眺めた。視界の上半分に広がる春の空は、薄曇ってぼやけている。さて、目的の家は、どっちへ行けばいいのだったか。

「お姉ちゃん、バスがとまる前に、もうあの家過ぎたっけ？」

「教えない」

「おばあさんに話しかけられたから、窓の外見てなかった」

「知らない」

「なんちゃって。ほんとは憶《おぼ》えてるもんね。まだあの家は過ぎてない。だからこっちだ」

遠ざかるバスの尻が見えるほうへ、章也は歩道を進もうとしたが、翔子の口許《くちもと》がにやっと笑ったのを見て、くるりと方向転換した。

「こっちだ」

ここのところ雨が降っていないので、道路脇《わき》に広がる畑は土の表面が乾いて白《しら》ちゃけている。まだ大きくなりきっていない葉が、肩をすくめた外国人の行列みたいに、遠くまでずらっと並んでいる。

「これ何の葉っぱ？」

「なんか野菜でしょ」

「いつ食べられる？」

「知らないわよ。何でも訊《き》かないでよ」

仔犬《こいぬ》がじゃれつくように、春風が翔子のスカートをひらひらと揺らした。

「こないだね、また新しいの考えたよ。新しい話」

へえ、とだけ答えて翔子はこちらを見ようともしない。しかし、横顔がなんとなくつづきを待っているようだったので、章也は話すことにした。

「コロコロローラーってあるでしょ、髪の毛とか取るやつ。ある女の人がね、猫を飼っててね、その猫の毛が落ちてるのが気になって、いつも床とかソファーをコロコロやってんの。でも猫の毛ってどんどん抜けるでしょ。だからだんだんイライラしてきて、そのうち女の人は思いつくんだ、コロコロローラーで猫のほうをコロコロしたらいいんじゃないかって」

並んで歩く姉の頬が、ほんの少しこちらに突き出された。

「それで女の人は、猫をコロコロやってみたら、すごいたくさん毛が取れて、気持ちよくて、でも何回コロコロしても毛が取れるでしょ、猫だから。そしたらその女の人、またイライラしてきちゃって、何回も何回もコロコロするの。もう何回も何回も何っ回も」

章也は肩をいからせ、腕に抱えた透明な猫の上で、透明な取っ手を激しく前後させてみせた。

「そしたらね」

「うん」

「猫が消えちゃうんだ」

「は?」

「消えちゃうの、猫が」

「何でよ」

相変わらず、姉はわかってくれない。しかしここで説明をしたら面白くもなんともなくなってしまうので、章也は「何でもだよ」とだけ言って前を向いた。どのみち、あとになればわかってくれるのだ。章也が自分でつくった話を聞かせたとき、姉は必ずこうして「は？」と口をあけ、眉根を寄せて首を突き出すが、あとでこっそり様子を見てみると、章也に聞いた話を頭の中で繰り返しているのがわかる。そしてたいてい最後には、へえ、という表情になるのだ。

この前、はげキオの話をしたときもそうだった。嘘をつくたび、鼻が伸びるのではなく髪の毛が抜けるという特殊なピノキオがいて、彼はとても嘘つきだったものだから、どんどんはげていく。それでも嘘が楽しくてどうしてもやめられず、はげはとどまるところを知らない。気づいたときにはもう髪の毛は最後の一本になっていて、さすがのはげキオも嘘をつきつづけてきたことを後悔する。いったん後悔すると、とたんにはげが恥ずかしくなり、彼はカツラ屋に相談をする。カツラ屋は彼の頭にぴったりのカツラをつくってくれるが、そのカツラを頭にかぶろうとした瞬間、最後の髪の毛がはらりと抜け落ちてしまう。

なぜならカツラは嘘だから——という説明を、章也は決してしなかった。したらつまらないからだ。いつものように姉は話を理解してくれなかったが、あとでやはり、へえ、という顔をしていた。

薄く土をかぶった歩道は、はるか先まで線路のように真っ直ぐ延びている。あの家が見えてくるはずの方向へ、章也は畑ごしに目を凝らした。遠くに屋根がいくつか並んでいるが、空気が土埃《つちぼこり》でにごっていて、よく見えない。

「あんた、いつもそんなことばっかり考えてんだね」

「そんなことって？」

「嘘の話」

「そうだよ」

「家でも本ばっかり読んでるし、もうちょっと、サッカーやりたいとか野球やりたいとかないの？　なんかそれじゃほんと、おん――」

すんでのところで言葉をのみ、翔子は言い直した。

「男の子らしくしなきゃダメだよ、もっと」

「いいんだよ。だってこのほうが、お母さんもお父さんも、きっと喜ぶからね」

黙らせようと思って言うと、姉は本当に黙った。しばらくしてから、前を向いたまま呟《つぶや》く。

「……バカじゃないの」

章也はちょっと申し訳ない気がしたので、わざとバカっぽい顔をして目をくりんと上へ向け、バネ人形みたいに身体《からだ》をヘロヘロ動かしてみせた。バカ、と姉はもう一度、今度は声をぶつけるように言った。

「外で友達と遊んだりもぜんぜんしないし。ダメだよほんと、このままじゃ。一人でどっか行ったりも、できるようにならないと」

「うるさい」

「うるさくない」

「できてるじゃんか」

思わず洩《も》れた言葉に、自分でどきっとして口を閉じた。素早く姉の顔を振り向くと、こちらに向けられた両目が急に奥行きをなくし、レモン形の紙を貼りつけたように見えた。いやだ――という唐突な思いが胸を摑《つか》み、章也は何か言おうとして口をひらいたが、のどから声が出てこない。そのままぐっと顎《あご》に力を入れて顔をそむけた。

すると。

「……あ」

にごった空気の向こう、畑のあいだに延びた細い道。その先に、四軒の家が身を寄せ合うように建っている。いちばん手前、こちらに玄関口を向けているのは、あの家だろうか。章也は立ち止まり、ズボンの尻ポケットから写真を取り出した。いまから九年前に撮られた一枚。

二つの家の様子は、そっくり同じだった。写真の家では、玄関先で一歳半の姉が楽しそうに笑っている。目の前にある家の玄関先では、汚い作業服を着たおじいさんが、屈《かが》み込んで何かやっている。

「どうすんの?」

ためすように翔子が訊いた。

ことの起こりは六日前の日曜日、デパートからの帰り道だ。

窓際の席に座った母は、バスが駅前を離れて田舎道を走りはじめたときから急に口数が少なくなり、やがてすっかり黙り込んでしまった。何か理由《わけ》がありそうな沈黙だったので、章也はちらっと翔子のほうへ目をやった。姉もこちらを見ていたが、ただ視線を合わせただけで何も言わなかった。

章也はまた母に目を戻した。そっと伏せられたまつ毛を見て、耳の脇のほつれた髪を見て、ほんの少し力のこもった口もとを見て、それから膝《ひざ》の上に置かれたデパートの紙袋を見た。紙袋の中には、一週間後に章也が着る予定の、群青色の半ズボンと白いワイシャツが入っていた。はじめは一年前の入学式で着たやつを押し入れの衣装箱から出してきて、母は章也の身体にあてがったのだが、一見して小さすぎるとわかったので、デパートまで出かけて新しいのを買ってきたのだ。

お、というような声を乗客の誰かが上げた。見ると、窓の外で風が吹き、一面に広がる畑の上に、赤茶けた土埃を立ちのぼらせていた。もののかたちが見えなくなるほどのすごい土埃だったので、シートに並んだ乗客たちの頭がみんな窓のほうを向いた。しかし母だけは、じっと前の席の背もたれを見つめて動かなかった。まるでわざと、窓に目を向けまいとしているように。

土埃は風の動きにつれて右へ左へ一斉に動き、やがて疲れたようにゆっくりと地面へ降りていった。薄い紙でも剝《は》いでいくみたいに、だんだんとはっきりしてきた風景の中に、四軒の家が見えた。そのとき章也は初めて、母の沈黙の理由がわかった気がした。並んだ家のうちの一軒を、知っていたからだ。白い壁。アルミの柵がついたベランダ。玄関の右側にある窓。雨樋《あまどい》の位置。ドアの上についている小さな屋根。アルバムの中で何度も見た家。

――ここなの？

翔子に囁《ささや》いた。

――たぶん、そう。

姉は短く顎を引いて頷《うなず》いた。

家に帰ると章也は、母が台所に立っている隙《すき》に、居間の引き出しからアルバムを取り出した。あの家がいちばんはっきりと写っている一枚を剝がし、シャツの腹に隠した。

――何しに行くのよ。

行ってみるつもりだと話すと、姉は怪訝《けげん》な顔でそう訊いた。

——たしかめようと思って。

——何を。

——家の中に入って確認するんだ。

——だから何を。

章也は答えず、財布のマジックテープを剝がして小銭を数えた。

（二）

結婚して何年か経《た》ったとき、父と母は中古の家をローンで買ったらしい。やがてその家で姉の翔子が生まれた。しかし二人目の子供である章也が母のお腹《なか》にいるときに、両親はせっかく買った家を手放して、いまのアパートへと引っ越した。壁が薄い、二階の隅の部屋だ。どうしてそんなことをしたのか、章也は知らない。父も母も教えてくれないし、以前の家がどのへんにあったのかと訊いても、必ず話をそらして答えてくれない。

あの家には、何か秘密があるに違いない。

「どうすんのよ」

「あのおじいさんに話しかける」

尻をねじりながら写真をズボンのポケットに押し込み、畑に挟まれた細い道に足を踏み出した。おじいさんは玄関先で何か黙々と作業をしている。地面には青いレジャーシートが広げられ、その上に茶色くて丸いものがいくつも転がっている。

「ねえ、何をたしかめに行くのか、いいかげん教えてくれてもいいでしょ。こうして付き合ってあげてんだから」

少し迷ったが、章也は答えた。

「子供部屋」

「え？」

「の数」

どうしても、知りたかったのだ。

「そんなの知ってどうするつもりよ」

姉の声が急に低くなった。これは感情を隠したときの声で、いま隠した感情は、たぶん不安だった。

「子供部屋の数で、僕が生まれてくるはずだったのかどうかわかるでしょ。もしお父さんとお母さんが、子供部屋が二つある家を買ったんなら、僕はもともと生まれてくるはずだった。子供部屋が一つしかなければ、僕は生まれてこないはずだった」

「あんたのことは、はじめから考えてたよ」

「前にお母さんもそう言ってたけど、嘘かもしれないじゃん。僕の名前だってショウヤで、ショウコのかわりみたいなもんだし」

「字が違うじゃない」

「関係ないよ、字なんて」

玄関先に屈み込んでいた老人の顔が、ふっとこちらを向いた。その様子はしかし、何かが背中を向けたようにも見えた。顔の下半分を覆っている灰色の髭《ひげ》が、昔話に出てくる蓑《みの》にそっくりだったからだ。

「あの――」

思いのほか迫力のある顔だったので、章也は動けなくなった。

老人は章也に目を向けたまま、太い眉をひそめて何か呟く。いや、髭が動いただけで声は聞こえなかったので、ただ口許を歪《ゆが》めただけかもしれない。やめようよ、と翔子が囁いた。章也はかぶりを振り、両足を交互に押し出すようにして、相手に近づいていった。近づくにつれ、レジャーシートの上に転がっているのが、根っこのついたタマネギだとわかった。知っているものを目にしたおかげで、ほんの少し緊張が解けた。

「こんにちは」

老人は黙って頷き返す。章也は自分の名字を言ってみたが、老人は何も思い当たらないようで、口の中でその名字を繰り返して、また眉根を寄せただけだった。住んでいる家の、前の持ち主の名前というのは、普通知らないものなのだろうか。ちらっと門柱の表札を見ると、白い石に「瀬下」と刻まれている。「木瀬《きせ》」というクラスメイトがいるから、「瀬」は「せ」で、「瀬下」はたぶん「せした」だろう。

「ここに住んでたんです。ずっと前に」

言うと、瀬下は家のほうへぐっと顔をねじり、それからまた章也に目を戻した。

「……きみが？」

胸のあたりから響いてくるような、低い声だった。

「あ、僕は住んでません。僕のお父さんとお母さんと、お姉ちゃんが」

章也はズボンのポケットから写真を取り出して瀬下に差し出した。大きな犬の口許に肉か何かを近づけるような気分だった。瀬下はじっと写真に見入っていたかと思うと、右手を持ち上げて写真に触れようとしたが、汚れた軍手をはめていることに気づき、それを外した。しかし中の手も汚れていたので、けっきょく写真には触れず、ただそこに写っている光景を見つめた。家を眺めている感じではなかった。視線の先にあるのは、きっと写真の真ん中で笑っている、小さな翔子だったのだろう。

（三）

「牛乳かジュースでも、あればよかったんだけど」

それでもせめて見た目を変えようとしてくれたのか、日本茶を湯呑《ゆの》みではなくマグカップに入れ、瀬下はテーブルに置いた。

「お菓子もないんだ。何もない」

自分が生まれる前、両親や姉がどんなところに住んでいたのかを知りたくて来てみたのだという章也の説明を、瀬下はすんなり信じてくれた。家の中には人の気配がない。家族は留守なのだろうか。

「もう八年半になるかな、私がここへ越してきてから」

瀬下は自分のお茶をごつごつした湯呑みに入れ、立ったままひと口すすると、テーブルの向かい側に腰を下ろした。もうひと口、音を立ててすすり、息を吐き出しながら言う。

「早いもんだ。きみは小学校の……」

「二年生です。なったばっかりです」

「ああ、そのくらいだね。引っ越していくとき、きみのお母さんはお腹が大きかったと聞いているから」

やはり、章也の家族についてある程度のことは知っているらしい。近所の人にでも聞いたのだろうか。

「この子は、すると、きみのお姉さんなんだね」

片手を湯呑みに添えたまま、瀬下はテーブルの上の写真を覗《のぞ》き込む。

「でも、そうか……会ったことはないわけだ」

姉が死んだのは章也が生まれる一年ほど前のことなので、実際そのとおりなのだが、テーブルの脇に不平顔で立っている本人の手前、何とも答えられなかった。曖昧《あいまい》に首を振りながら、章也は左右の足首を椅子《いす》の脚に引っかけた。マグカップの取っ手をつまむと、お茶は熱々らしく、取っ手まであたたかくなっている。

「なんかそのお茶、苦そう」

翔子がわざと下の歯を見せてマグカップを覗き込んだ。

姉が死んだ理由も、この家を売った理由と同様、誰も章也に教えてくれない。ひょっとすると、姉の死が、家を出る理由になったのかもしれない。それともある出来事が、姉の死の原因になると同時に、家を出る理由にもなったのかもしれない。いずれにしても、章也はそのあたりのことはなるべく知りたくなかった。知ってしまったら、いまここにいる姉が変わってしまうかもしれないからだ。もし車に轢《ひ》かれて死んでいたりしたら――もし高いビルから落ちて死んでいたりしたら――急に、姉がそういう顔になってしまうかもしれない。一度、夜の布団の中でそれに思い至って以来、章也は姉の死について両親に訊《たず》ねるのを一切やめた。

もともと、どうだっていいのだ。自分には関係のないことだし、姉とはこうしていつでも話せるのだから。章也が気になるのはただ一つ、自分が最初から生まれてくるはずだったのかどうか。それだけだった。

お茶をふうふうやりながら、それとなく周囲を見回してみる。ちょうど正面、瀬下の背後にある掃き出し窓にはレースのカーテンが下がっていて、白い花模様ごしに畑が見える。リビングとキッチンがいっしょになったこの部屋は、一階のほとんどを占めていて、ほかにあるのはトイレと風呂場と玄関と、あとは階段くらいか。この分だと、二階にたくさんの部屋があるとは思えない。章也はぐっと胸が縮まるのを感じた。やはり子供部屋は一つだったのだろうか。

右手の壁に、天井までの本棚が置かれている。幅も、壁の端から端まであり、中にはぎっしりと本が詰まっていて、日本語の題名のものは難しくてほとんど読めず、英語のものはもっと読めなかった。英語じゃないかもしれないけれど。

「あの中に、字がうじゃうじゃ並んでるんだろうね。教科書よりもっと」

嫌いな虫でも見たように翔子が囁く。

「もう、出して読むことなんてほとんどないよ」

　章也の視線を追って瀬下が言った。

「昔はね、一日中本を読んでいることもあったんだけど、いまは表紙をひらきもしない。畑に出ているんだ。野菜を育てていてね」

「売るんですか？」

　え、と瀬下は訊き返したが、章也が繰り返す前に笑った。

「売らないさ。売れないよ。自分で食べるんだ。そのうち、季節によっていろんなものを食べられるようになるんじゃないかな」

　野菜をつくりはじめて、どうやらまだそれほど経っていないらしい。

「一年前に、最初の種を蒔《ま》いてね。トマトとオクラと、エダマメとキュウリをやったんだ。夏に、みんなとって食べたよ」

　瀬下は見た目よりも話し好きか、子供好きなようだった。

「冬に植えたタマネギは、今日が初めての収穫でね、ちょっと虫食いがあったけど、あれも美味《おい》しそうだ。よかったら、帰りにいくつか持っていくといい。袋に入れてあげるから」

　頷くような頷かないような角度で首を揺らしつつ、章也は左手の階段に目を移した。自分が生まれてくるはずだったのなら、あの上には三つの部屋がなければいけない。両親の部屋と、姉の部屋と、章也の部屋と。

「一人じゃとてもね」

「え」

「タマネギだよ。食べきれない。新タマネギだから、足がはやいんだ」

ああ、と頷いたあとで、章也は首をひねった。

「家の人は、誰も野菜食べないんですか?」

「妻がいたんだけど、去年死んだ。私より二歳若かったのに、膵臓癌《すいぞうがん》っていう悪い病気にかかってね。まあ病気にいいも悪いもないが」

瀬下はうつむいて低く笑いながら、テーブルの隅に目をやった。そこには封筒と葉書が一枚ずつ重ねて置いてある。さっき章也を家に入れるとき、郵便受けの中からついでに持ってきたものだ。どちらにも表に「瀬下栄恵様」という宛名が印刷されていた。

「いまでもまだ、こんなふうにダイレクトメールやなんかが来る」

死んだ人に宛てて何かが送られてくるなんて、不思議な気がした。姉も、もっと大きくなってから死んだとしたら、こんなふうに郵便物が送られてきていただろうか。

「二人でずっと暮らすつもりで、ここへ越してきたのに、七年ちょっとで死んでしまったな。だから、広すぎてね。困るくらいだ」

瀬下は周囲に視線を流した。ゆっくりと確認するように、まわりの壁や、窓や、本棚や掛け時計に目を移していき、最後に湯呑みの中を覗き込むと、まるでそこに何か大事なことでも書いてあるみたいに、そのまま目を上げなかった。その様子を見つめながら章也は、なんとなく、この人はどんな場所で暮らしても広すぎると言うのではないかと思った。

「本当は、ここへ越してきてすぐに、畑をやるつもりだったんだ。でも妻が病院に通わなければならなくなって、それどころじゃなくなってしまってね」

ふっと両目から芯《しん》が消え、空気を見ているような表情になった。そうかと思えば、

「で、どうだい？」

だしぬけに顔を上げて頰笑《ほほえ》む。

「自分が生まれる前に、家族が住んでいた家を見た感想は？」

「あ、いいと思います」

家に入る言い訳として自分が話したことをうっかり忘れていたので、変な答えになった。少し困ったように、瀬下は目尻に皺を刻んだ。ちょうどそのとき、背後のレースのカーテンをゆったりとふくらませて風が吹き込んできた。カーテンは妊婦の服を着た人みたいに丸くお腹を突き出し、やがてそのお腹が下のほうへ移動していくと、ふわっと裾がひるがえって風を室内へ逃がした。いまそこで風が生まれたように見えた。

「ん」

瀬下が短く声を洩らし、においでも嗅《か》いでいるような、空気の色でも確認しているような顔つきで、何もないところを見つめる。

「……雨が降るな」

どうしてそんなことがわかるのだろう。今朝の天気予報はテレビで見てきたが、一日中晴れたり曇ったりで、雨はたぶん降らないと言っていた。

上体をひねったままの恰好《かっこう》で、瀬下はまだ揺れ残るレースのカーテンをしばらく眺めていたが、急に章也に向き直った。

「ちょっとだけ、手伝ってくれるかい」

(四)

「助かるよ、本当に。今日中にやってしまおうと思っていた作業が、まだ終わっていなかったんだ。雨に降られちゃ、土いじりはできないからね」

瀬下がプラスチックのコンテナを地面に引き摺《ず》ると、乾いた土が粉のように舞った。

「何で、雨が降るってわかるんですか?」

「風だよ。働いていたときに、仕事で草や木を調べていたんだけど、そのうちに、なんとなく風で、天気がわかるようになった」

畝《うね》の脇に屈み、瀬下は整然と並んだ緑色のつくしのようなものを覗き込む。

「このくらいの長さのやつを、根元からチョン切って、ここへ入れていってくれるかい。どんどん放り込んでくれればいいから」

「これ、アスパラガス？」

「そう。食べたことあるだろう」

翔子が耳もとで「だいっ」と囁いてしばらく黙った。

「──っ嫌いだって言いなよ」

「べつに、食べるのが嫌いなだけだし」

章也は小声で言い返し、瀬下から剪定鋏《せんていばさみ》と軍手を受け取った。軍手は大きすぎて、かえって作業がやりづらくなりそうなので返した。手が汚れてしまうだろうけれど、これは好都合だ。あとで手を洗うときに家の二階へ忍び込んで部屋数を確認することができるかもしれない。

翔子は両手を後ろで組み、爪先立ちを繰り返しながらあたりの景色を眺めていた。白と黒の鳥が一羽、何も植わっていない畝に降り立って、尻尾《しっぽ》で土を小刻みに叩《たた》いている。

収穫作業はなかなか楽しかった。

いや、とても楽しかった。アスパラガスは驚くほど硬く、ぐっと力を入れて鋏の柄を握り込まないとぜんぜん切れない。以前に家で食べさせられたやつを思い出し、あれは別の種類だったのかもしれないと言うと、瀬下は胸に声を響かせて笑った。

「茹《ゆ》でるか炒《いた》めるか、してあったんだろう。これは生だから硬いんだ」

「バ、カ、だ、ねえ」

姉が声を裏返す。

「アスパラガスは、ほっとくと、木になるらしい。この隣で畑をやっているおじいさんから聞いたんだけどね」

おじいさんにおじいさんと呼ばれるのはどんな人なのだろう。なんとなく、真っ白で針金のようなイメージの人が思い浮かんだ。

「大きな木になって、トマトみたいな実もなるそうだ」

「食べられるんですか?」

「いやいや、食べられない。でも種がとれる。おじいさんにその話を聞くまで、アスパラガスの種のことなんて考えてもみなかったよ。このアスパラガスは、苗で買ってきたもんだから」

章也と背中を向け合う恰好で、瀬下は隣の畝に屈み込んでいた。そちらには等間隔に棒が突き立ててあり、丸い葉を持つ蔓《つる》がぐるぐると絡みついている。茎のそこここにぶら下がっている緑色のふっくらした莢《さや》を、瀬下は一つ一つ丁寧に鋏で切りとり、手の中にいくつか集まると、まとめてコンテナに入れた。

「エダマメ？」

「ん。いや、これはスナップエンドウっていう、エンドウ豆だよ。莢ごと食べられる。マヨネーズをつけると最高なんだ」

エダマメなら大好きなのだが、エンドウ豆は青くさくて好きじゃない。それにしても、アスパラガスやエンドウ豆を収穫するにしてはコンテナがひどく大きいのが可笑《おか》しかった。畝にあるやつをぜんぶ収穫しても、きっとまだ底が隠れないくらいだろう。

長いアスパラガスを探し、ほかのやつを折らないよう気をつけながら、そっと手を伸ばして剪定鋏で切る。それをコンテナの隅に寝かせ、また長いやつを探す。手を伸ばして切る。寝かせる。探して切る。やっているうちに、だんだんと上手《うま》くなっていくのがわかった。章也は収穫作業に熱中し、いつのまにか、目の前に並ぶアスパラガスと自分の手、そして剪定鋏の刃しか見えなくなっていた。背後にいる瀬下の気配も、葉をかき分ける音も、みんな消えていた。だから、わっと強い風が畑を吹き抜けて土を巻き上げたとき、瀬下の言葉をよく聞きとれなかった。赤ん坊がなんとかと言ったようだ。

「え」

「あかんぼならいだよ。春先にこうやって、赤土を巻き上げて吹く風のことを言うんだ。空が赤くなるから、あかんぼならい。ならいってのは、まあ、風のことだな」

この前の日曜日、母とデパートへ行った帰りも、こんな風が吹いていた。

「風には、いろいろと名前があって面白いんだよ。筍《たけのこ》が出てくる頃にゆっくり吹く風を、筍流しって呼んだり、急に高いところから吹き下ろす風を、天狗風《てんぐかぜ》って呼んだりね。誰かが歩くのを邪魔するように吹く風は、不通坊《とおせんぼう》なんて呼ばれたり。あかんぼならいってのは、可愛《かわい》らしくて私は好きだな。実際に吹くと、家も車も土をかぶって大変だけどね」

その名前で思い出したのか、瀬下はふたたびスナップエンドウと向き合いながら訊いた。

「お母さんやお父さんは、元気なのかい？　その……」

相手の言いたいことに気づき、章也は頷いた。

「元気です。もう九年だから」

「九年くらい経つと、そうなるものかな」

瀬下は言い、言ったその言葉を取り消すように笑った。

収穫が終わると、瀬下はキッチンで鍋《なべ》を火にかけた。

「さっき、あたしのこと完全に忘れてたでしょ。アスパラガスとってるとき」

リビングの椅子に座った章也に、翔子が囁いた。

「べつに忘れてないよ」

「忘れてたね」

瞼《まぶた》をぎりぎりまで閉じ、横目でこちらを見る。

「わざわざ付き合ってきてあげてんのになあ。冷たいやつ。お母さんとお父さんのことも、元気です、とかサラッと答えてるし」

「そう見えるからそう言ったんだよ。ほんとのことなんて知らないよ。二人とも、何でも僕に隠すんだから」

章也は背中をそらしてキッチンを振り返った。塩の瓶を片手に、後ろ姿の瀬下が、お湯が沸くのを待っている。瀬下の頭のすぐ上では換気扇がうなっている。鍋は畑で使っていたコンテナ同様、必要以上に大きくて、なかなかお湯は沸きそうにない。章也は椅子からそっと腰を浮かせた。

「どこ行くのよ」

「二階」

手を洗うときにこっそり二階へ行けるかもしれないと考えていたのだが、瀬下が洗面所までついてきてしまったので駄目だったのだ。しかし、いまなら行けそうだった。

「無理だよ、見つかるって」

「平気」

「あんなふうに見えて、怒ったらすごい怖いかもよ」

そう言われると急に動けなくなった。そのときちょうど瀬下がアスパラガスとスナップエンドウを鍋に放り込み、くるりとこちらを振り向いた。

「あとで新タマネギも食べてみるかい？　スライスして、醤油《しょうゆ》とレモンをかけると美味《うま》いんだ」

「あ、いいです大丈夫です」

咄嗟《とっさ》に答えてから後悔した。新タマネギというのは玄関先のレジャーシートの上に転がしてあるやつのことだろう。あれを取りに行ってもらえれば、そのあいだに二階を覗いてこられるかもしれなかったのに。

残念でした、と翔子が意地悪く笑う。

「ところであんたさ、二階の部屋のことばっかり気にしてるけど、お父さんとお母さんが何でここを引っ越してったかは気にならないの？」

「ならない。関係ないもん」

「あたしが何で死んだのかも？」

「病気とか、そういうあれでしょ」

「わかんないよ。誰かに殺されたりしたのかもしれない。なんかすごい、ひどい感じで」

「やめてよ」

「おじいさんなら知ってるかもね。近所の人から聞いたりして」

「いいって」

「しかし、誰かといっしょに野菜を食べられるなんて嬉《うれ》しいなあ」

背中を向けているくせに、瀬下の声はよく響いた。声というよりも、大きくて頑丈なものから出てくる音という感じがした。

「ほんとは妻といっしょに食べて、たまには息子も呼んで食べて――なんて、いろいろ考えていたんだけどね。妻は死んでしまうし、息子は転勤で遠くへ移ってしまったもんだから、いつも一人なんだ。さ、もういいかな」

瀬下がザッと鍋の中身を笊《ざる》にあけると、真っ白な湯気が天井までふくらんだ。あち、あち、といちいち言いながら、瀬下は白い皿にアスパラガスとスナップエンドウを移していく。

「よし、食べてみよう」

皿の端にマヨネーズを盛り、爪楊枝《つまようじ》を二本添えて、瀬下はテーブルへ運んできた。好きではない野菜だったので、はっきり言って章也は食べたくなかったが、とん、とテーブルに置かれた皿を見たとたんに気が変わった。

コマーシャルみたいに湯気を立ちのぼらせているアスパラガスとスナップエンドウは、ものすごく魅力的だった。緑色がさっきよりもずっと濃くなって、つやつやしている。

爪楊枝を取ってアスパラガスに突き刺してみると、ぷつんという手応えがあった。マヨネーズをつけて食べてみたら、

「ん！」

驚くほど美味い。スナップエンドウも、指でつまんで口に入れた。こちらも何ともいえず美味かった。青くささはあるのだが、それが鼻から抜けていく感じが心地よく、なんだか身体の中がすっきりする。

章也の顔つきを見て、瀬下は首を揺らして頬笑んだ。

「普段食べているやつと、違うかい？」

「ぜんぜん違います」

「いつも食べてないじゃん」

翔子が余計なことを言ったが無視した。

「違うだろう。きっと、家で食べるアスパラガスやエンドウ豆も、いままでよりずっと美味しくなるはずだよ」

「何でですか？」

自分たちでとった野菜だから美味しく感じるのではないのだろうか。

「どんなふうに畑に生えているかを知ったら、そうなるものなんだ。私もそうだったよ。ときたま外でサラダなんかを食べる機会があるけど、やっぱり以前よりも美味しく思え

る。

「面白いもんだね」

のんびりしたペースで、瀬下もアスパラガスとスナップエンドウをつまむ。

「何でも、知っておくのはいいことだ」

明日の料理屋でも、野菜が出るだろうか――アスパラガスを口に入れながら章也は考えた。

このまえデパートで買ったあの服を着させられ、明日は寺へ行く。姉の十回目の法要をしに。姉のための集まりで寺に行くと、いつもそのあとで近くの料理屋に集まり、みんなで食事をする。親戚たちは姉の話ばかりするので、章也はその時間がたまらなく嫌だった。いま生きていたら何歳だとか、何年生だとか、面立ちがそろそろ母に似てきていたのではないかとか。普段、家で姉の話がほとんど出ないせいで、そういった言葉はみんな、とても生々しい感触で章也の耳に入り込んでくる。オレンジジュースを飲み、寿司《すし》や天ぷらを食べながら、章也はいつも、自分がだんだんと透明になっていく気がする。うつむくと、半ズボンから飛び出しているはずの膝がなくて、座布団の模様や、畳のささくれが透けて見えるように思える。姉が死んだあとで生まれた自分のことを、きっとみんな、女の子だったらよかったと思っているに違いない。おじさんも、おばさんも、父も母も。

食事の席がおひらきになって家路につくとき、決まって姉が、章也と並んで歩きながら文句を言う。あの人たちはただあたしの話をするのが楽しいだけなのだと。話をして、哀《かな》しくなって、でもあの子のことはずっと忘れないと心に決めたりすることが気持ちいいのだと。章也をなぐさめようとして言ってくれているのだろうが、はっきり言って逆効果だった。姉が言葉をつづけるにつれ、章也はなおさら悔しくなる。哀しくなる。今年もその日がすぐそこに迫っている。

そんなことを思っていたら、急にいても立ってもいられなくなった。いますぐ二階の部屋数を確認したくなった。

「あの――」

瀬下は「?」と灰色の眉を上げる。

「あの、やっぱりタマネギも食べたいです」

ほ、という口をして、それから瀬下はにやっと笑った。

「それじゃあ、玄関にあるやつをとってこよう」

立ち上がり、何か大がかりな作業でもはじめるように、瀬下はゆっくりと両肩を回しながら玄関へ向かう。章也は椅子から腰を上げ、ガチャンとドアの音がすると同時にテーブルを離れた。階段へと急ぎ、なるべく足音をたてないよう気をつけながら素早く上っていくと、途中で翔子が追いついてきた。

「やめなって」

「やめない」

「怒られるよ。おじいさん、たぶんすぐ――」

「うるさいっ」

階段の上を睨《にら》みつけたまま遮った。

「僕は、あとちょっとで八歳になるんだ。そしたら僕のほうが七歳も上になるんだ。偉そうなことばっかり言わないで」

自分で言った言葉が胸を刺した。それを感じまいと、章也はなおさら速く両足を動かした。二階には短い廊下があり、突き当たりに納戸らしい小ぶりの扉。そして左右に一つずつ木のドアがある。――一つずつ、ある。

「ほらね」

にわかに突き上げてきた感情を、章也はぐっとのみ下した。

「やっぱり部屋は二つだ。お父さんとお母さんの部屋と、あとはお姉ちゃんの子供部屋だ」

「わかんないじゃん、そんなの」

「わかるよ」

章也は左手のドアをひらいた。壁際にいろいろな高さの本棚が並び、床の隅には畳んだ布団が出しっぱなしになっている。瀬下が、寝たり、本を読んだりするのに使っている部屋なのだろうか。正面にベランダがあり、隅にプラスチックのほうきが立てかけてある。

「部屋の数なんて関係ないよ」

姉の声を無視してドアを閉じ、振り返って反対側のドアを見据えた。

「やめなって」

顎に力を入れながら、ノブをひねって手前に引く。中から勢いよく風が吹き出して顔にぶつかる。さっきの部屋よりも、こちらはひと回り小さい。物置のように使われているのだろうか、正面と左側の壁に寄せられて段ボール箱が重ねてあり、右側の壁には衣装ケースがいくつか置かれている。

「ほぅらやっぱり」

全身をしぼられているように、章也は息苦しかった。

「こっちがお姉ちゃんの部屋だったんだ。それで、さっきのがお父さんとお母さんの部屋。やっぱり僕、生まれてこないはずだったんだ。ほんとはいないはずだったんだ」

「章也」

「だって部屋が二つしかないんだもん。お父さんとお母さんの部屋がないのは変だから、それが一つで、あと一つはお姉ちゃんの部屋じゃんか。僕の部屋なんてどこにもないじゃんか」

どんどん言葉が飛び出した。

「やっぱり生まれてくるのはお姉ちゃんだけのはずだったんだ。でもお姉ちゃんが死んじゃったもんだから、お父さんとお母さんは」

息を吸うべきところがわからなくなり、言葉の途中で息つぎをしながらつづけた。

「しょうがなく僕を産んだんだ。ほんとは女の子がよかったんだ。だってお姉ちゃんのかわりなんだからね、僕が男の子だってわかったとき、二人ともがっかりしたんだ。いまでもがっかりしてるんだ。僕のこと見ると、僕のことよりお姉ちゃんのこと考えるんだ、見るたび考えるんだ！」

足音と気配に、章也はまったく気づかなかった。床が微《かす》かに軋《きし》んだりしたのかもしれないが、それにも気づかなかった。瀬下がすぐ背後に立っていることを知ったのは、低い声が頭の上で聞こえたときのことだった。

「……やめなさい」

水をかけられたように全身がすくんだ。

振り向くと、瀬下は何かを一心に願うような目で、じっと章也を見下ろしていた。

「やめなさい」

（五）

「もっとそっと持たないと、タマネギ傷んじゃうでしょ」

「平気だよ、新鮮野菜なんだから」

「関係ないじゃん」

新タマネギが詰まったビニール袋を振り回しながら、章也はバス停に向かって歩いていた。歩道のコンクリートの隙間から雑草が顔を出し、風に葉を揺らしている。空気にはほんの少し湿り気がある。

「あたし、落っこちて死んだんだね」

顔を上に向け、翔子が呟いた。

空は曇っているが、姉の顔はどこか晴れ晴れとしている。

章也は黙って頷き、ぶんとビニール袋を一回転させた。


近所の人から聞いたのだけどと前置きをして、瀬下は話してくれた。

姉は二階の、いまは瀬下が寝室として使っているあの部屋のベランダから落ちたのだという。日曜日で、父も母も家にいたのだが、ちょっと目を離した隙に、自分で窓を開けてベランダに出てしまったらしい。

——窓の鍵を、きっと掛け忘れていたんだね。

何をしようとしたのかはわからない。目的なんてべつになかったのかもしれない。一歳半の姉は、ベランダにあったゴミの袋からポリバケツによじ登り、柵の外へ身を乗り出した。ちょうどそのとき、母が階段を上がってきて部屋を覗いたのだが、

——あっと思ったときは……もう、遅かったそうだ。

雨が降ったり止《や》んだりで、そのときアルミの柵は濡《ぬ》れていた。身体を支えていた両手を柵の上で滑らせ、姉は母の目の前で落ちた。玄関の軒庇《のきびさし》で一度頭を打ち、そのままポーチに全身が叩きつけられた。すぐに救急車が呼ばれたが、意識は戻らず、翌日の夜、息を引き取った。

——その同じ家に赤ん坊を迎え入れるのが、どうしても怖かったらしい。引っ越していくとき、お母さんが、そう話していたそうだよ。

ここに赤ん坊がいたら、また同じことが起きる。そんなふうに思ったのだろうか。章也が訊ねると、瀬下は曖昧に首を振った。

——きっと、そんなふうに、言葉にできるものじゃないんだよ。

リビングの椅子に座った瀬下は、レースのカーテン越しに畑を眺めた。そうしてしばらく黙っていたが、やがて半分ほど振り返り、壁を見つめて言った。

——生まれてくるきみのことを、それだけ大事に思っていたんだろうね。

すぐに頷くことはできなかった。瀬下の顔から目をそらしながら章也は、いま暮らしている部屋がアパートの一階にあることについて、ぼんやりと考えた。そして、あれは幼稚園の年少のときだったか、夏の雨降りの日に、母からひどく叱られたことを思い出した。

その日は降り込んだ雨でアパートの外廊下がびちょびちょに濡れていて、章也はそこをビーチサンダルで走っていた。急ブレーキをかけると、水のせいでサンダルがスケート靴のように滑り、それが面白かった。右へ左へ、章也は走り、止まり、つるつる滑って遊んだ。息を切らして何度もやっていたら、急にシャツの背中を強い力で摑まれた。びっくりして振り返ると、見たこともないほど怖い顔をした母が立っていた。やめなさいと、ほとんど叫ぶように、母は言った。叱られたことよりも、その声と顔が怖くて、章也は泣き出した。玄関に引っ張り込まれてからも、自分では泣きやむことができず、どうしていいのかもわからず、母の身体にしがみつくようにして、いつまでも泣いていた。母は章也の肩と頭に手を載せ、額同士をくっつけたまま、お願いだから危ないことはしないでと、同じ言葉を何度も繰り返した。

——そろそろ、帰ったほうがいい。

瀬下はビニール袋いっぱいに新タマネギを詰め、章也に持たせてくれた。

　――雨が降ってくるからね。

「お母さんに何て言うの？　そのタマネギのこと」

　ぶらぶらと隣を歩きながら、翔子が顎の先でビニール袋を示す。その仕草で前髪が揺れ、白い額がちらっと見えた。これまではなかった小さな傷痕《きずあと》が、そこにはあった。

「帰りながら考える」

「嘘の話つくるの得意だもんね」

「得意だよ」

　バス停までは、まだ距離があった。タマネギの言い訳をあれこれ考えていたら、翔子が前を向いたまま変なことを訊いてきた。

「章也……ほんとは今日、何しに行ったの？」

「だから、子供部屋の数をたしかめようと思ったんだよ。このまえデパート行った帰りに、家の場所がわかったから」

「それはそうなんだろうけどさ、あんたにしては思いきったことやったじゃん」

　翔子はそこで言葉を切った。答えを待っているようだったが、章也が何も言わずに黙っていると、珍しく優しい声でつづけた。

「明日のことが、関係ある？」

迷ったが、章也は頷いた。

「なんか、怖かった」

訊ね返すように、姉は小首をかしげる。

「行くのが怖かった」

また、みんな姉の話ばかりするのだろう。自分は座布団の上で透明になってしまうのだろう。そのことに、もう耐えられないのではないか。そんな気がしたのだ。だから今日、少ない小遣いでバスに乗り、子供部屋の数を確認しに行った。その数が一つでも二つでもよかった。どちらにしても、それを確認することさえできれば、自分はもう透明にならないでいられる。そんなふうに思った。

「でも、わかんない。はっきりそう思ったわけじゃないんだ。よくわかんない」

「自分のことなのに？」

「うん、わかんない」

バス停に着くと、誰も座っていないベンチに並んで腰かけ、バスを待った。空では雲が厚くなり、歩道に映る標識の影がほとんど見えない。

「……この風かな」

ふっと風が通りすぎたとき、章也は訊いた。

「さあ、どうなんだろ」

「いまのじゃないのかな」

「わかんないよ」

少女風という名前を、瀬下は別れ際に教えてくれた。雨がやってくるとき、降る前にそっと教えてくれる風を、そう呼ぶらしい。

「わかんなきゃ、意味ないね」

章也が笑うと、姉も笑った。その肩口にぽつんとバスが見えた。来たよ、と章也が言う前に、ねえ、と姉が口をひらいた。

「あたしも、乗っていい？」

ほんの少し頬笑みながら、姉は章也の顔を見つめていた。章也は何か言葉を返そうとしたが、急に涙がこみ上げ、ぐっと歯を食いしばり、涙をのどの奥に押し戻してから、やっと答えた。

「知らないよ、そんなの」

ぽつ、と最初のしずくが手の甲にぶつかった。雨は本当に降ってきた。アスファルトの苦いにおいがあたりにたちこめ、空に顔を向けると、透明な雨滴《あましだり》が顔のすぐ脇をかすめていった。二つ、三つ、四つ、やわらかいしずくが膝と頬につづけざまに落ちてくる。

「章也。雨が降るときの風、いつかわかるようになるといいね」

「傘、持ってくかどうか迷わないですむもんね」

雲の手前を、水切りの石みたいな動きで鳥が飛んでいく。グジュグジュピー、グジュピーと高い鳴き声が遠ざかっていく。

「明日……平気そう？」

章也は少し考えてから頷いた。

「たぶんね」

「これからは？」

章也は答えなかった。大きめの雨粒が、右目の内側のへりに落ちて、つっと鼻の脇を伝った。くすぐったいので手の甲で拭《ぬぐ》おうとしたが、思い直して中指ではじき飛ばした。ぱっと細かい水滴が散って消え、遠くからバスのエンジン音が聞こえてきた。

「章也」

「うん」

「なんか、嘘の話してよ」

「いいよ」

エンジン音はだんだんと近づいてくる。

「あのね、ある畑にアスパラガスがたくさん生えててね、畑をやってるおじいさんが、それをとって食べようと思ったんだ。ぜんぶ鋏でとって食べたつもりだったんだけど、一つだけ忘れられてるやつがあってね、でもそれはずっと大きくならないアスパラガスでね——」

姉からわざと顔をそむけ、だんだんと大きくなってくるバスの音を耳の後ろに聞きながら喋《しゃべ》った。もし話が途切れ、そのときに、先をせかす姉の声がしなかったらと思うと、どうしてもやめることができなかった。鼻の奥がちりちりと痛くなってくるのを感じながら、でたらめに話をつづけた。バスはもうすぐそこまで迫っていた。

第二章 つめたい夏の針

（一）

蟬時雨《せみしぐれ》を聞くと、きまって翔子は弟が聞かせてくれた嘘の話を思い出す。

あのとき章也は小学二年生、翔子は四年生。母との買い物から帰ってくるなり、当時二人で使っていたこの部屋に飛び込んできて、弟は話しはじめたのだ。得意そうに小鼻をぴくぴくさせながら、息つぎも忘れて。

——蟬の幼虫って、皮をぬいで、翅《はね》がはえてくるでしょ。それで一週間で死んじゃうでしょ。

いつもどおりの唐突な切り出しかただった。

——でもその幼虫はね、皮を絶対ぬがなかったんだ。その幼虫って、僕が考えた幼虫。

——何でよ。

——長生きしたかったから。

どうだ、という顔で言われたが、意味がよくわからなかった。

——その幼虫は、自分の皮がやぶけないように、いつもなるべく静かに動いててね、もしどこかが破れちゃったら、のりでくっつけて直してたの。そのうち身体のいろんなところがのりで固まる感じになって、すごくしっかりして、どんどん動き回れるようになって、だからその蟬はずっと死ななかったんだよ。

姉の反応などお構いなしに、章也は勝手に喋り終え、勝手に満足して、やりかけだった海の生き物のジグソーパズルに取り組みはじめた。ああ、とようやく翔子が納得したのは、章也が三つほどパズルのピースを嵌《は》めてからのことだった。

飴《あめ》色のあの皮を脱ぐから、蟬は幼虫から成虫になる。成虫になるから死んでしまう。皮を脱がなければ幼虫のままだから、死ぬことはない。なるほどと思ったその顔を、パズルから目を上げて章也が覗き見た。翔子は口の中のできものが気になるふりをし、頰の内側で舌を動かして誤魔化した。

バス通りが中心を貫くこの町に、あれから六度、蟬時雨はやってきた。

いつも、いったいどこで鳴いているのだろう。姿の見えない蟬たちの声は、同調したり、大幅にずれたりしながら、今年も真夏の空気を埋め尽くしている。

網戸に顔を近づけてみると、夏のにおいがした。ペンキを塗ったような青い空の遠くに、入道雲がぐんと伸び上がり、その肩口に太陽が乗っかっている。もうすぐ高校に入って初めての夏休みだ。八月は晴れの日が多そうだと、ニュースでやっていた。休みのあいだは吹奏楽の部活もないし、個人的にどこへ出かける予定があるわけでもないけれど、夏の雨を見るのは嫌なので、ありがたかった。

小学一年生まで、弟はひどく引っ込み思案で、学校から帰ると、この部屋でパズルや折り紙やダイヤブロックで遊んでばかりいた。そして、家中のどこへ行ってもついてくるか、ついてきているような気にさせた。どこかへ出かけたいときも、いっしょに行こうと必ず翔子を誘った。面倒で断ったときは、自分も出かけるのをやめ、手もとを睨むようにして、ずっと部屋で一人遊びをしていた。

それが、あるときから急に変わったのだ。一人でどこへでも出かけ、あちこち自転車で走り回り、雨の日だってお構いなしに、自分の中に生まれた「少年」が好きでたまらないというように、夕方まで外で遊んでいた。友達といっしょのときもあれば、一人のときもあった。

初夏の雨の中だった。隣の畑でたくさん鳴いていた蛙《かえる》が、遠くで急ブレーキの音が響いた途端、一斉に鳴きやんだ。脇の路地から急に駆け出てきたと、トラックのドライバーは言っていたらしいが、いったい弟はどこへ向かおうとしていたのだろう。まだ夕方まではずいぶん間があった。ひょっとしたら、一人で遊んでいるうちにまた何か嘘の話でも思いついて、早く翔子に聞かせようと、家に向かって急いでいたのかもしれない。

雨の中をぐんぐん遠ざかっていく章也の青い傘を、その数時間前に翔子はこの窓から見ていた。走ると危ないと、声をかけようとしたが、一瞬迷ったそのあいだに章也の姿は路地を折れて消えていた。

きん、と短く金属音がした。

網戸を滑らせて顔を突き出すと、畑のへりの歩道に直弥《なおや》がいる。自転車にまたがったまま、ハンドルについたベルに左手をかぶせてこちらを見上げているのは、音が響かないよう片手でベルを押さえながら鳴らしたのだろう。何か言おうとして口ごもっている直弥に、小さく頷き、窓から顔を引っ込めて網戸を閉めた。

「出かけるの？」

用意しておいたハンドバッグを摑んで部屋を出ると、ベランダに洗濯物を干しに行く母と出くわした。変に勘ぐられないよう、ちゃんと目を合わせなければと思ったが難しかった。

「うん出かける」

「お昼は？」

「いらない。ごはん食べに行くんだもん」

言葉を切ったが、思い直してつづけた。

「友達と」

「あそう。それじゃトマト多めに穫りすぎたわ。冷やし中華にのっけようと思って」

隣の畑の、ほんの狭い一画だけを借りて、父と母は野菜を育てている。はじめてからまだ一年と少ししか経っていないので、世話する姿はぎこちないが、二人とも野菜と向き合っているときはいつも笑顔だ。

「晩ごはんのときに食べるよ」

「なら、とっとくわね。だあれ？」

何を訊かれたのか、すぐにはわからなかった。

「あ、まー子。佐山真絵美《さやままえみ》」

中学校からの同級生の名前を答え、胸の中でつけ加えた――「の弟」。

「高校入っても仲いいのね」

「最近そうでもなかったけど。でもごはんくらい食べる」

「気をつけて行ってくるのよ」

「お母さんもベランダから落ちないようにね」

お決まりの冗談を言って階段を下りた。

一歳半の頃、翔子はベランダから落ちそうになったことがあるらしい。鍵をかけ忘れた窓を勝手に開け、そこにあったポリバケツによじ登り、柵の外に身を乗り出していたのだとか。高い場所は苦手なので、考えただけでも足がすくむが、すんでのところで母が見つけて部屋に引っ張り込み、事なきを得た。

という話題を冗談として言い合えるようになったのは、つい最近のことだ。事故や怪《け》我《が》、あるいは死というキーワードに結びつくような話は、あの雨の日からずっと、この家では交わされてこなかった。いまもニュースで自動車事故などが報じられると、三人ともそれとなく視線を分散させてやりすごす。それでも、以前ほど部屋の空気がしんと張りつめることはなかった。今年、章也の七回忌が行われたことと、関係があるのだろうか。葬式や法事というのは生きている人のためにあるのだと、その七回忌で住職が話していた。

「出かけてくるよ」

リビングの父に声をかけると、父は園芸のハウツー本に目を落としたまま肩口でひらひらと片手を振った。日曜日の午前中らしい、寝足りた顔でページを覗き込み、何かの説明書きを目で追いながらぶつぶつ口を動かしている。そういえば章也が保育園の頃、父の眼鏡をかけて本のページを睨みつけていたことがあった。あとで訊いてみたら、あれは眼鏡をかけると字が読めると思っていたらしい。そんなことを思い出しながら玄関で靴を履いていると、

「……あ」

まずいことに気がついた。

表の路地も、そこで待っている直弥の姿も、母が洗濯物を干しているベランダから丸

見えた。

　音をさせないようにそっとドアを開け、首だけ出して覗いてみると、夏の光がかっと広がり、目がくらんだ。さっきいた場所に直弥の姿がない。どうしようかと迷ったが、いつまでも顔を突き出しているわけにもいかないので、外に出た。ベランダ同士で喋っている、隣の奥さんと母の声がする。そちらを振り返らず、日盛りの路地を左方向へ進んでみる。直弥がいた場所を通り過ぎてしばらく歩くと、きん、と右のほうで音がした。目だけでそちらを見る。脇道に、きまり悪そうな顔をした直弥がいる。翔子は母の目を意識し、ああそうだ近道をしよう、というような表情をつくって、そちらに向かった。

「ここにいたんだ」

　その脇道は、ベランダからは見えなかった。

「おばさんが洗濯物干してたから」

「べつに、見られてもどうってことないんだけどね。そっちも携帯あれば便利なのに」

「たぶん高校からだと思う」

「まあ、あたしも高校からだったけどさ」

　先に歩き出し、直弥の短パンとTシャツをちらっと見た。

「それ涼しそうじゃん」

直弥は自転車を押しながらついてきて、自分の服を見下ろして頷いた。顔を上げ、翔子の服に目をやる。少し前に買ったサマースカートと、ハートのかたちにラインストーンの並んだTシャツを見て、何か言いかけるが、けっきょく口ごもって何も言わない。

「可愛いでしょ、これ」

胸の生地をつまんでハートを光らせてみせると、口の中で何かもやもやと答えて目をそらした。頬が持ち上がりそうになるのを堪《こら》え、翔子は前に向き直って歩いた。真絵美と直弥も二歳違いの姉弟《きょうだい》なので、直弥は章也と同い年。弟が生きていたら、きっとこんなだったろうなと思わせる、中学二年生だった。

章也の死後、翔子は弟の姿を想像しながら日々を過ごしてきた。身長はきっとこのくらい。こんな服が好きなのではないか。髪の毛は、父のようにゆるい癖が出はじめているに違いない。手足はすらっと伸びて、顔も細くなっているだろう。誕生日が来るたび翔子は、その歳の弟が気に入りそうなプレゼントを買った。プレゼントの箱はもう六つになり、章也の学習机の上に並んでいる。

だから翔子は弟の写真を見ない。成長を止められた、本当の姿を見ない。台所の食器戸棚の、銀色のフォトフレームの中で笑っている顔も、仏壇にある遺影も。それらを視界におさめずに過ごすことは、いまではすっかり板につき、ごく自然にできるようになっていた。

「なに食べる？」

手びさしで太陽を遮りながら訊くと、直弥は予想どおりの答えを返した。

「べつに、何でも」

「寄せ鍋とか？」

また予想どおりの反応で、きょとんと丸い目を向けてくる。Tシャツの首もとへ、タピオカみたいに綺麗《きれい》に丸くなった汗がすべり込んでいく。

「嘘だって。ハンバーガー食べよっか、駅のほう行って」

「いいよ。バス乗る？」

「暑いけど歩いてこ。その自転車、置いとく場所ないし」

私服姿の直弥を見るのは初めてで、自分の私服姿を見られるのは二度目だった。


梅雨がやってくる前の土曜日、章也への六つめの誕生日プレゼントを買うため、翔子はバスに乗った。メンズのファッショングッズが売られているフロアで、青いキーケースを買い、また帰りのバスを待った。キーケースは防水布のような生地で、マジックテープで開け閉めする、シンプルすぎるようなデザインのものだったが、その生地がアメリカの軍隊で使われているパラシュートと同じものなのだという説明書きを見て、中学二年生の章也が好きそうだと思い選んだ。

帰りがけ、家の最寄りのバス停で降り、畑沿いの道を歩きはじめたところで、翔子はそれを見つけた。畑の奥、誰も借り手のいない一画で、丈の高い雑草のあいだに見え隠れしているもの。くの字になった、ザリガニかサソリのハサミみたいなもの。

立ち止まって目をこらしているうちに、自転車のハンドルだとわかった。あんなの、前からあっただろうか。畑を区切る小径《こみち》を進み、雑草の中を覗いてみた。金属部分が錆《さ》びた、男の子用の自転車。後輪の泥よけに、住所と名前が書かれている。その文字がもともと丁寧じゃない上、端々がかすれているので、ぐっと顔を近づけなければ読めなかったが——佐山直弥。

直弥という名前は初めて知ったが、名字と住所から、真絵美の弟だとすぐに気づいた。「あれ弟」と真絵美に指さされ、中学校時代、校庭にいるのを見たことがある。

誰かが真絵美の弟の自転車を盗んだ。

そして始末に困り、ここに捨てた。

翔子がそう考えたのは、かつて自分も同じ目に遭ったことがあるからだ。お遣いに行ったスーパーの前に停めていたはずの自転車が、店から出てみると消えていて、一週間ほど経った頃に警察署から連絡があった。翔子の自転車は、川べりにあるスクラップ置き場の端に放り捨ててあったらしい。

スニーカーで雑草を踏み倒しながら自転車を起こした。どこも壊れていないようで、そのままハンドルを引いて路地まで戻った。サドルにまたがって真絵美のアパートに向かおうとしたが、乗っているところを真絵美や直弥に見られたら、まるで翔子が盗んだみたいなので、押していくことにした。

アパートの下まで来ると、中学の制服を着た男の子がちょうど外階段を上がりかけるところで、自転車を見て「あ」という顔をした。

――あたし、まー子の友達なんだけど、この自転車――。

そこにいるのが佐山直弥だとはわかったが、遠くからしか見たことがなかったので、違ったらどうしようという思いがあった。相手の反応にゆだねる恰好で言葉を切った。

――見つけたんだ。

そう言われた。やはり直弥だったらしい。しかしどうも妙だ。眉尻を下げ、どこかしょんぼりしたように、彼は自転車を見ていた。

――うちの近くの畑にあったの。誰かが盗んで、捨ててったんだろうと思って。

直弥は階段の上を気にするような素振りを見せてから、

――ちょっと、こっち。

囁くように言い、アパートの裏手へ翔子を連れていった。

自転車置き場だった。直弥はしばらく視線を下ろしてもじもじしていたが、

――僕がやったんだよね。

唐突に打ち明けた。

——え、何を？

自転車を畑の奥に放り込んだのだという。

——何でよ。

——あんまり古いでしょ、それ。だから新しいの買ってほしくて。でもまだ乗れるから、買ってくれないんだ、お母さん。

——それで盗まれたことにしようと思ったの？

直弥は頷き、目をしょぼつかせて黙ってしまった。

——まずいと思うよ。

——まずいかな。

——まずいでしょ、自転車、捨てたりしちゃ。まだ乗れるんだから。

——乗れるけどさ……。

直弥は唇をとがらせて自転車を見た。

——名前と住所、せめて消しとけばよかったのに。

自分の善意を迷惑がられているようで面白くなかった。

——そしたらあたし、見つけてもわざわざ届けに来なかったよ。

——そっか……。

直弥もまた面白くなさそうに、翔子がハンドルを支えたままの自転車を眺めていた。

——新しいの欲しかったら、ちゃんとお母さんに話してみな。

しぶしぶといった様子で直弥は顎を引き、しかしすぐに、翔子のほうへ顔を向けて頬笑んだ。

——お姉ちゃんに、言わないで。

だからいまだに、真絵美は翔子が自転車を届けたことを知らない。それから何日か経った頃、翔子と直弥が学校帰りに偶然近所のコンビニエンスストアで会い、分かれ道まで並んで歩いたことも知らない。部活のない日の帰り道、きまって翔子がそのコンビニエンスストアへ寄るようになったことも、直弥もそうしていることも、会えたときには分かれ道まで並んで歩くことも知らない。今日こうして待ち合わせ、昼ごはんをいっしょに食べようとしていることも、きっと知らない。

「ねえ、蟬が一週間で死ぬって、あれ嘘なんだって」

錆びた自転車を押しながら、直弥は空を見上げて唐突に言った。

「そうなの？」

「ほんとは一ヶ月くらい生きるみたい。二ヶ月とかそのくらい生きるやつもいるんだって。一週間ってのはね、寿命が短いってことを、大袈裟《おおげさ》に言ったのが広まっただけだって、昨日テレビでやってた」

いまの話を、もっと前に知っていれば、章也は死ななかったのではないか。もう少し生きていられたのではないか。直弥の横顔を眺めながら、そんな不確かな思いが胸をよぎった。

「一ヶ月だって二ヶ月だって、短いよ」

少し経ってから、直弥は「短いよね」と頷いた。

（二）

翌日。

学校へ向かうバスの中、膝に置いたクラリネットのソフトケースを見つめながら、翔子はゆうべの夢を思い出していた。

もう何度も見てきた夢だ。

真っ暗な場所に弟が浮かんでいる。全身が白いローブのようなもので包まれ、腰にはがっしりとした革のベルトが巻かれている。身体の正面をこちらに向け、しかし顔は左肩のほうへ曲げられて、遠くにある何かを見ている。

その背後から、音もなくサソリが近づいてくる。

反り上げた尾を、前に後ろに揺らしながら、サソリはじりじりと這《は》い進んでいく。章也はそれに気づいていない。横顔にうっすらと笑みを浮かべ、警戒もせずに、ただ立っている。白い首と胸、剝《む》き出しの両足。その足に、サソリは近づいていく。持ち上げたハサミの先端が、もう少しで章也の肌に触れるというところで、サソリは止まる。そして何かを囁く。

——□□□□。

聞き取れない、短い言葉を口にする。

翔子は呼びかけようとするが、声が出ない。何度やってみても、息は隙間風のように掠《かす》れて消えてしまう。サソリが背中に反らした尾が、前に後ろに揺れ、その揺れはしだいに大きくなっていく。前、後ろ、前…後ろ……前……後ろ……前……後ろ……前。

夢はそこで終わる。サソリの針が章也の肌に突き刺さる直前に。

いったいどうしてそんな夢を見るのか、翔子にはわからない。

しかし、何が自分に夢を見させるのかはわかっていた。

プラネタリウムに行ったのは五年生の課外授業でのことだった。暗い場所で、なかば仰向けの体勢になり、優しいトーンのナレーションを聞きながら、翔子はうたた寝をした。ふっと目が覚めたときに見えたのは、ローブをまとった若い男の人の姿と、その背後に忍び寄る一匹のサソリだった。

オリオンという名前を、ナレーションが聞かせた。

海の神ポセイドンの子であるオリオンは、とても乱暴だったため、大地の女神ガイアが怒《いか》り、一匹のサソリを遣わして毒針で命を奪ったのだという。そして天に追放し、星座に変えた。だからいまでもオリオンは、冬のあいだは天空で堂々としていられるが、季節が過ぎてサソリが東の空へ近づいてくると、西へと逃げて大地の向こうへ消えるのだとか。

以来、夢を見るようになった。

真っ暗な場所に浮かぶ章也は、死んだ小学二年生の姿から、だんだんと成長し、いまでは中学二年生のすらりとした身体をしている。

章也のオリオン。サソリは――いったい何だろう。夢を見るたび翔子は考える。弟の命を唐突に奪った運命のようなものだろうか。それとも、あの雨の日のトラックなのか。しかしそれにしては、夢の中のサソリはゆっくりと、気配を殺して章也に近づいていくのだった。


「うちの弟、彼女できたみたいでさ」

翌日の教室で急に言われた。

「そうなんだ」

席に座ったばかりの翔子は、鞄《かばん》を机の脇にかけながら、真絵美の顔をちらっと見返した。

「いやまだ確実じゃないんだけどね。なんか最近ぼんやりしてるから、何かあったんだろうなとは思ってたんだよ、でもあたしが訊いても、あいつ無視すんの。ところが昨日さ、ほら駅前の、前にあたしたちがサービスポテト七個食べたお店、あそこで女の子と二人でいたんだって」

夏服のブラウスの、袖の折り上げかたが気に入らないふりをしながら、翔子は「へえ」と眉を上げた。

「誰か、見たの？」

真絵美はにんまりと頷いて女の子の名前を答えた。知らない名前だった。

「塾でいっしょだった子。昨日の夜、電話してきたんだよ。前にうちに遊びに来たことあるから、弟の顔知っててさ」

ちょっとでも黙ったら不自然だと思ったが、この場に適した言葉がなかなか出てこない。

「どんな人だったのかな」

ようやく見つけて口にした。

「ん？」

「いやその、彼女？　いっしょにいた子」

真絵美は意地悪く上唇を歪めた。

「地味だったって、すごく」

胸の奥をぎゅっと摑まれた気がした。この髪型やあの服は、そんなに地味だろうか。それとも雰囲気のことを言われたのだろうか。ハンバーガーセットを食べながら直弥と喋っているあいだ、ずっと笑っていた憶えがあるのに。質問を重ねたくて、翔子は真絵美の目を見たが、思い直して別のことを言った。

「弟、家で変な感じなんだ？」

「何が？」

「さっきほら、ぼんやりしてるって」

「ああ、もうすごいよ。テレビとか見てても、ぜんぜん違うこと考えてんだもん。まあ本人がそう言ったわけじゃないけどさ、顔でわかるよ。最初は好きな子でもできたのかと思ってたんだけど、まさかもう付き合ってるとはね。先越されたわ、ほんと」

このまま話をつづけたい気持ちと、逃げ出したい気持ちがまざり合い、もう翔子は相手の顔を見ることができなかった。ロッカーに入れにいくつもりのクラリネットケースを机の上に横たえ、持ち手の根元でほつれた糸をいじりながら、何を言えば自然かを、またあれこれ考えた。

「弟って、名前なんだっけ」

「直弥」

　隣の机にスカートのお尻を載せ、真絵美はわざとらしく腕を組んで唇を曲げる。

「ちょっと前まで、あいつお姉ちゃんお姉ちゃん言ってたんだけどなあ、なんかあれだなあ、ちょっとむかつく」

「彼女じゃないかもしれないんでしょ？」

「まあそうなんだけどさ、日曜日に二人で会ってるって時点で、先越されてるもん」

　ということは自分も真絵美の先を越したわけだが、そんな思いはまったくなかった。そもそもあれがデートだという意識もない。傍《はた》から見たらそう思われるのかもしれないが、翔子自身はべつに、男の人と二人きりで会うのだという思いで約束をしたわけでも、そういう気持ちで実際に直弥との時間を過ごしたわけでもなかった。向こうだって、そうに決まってる。家でぼんやりしているというのは、きっと何か別のことを考えているのだろう。

「ちょっと前から、急に可愛くなくなったんだよね、家でいつもふてくされてる感じで」

「ふてくされてるの？」

「ある程度の歳になると、姉弟ってそんなもんなのかね。前はけっこう二人で遊びに行ったりもしてたんだけどなあ。あいつ星とか好きだから、ほら前のナントカ流星群のときも、いっしょに河原まで見に行ったんだよね。ああいうのも今度から彼女と行くようになるんだろうなあ」

翔子にかつて弟がいたことを、真絵美は知らない。中学一年で同じクラスになったときには、もう章也が死んでから三年が経っていたので、わざわざ自分からは言わなかったし、真絵美に弟がいることを知ってからは、言い出すタイミングを見失った。

薄暮れのコンビニエンスストアで直弥と会い、並んで道を歩きながら、翔子は真絵美との会話《やりとり》を持ち出せなかった。

「そういえば自転車、欲しいって言ったの？　お母さんに」

「まだ言ってない。なんか、よく見たら、買い替えるのがもったいないような気もしてきたし」

眉尻を下げて頬笑む。

「あれがあったからかな」

「あれって？」

「あたしがほら、畑で拾って届けて」

気がついて、中途半端に言葉を切った。これではまるで自分との思い出のせいで愛着がわいたのだと言っているみたいだ。何か言葉を添え、そのニュアンスをなくそうとしたが、直弥の明るい笑い声のほうが早かった。

「そうかもね。あとで思い出して、あれ面白かったもん」

「あたしも笑った。自転車捨てちゃ駄目だよなんて自分で注意しときながら、住所と名前消しとけばよかったのにとか言って」

「あれで〝なるほど〟って思ってもう一回捨ててたら、共犯になってたよね」

「そっか」

今日も夏空に蟬が騒々しい。民家の白壁に一匹、珍しくその姿があった。これほど蟬時雨を聞いていながら、姿を見たのはたぶん今年初だ。

「中学の夏休みって、いつからだっけ」

なんとなく訊ねると、

「お姉ちゃんの高校と同じ」

直弥はそんな答えかたをした。

ときおり、こういうことがある。彼の「お姉ちゃん」が、自分であっても意味が通るような言葉を、直弥が口にすることが。それはもちろん単に、直弥が翔子をどう呼んでいいのかわからないため、自分の「お姉ちゃん」を出してくるだけのことなのだろうが、それでも聞くたび、もどかしいような切なさが胸にこみ上げた。

「そうだよね、そんなに変わらないよね、中学も高校も。夏休みって何してんの？」

「べつに決めてない。でも、このまえニュースでやってたプラネタリウムには行ってみたいな。すんごい大きいんだって。リニューアルしたばっかりで、設備も最新とか言ってた。こっからだと途中で電車を一回乗り換えて、それでも片道四十分くらいなのかな」

「あ、そういえば」

直弥は星が好きだと、教室で真絵美が言っていた。

「ん？」

「いや、前に星の話……してたような、してないような」

「したかも」

急に顔を向け、ぱっと笑う。

「星とか月とか好きなんだ。月も星だけど。でも、なるべくそういう話はしないように気をつけてるんだよね。なんか男で星が好きとか、気持ち悪いし、そうじゃなくても、わざとらしい感じするでしょ」

気持ちが悪いというのはよくわからなかったが、わざとらしいというのはなんとなく理解できた。

「いいじゃんべつに、好きなんだから」

「ね」

他人事《ひとごと》のように苦笑する。

「いつ行くの？　プラネタリウム」

「もうオープンしてるみたいだから、なるべく早く行きたいと思ってる」

「それ、あたしもいっしょに行っていいかな」

意外そうに、直弥が顔を向けた。

「星、好きなの？」

「ううん、そういうわけじゃなくて」

少し考えて、曖昧に答えた。

「なんとなくオリオン座が見たいんだよね」

以前にも増して頻繁に見るようになったあの夢が、どうにも気になっていたのだ。もちろんオリオン座を見たところで夢の意味がわかるわけでもないだろうけれど。

「でもほら、あれって冬の星座でしょ。だからプラネタリウムで見ようかと思って」

すると直弥はぴたっと立ち止まり、唇をにゅにゅっと横に伸ばした。

「オリオン座って、夏でも見られるよ」

（三）

夢の終わりで目が覚めると、少し泣いていた。

天井はもう薄明るい。汗ばんだ身体をベッドの上でごろんと回し、部屋の隅を見た。一年と少ししか使われなかった章也の学習机が、ひっそりとそこに置かれている。椅子と天板の高さは、想像の弟の背丈に合わせて翔子が調節してきた。最初のうちは、自分の机や椅子よりも低く。去年あたりからは、まず自分とぴったりの位置に合わせ、それから少しだけ椅子の高さを上げた。

また、同じ夢だった。

弟の足下にサソリが這い寄る。翔子は呼びかけようとするが、どうしても声が出ない。サソリはゆっくりと章也に近づいていき、何かひと言、聞き取れない言葉を囁く。鋭い先端を持つ尾が、前後に揺れ、揺れ、揺れ——その先端が章也の足に刺さる直前に、すべてが真っ白く掻《か》き消える。この前よりも、つめたい針は章也の足のすぐそばまで突き出されていた。もう少しで肌に触れてしまいそうだった。

サソリの正体を、翔子は知っている気がしてならない。

階下《した》で水道を使う音がした。もう母が起きているらしい。鳴る前の目覚まし時計を止め、部屋を出た。

「あらま、お早いこと」

手のひらに載せた塩を鍋に放り込み、寝間着姿の母が振り返る。昨日の夕方に穫って、新聞紙にくるんでおいたホウレン草が、綺麗に洗われて笊に盛られている。母はそれを一気に鍋に入れ、立ちのぼった湯気から顔を引いた。流し台にはオクラとラディッシュの入った笊もある。

「ラディッシュ、あたしマヨネーズがいい」

水切り籠《かご》からグラスを取り、冷蔵庫の前で麦茶を注いだ。

「スライスしないで？」

「そう、そのままマヨネーズ」

「了解。娘もなかなか大人になってきたことよ」

「飽きちゃったんだよね、スライスしてレタスといっしょに食べるの」

「人が飽きるから、野菜には旬ってものがあるのよ。穫れるうちは飽きないであげて。……よし、オッケー」

ハウツー本にでも書いてあったのだろう、長いこと野菜を育ててきたようなことを言って、母は鍋の湯をあけた。こんどは湯気をよけず、むしろ頭を突っ込むようにして顔全体に浴びる。野菜のエキスがふんだんに含まれた湯気は肌にとてもいいという、たぶん独自の美容理論を、母はこうしていつも実践している。

「オクラはどうする？　納豆と混ぜる？」

「昨日はカツオ節で食べたんだっけ」

「そう、カツオ節」

「じゃ納豆と混ぜる」

立ったまま麦茶を飲み、減ったぶんをまた注いで冷蔵庫を閉めた。

「ね、小鉢出しといて。花のかたちしたやつ」

母に言われて食器戸棚を探るとき、銀色のフォトフレームから章也に笑いかけられた。いつものようにその笑顔を目に入れずやりすごし、小鉢を取ってテーブルについた。

――オリオン座って、夏でも見られるよ。

母の背中に目をやりながら、昨日、直弥が聞かせてくれた話を思い出す。

――そうなの？

――明け方にね。

ほんの短い時間らしい。

――太陽が出るまでのあいだに、高い場所から見られる。東の空に。僕もまだ見たことないんだけど――

ずっと、見てみたかったのだという。

──だって夏のオリオンなんて、かっこいいでしょ。

明け方に現れる一瞬のオリオン。その姿はきっと堂々と、伸び伸びとしていることだろう。翔子はそんなふうに想像した。何故《なぜ》かといえば、追いかけてくるサソリが、空のずっと遠い場所に沈んでいる季節なのだから。

──あたしもそれ、見てみたい。

短い時間で消えてしまう、伸び伸びとしたオリオンを。

──じゃ、いっしょに見に行こうよ。

直弥は両目をきらきらさせた。

しかし、夏の夜明けは早い。明け方というのは要するに真夜中といってもいい時間のことだ。しかも、高い場所からしか見られないということは、そこへ行くために、もっと真夜中に待ち合わせなければいけない。どうやって親に言い訳すればいいというのだろう。それとも直弥は、親に気づかれないよう、こっそりと家を抜け出そうとでも考えているのだろうか。

──行こっか。

細かいことは後回しにして、翔子はそう答えていた。

「夏休み、何しようかな」

小鉢のへりをいじりながら、ぎりぎり母に聞こえる声で言ってみる。

「お盆のときじゃなければ、どうぞご自由に」

ゆがいたホウレン草を水にさらし、母は背中ごしに声を返した。

「あ、そういえばお盆、今年は親戚がどこまで来るのかわからないのよね、ほらこないだのが大きかったから」

「お墓行くとき、またマイクロバス借りるの？」

「あれはこの前のときだけよ。いままでどおり、お墓に行く人はそれぞれ行って、お店に集まる時間だけ決めとけばいいわ。あそうだ、お店の予約しとかなきゃ。じゃなくて、その前に人数だわ。ええと……」

誰々、誰々、誰々、と指を折って数えていく母の背中に、翔子は思い切って言ってみた。

「泊まりに行ってきていいかな。夏休み」

「……の叔父さん夫婦、子供が二人……え、どこに？」

翔子は麦茶のグラスを唇に押しつけながら喋った。

「いや、まだちゃんと決まってないんだけど、なんかそういう話があるんだよね。泊まりで遊びに行くって。一泊だけ」

「まあ、ちゃんとしたとこならべつにいいわよ。でもあんた、夏休みに行くのにまだ決まってないの？　お料理屋さんと違って、宿の予約は遅くなると難しくなっちゃうわよ。

みんな普通はもっと前に予約してるでしょ。何人？」

「ん？」

「行く人」

先ほどの母と同じように指を折り、翔子は目をそらして答えた。

「五人くらいだと思うけど、よくわかんない」

「適当だこと。お父さんみたい。あ、お父さん起こしてこなきゃ」

「あたし行く」

立ち上がり、翔子はリビングを抜けて階段を上った。

（四）

「弟がさ、なんかあたしのことすごい嫌ってるっぽいんだよね」

昼休み、真絵美にそんなことを言われた。食べ終えて閉じた弁当箱の蓋を、爪でリズミカルに叩きながら眉を寄せる。

「目が合うだけで舌打ちとかすんの。思春期の弟ってみんなそうなのかね。晩ごはんも、お腹減ってないなんて言って、わざとあとで食べたりするし。あたしがテーブルからいなくなってから」

まだ食べ終わっていない弁当箱の中の、ホウレン草のおひたしをつつき、翔子は曖昧に首をひねった。

「そんなもんなんじゃないのかな。知らないけど」

「彼女ができたせいかも」

なげやりな言い方だったので、こちらも口許を笑わせて顔を上げたのだが、真絵美は思わぬ鋭さで翔子を見ていた。しかし、すぐに表情をほどいて鼻に皺を寄せる。

「そういうの、関係あるもんかね」

「どうなんだろ」

「あたしも彼氏できたら弟のこと毛嫌いするようになったりして。できないけど彼氏」

「べつに毛嫌いしてるわけじゃないと思うよ」

「してるって。だって、いちいちだもん。いちいち舌打ちしたり、こうやって睨んだり、あたしがリビングでテレビ観《み》てると、わざとおっきな音させて部屋のドア閉めたりするんだよ。学校行くときも、玄関であたしの靴蹴飛ばして、履きにくいようにしてから出てくし」

つづけざまに言いながら、だんだんと咽喉《のど》に力のこもった声になっていった。その声にも内容にも少々面食らい、翔子は言葉を返せなかった。それを誤魔化そうとして、何も挟んでいないプラスチックの箸先《はしさき》を口に入れた。

家で、直弥はそんな様子なのか。翔子が見ている彼からは想像もつかなかった。でもこれは、真絵美が大袈裟に言っているだけかもしれない。いや、きっとそうなのだろう。中学時代から、真絵美にはちょっとそういうところがある。

「まあいいや、ただ面倒くさいだけで、害はないもんね。こっちも無視してればいいわけだし」

ここここっ、と爪で弁当箱の蓋を鳴らし、真絵美は窓のほうを見て気の抜けたような笑い方をした。

「あそうだ」

髪を跳ねさせながら、すぐにこちらへ顔を戻す。

「翔子、知ってる？　高岡先生、辞めちゃったんだって」

「え、休むだけじゃないの？」

高岡というのは卒業した中学校の養護教諭だ。赤ちゃんができたので、しばらく学校を休むらしいと直弥から聞いていた。あれはたしか二人でハンバーガーセットを食べているときだったか。

「ああそっか、休みだ。産休だ。間違えた」

真絵美はどこか妙な感じで頬を持ち上げた。

「辞めるとか言っちゃ悪いか。でもあれだね、旦那さんってどんな人か気になるよね」

「高岡先生、美人だもんね」

「すごい大人な感じ。いや大人だけど」


部活で遅くなったので、一応帰りがけにコンビニエンスストアを覗いてみたけれど、直弥はいなかった。クラリネットケースをぶらぶらさせながら畑の脇道をたどり、家に帰って母と夕飯を食べ、シャワーを浴びて部屋に上がると、携帯電話のランプが点滅していた。ディスプレイに真絵美からの着信表示が出ている。

『ちょっと待って』

ベッドに座って電話をかけると、真絵美はいきなり低い声で言った。部屋を移動するような物音が聞こえ、ドアを閉める音がして、前置きなしに切り出された。

『あんた嘘ついてたんだよね、あたしに』

何が、と訊ね返すことはできなかった。

『黙らないでよ。弟のことだよ』

声が出ず、息が吸えず、ただ胸が冷たくなった。

『昨日見たんだよ、あたし。二人でアパートの近く歩いてんの』

言い訳を探している自分がいた。たまたま会っただけ。学校帰りにコンビニエンスストアに寄ったら、そこに直弥がいて、向こうがこっちの顔を憶えていたので挨拶されて──。

『塾のときの友達にも今日訊いたの。弟といっしょにハンバーガー食べてたの、どういう子だったって。前より詳しく、髪とか服とか。あんた黒のTシャツ買ったって自慢してたよね、あたしに。ハートのラインストーンのついたやつ』

「べつに自慢してない」

まったく無関係な弁解だとわかってはいたが、そんな言葉を返すのが精いっぱいだった。

『いいよ、どっちでも。前に教室で、弟に彼女できたんじゃないかって話したとき、あんた嘘ついたじゃん、すごい上手く』

「違う、言えなかっただけ、いきなりだったし」

『だって友達が見たのって、あんただったんでしょ？』

素直に認めるしかなかった。

「そうだけど──」

翔子の声にかぶせるように大きな声を出された。

『ならやっぱり嘘じゃんよ、嘘ついてたんじゃん』

真絵美は黙った。しかし、息遣いは聞こえていた。ふくらみきった薄い袋が、もっとふくらもうとして、それができないから僅かに縮まって、また目一杯まで張りつめて

——それが翔子のすぐ耳もとで繰り返されていた。電話機を持つ手が冷たくて、少し震えていた。言葉は石のようで、咽喉から先へ一つも出てこない。昼休みの教室で、真絵美が急に高岡先生の話をしたことを思い出した。あれは自分を試したのかもしれない。卒業したはずの中学校での出来事を、翔子が知っているかどうか、確認したかったのかもしれない。それに自分はまったく気づかなかった。平然と会話する翔子の顔を見ながら、真絵美は明るく笑っていたけれど、あのときから彼女はもう、本当はこんな声を出したかったに違いない。

『べつに付き合ってもいいけどさ、嘘とかつかないでほしいんだよね』

温度のある声に戻っていた。安心したせいか、急に目の裏が熱くなった。

「そういうんじゃなくて……そんな感じじゃなくて、なんか弟みたいに」

言ってから、まずいと思ったが、言い直し方が見つからなかった。

『まあそりゃ弟だからね。あたしの』

感情の読めない、淡々とした声だった。

「あのね、まー子、あたし、ずっと言わなかったんだけどね——」

気づけば翔子は打ち明けていた。

章也という弟がいたこと。小学二年生で死んだこと。生きていれば、ちょうど直弥と同い年だということ。いまも部屋に置かれている弟の机。そこに並んでいる六つの誕生日プレゼント。真絵美には、いつか話すつもりではいた。ただし、こんなかたちではなく、もっと互いに落ち着いた状況で。心をひらき合った状況で。直弥との関係を説明するために、弟の話をしていることが哀しくて、死んだ章也に申し訳なくて、話しながら涙がこぼれた。真絵美は黙って聞いていた。話し終わってからも、長いこと黙っていた。

沈黙と、自分が鼻をすする音だけが残った。電話の向こうで真絵美の母親の声がし、そちらに向かって彼女が『あとで行く』と邪険な口調で答えた。

そしてまた翔子に声を返した。

『それは知らなかったけど……でもさ』

短い溜息《ためいき》を挟んでつづけた。

『なんかそれって、代用してるだけじゃないかな』

母親に呼ばれているからと、真絵美は電話を切った。

（五）

「平気だった？」

「大丈夫。お母さん、完全に信じてると思う。そっちは？」

「友達ん家でゲーム大会」

「そんなんでいいの？」

「男だからね」

夏休みに入って十日目の夕暮れ、駅で直弥と待ち合わせた。

友達同士の一泊旅行だというのに夕方まで出発せずにいるのは不自然なので、家は昼ごはんを食べてすぐに出た。バスで駅まで行き、旅行バッグを持ったまま商店街をうろつき、しかし何も買わず、待ち合わせの少し前、緊張しながら一人で喫茶店に入ってスパゲティを食べた。

「そっちは晩ごはんどうした？」

「コンビニでおにぎり買って、バスで食べながら来た」

直弥は自動改札を通れるカードを持っていたが、翔子は持っていなかったので、切符を買わなければならなかった。券売機に夕陽が反射して眩《まぶ》しく、背後でヒグラシがたくさん鳴いていた。

「なに駅？」

直弥が答えた駅を、路線図から探した。聞き慣れない駅名だったが、太字で大きく書かれ、丸く囲われた駅の隣だった。金額ボタンを押すと、入れた千円札がほんの少しの小銭になって出てきた。直弥の従兄《いとこ》とその両親が住むマンションというのは、思っていたよりも遠いらしい。

「その、親戚のうちには寄るの？」

「寄るわけないじゃん、おじさんとおばさんには内緒だもん」

直弥はリュックサックから財布を取り出し、中に入っているカードキーを見せる。

「鍵がないと一階の入り口が開かないし、屋上の共同テラスってとこにも行けないみたいだから、従兄にこっそり借りといた。一昨日《おととい》、うちに遊びに来ることになってたから、そのとき借りようって前から考えてたんだ。上手くいってよかった。帰るとき、新聞受けに入れとくことになってる」

「さすが」

「だってマンションの屋上に行けなかったら、遠出しても意味ないでしょ」

「何て言って借りたの？」

「そのまま説明した。でもやるのは明日って言ってあるけど」

直弥はにやっと頬を持ち上げる。

「覗きに来られたら面倒だもん」

あれから夏休みに入るまでの数日間、真絵美とはほとんど喋らずに過ごした。教室でときおり短い言葉を交わしはしたが、彼女は翔子の顔を見てくれなかった。ただそれが、怒っているのではなく、気まずさによるものだということは感じ取れたので、翔子も敢《あ》えて夏休み前に仲直りをしようと頑張りはしなかった。

直弥には、真絵美とのことは話していない。

自動改札を抜け、ホームへの階段を上る直弥の後ろを歩いた。直弥は前を向いたまま、

「天気は大丈夫だよね」

天気予報を見てきたと言って肩口に丸印を突き出した。

これから二人で、直弥の従兄とその両親が住むマンションの、屋上へ向かう。明け方に堂々と立つ、真夏のオリオンを見るために。マンションに着く前に近くのコンビニエンスストアかどこかで買い物をするかもしれない。細かいことは決めていない。飲み物と、ちょっとしたお菓子くらいは買っていったほうがいいだろうか。

マンションは十二階建てで、そこはちょっと前まで田舎町だったので、周囲に高い建物がないらしい。明け方のオリオンを見るにはちょうどいい、絶対に見られると、約束をしたとき直弥は鼻をふくらませて興奮していた。

「けっこう混んでるんだね」

「大人は夏休みじゃないから」

当たり前のことを言われて面白がっているように、直弥は笑い、慣れた仕草で手摺りに手を添えた。翔子はドアの脇に立ち、Tシャツの背中をもたれさせた。自分のほうが二つ年上なのに、今日の直弥はとてもたのもしく見える。咽喉をそらして漫然と広告を眺める様子も、なんだか板についていて、顎のラインは少年というよりも男の人だった。

どうしてか翔子は視線を外し、自分と直弥のあいだに生じた床のスペースに目を落とした。動きはじめた電車の振動が背中に伝わった。ときおり顔を上げて、人のあいだから窓を見ると、だんだんインクを流していくように、夕焼け空が暗い青色に染まっていく。

降りる駅の四つ手前で、隣り合った席が空いた。直弥が目で合図をし、並んでそこに腰を下ろした。それから三つ目の大きな駅で、乗客がたくさん降りていったので、二人の左右に誰もいなくなり、翔子と直弥だけがぽつんと並ぶかたちになった。

ホームの向こうに見える町は、もう真っ暗だ。

「つぎだね」

直弥が言い、翔子は顎を引いて頷いた。そのまま自分の膝先をじっと見て、電車がふたたび動き出すのを待った。

（六）

駅を出るとずいぶん涼しかった。

「こっち」

直弥が歩き出す。

「どっか寄らないの？」

「え」

「コンビニとか」

「いいよ、面倒だし」

言いながら、もう顔は前を向いている。

直弥の歩調は速く、遅れないようについていくうちに、耳の脇を汗が伝った。追いついて横顔を覗くと、直弥はもっと汗をかいている。それでも二人を追い越して歩いていくスーツ姿の大人が何人もいた。みんな顔を下へ向けて、表情が見えない。どこかでジッと蟬が飛び去る音がした。角を二度折れ、道はだんだんと暗くなっていく。知らない場所から、もっと知らない場所へと入り込んでいくうちに、振り返ったら背後の景色が消えているのではないかというような不安がこみ上げた。もう少しゆっくり歩こうと直弥に声をかけようとしたそのとき、やわらかい風が路地を吹き抜けた。

そっと頰を撫《な》でていくような、やさしい風だった。

「何？」

足を止めていた翔子を、道の先から直弥が振り返った。

「ごめん、何でもない」

風の中で感じた奇妙な懐かしさのようなものに首をひねりながら、翔子は直弥に追いついた。

直弥の足取りは先ほどまでよりも遅くなっていて、自分に合わせてくれたのかと思ったら、すぐそこに見えていたマンションが目的地だったらしい。悠然とゲートを入っていき、直弥はリュックサックから財布を出してカードキーを抜く。ガラスドアの脇にあるパネルの、並んだ数字ボタンの隣にスリットがある。カードをそこへ差し込むと、ほとんど音も立てずにガラスドアがスライドした。

蛍光灯に白々と照らされた広いホールを抜ける。エレベーターが二機向かい合っている。そこへ近づく自分たちの足音も、直弥がボタンを押す音も、ドアの向こうにエレベーターが降りてくる音も、静けさの中ではっきりと響いた。直弥の肩口からは、やわらかい汗のにおいがした。生きていたら章也もこんなにおいをさせていたのだろうか。エレベーターに入ると、12の上にRというボタンがあり、直弥がそれを押した。ふわりと身体を持ち上げられていく感覚が、初めてエレベーターに乗ったわけでもないのに、なんだか怖かった。直弥が何か喋ってくれればいいのにと思った。

ドアがひらくと小さなホールがあり、硬そうな革のソファーが片側に並んでいる。正面に、玄関にあったのと同じような自動ドアと、スリットのついたパネルがある。直弥はカードキーをそこへ差し込んだ。

ドアを抜けると、一面に夜景が広がった。

星のように、細かい光が間隔をあけて無数に散らばっている。遠くで天《あま》の川《がわ》みたいに光が集まっているのは幹線道路だろうか。

へりに沿って高い柵があるだけで、屋上はひどくがらんとしていた。直弥はちらっと周囲を見回し、左手のほうへ歩いていく。追いついてペントハウスの壁を回り込むと、柵と壁のあいだに細長いスペースがあった。さっき乗ってきたエレベーターの、ちょうど裏側にあたるようだ。

「あっちが東だね」

柵の向こうに広がる夜空を、直弥は指さした。ふんふんと一人で頷き、その場に尻を落として胡座《あぐら》をかく。翔子も隣にしゃがんだ。

直弥は何も話さなかった。胡座の膝に両手をゆるく載せ、背中を丸めて顔を上げ、唇にほんの少し隙間をあけて柵の向こうを見ている。隣でしゃがんでいた翔子は、だんだん足が痛くなり、お尻をコンクリートの床につけた。コンクリートは昼間の熱をまだ保っていて、そのあたたかさがスカートごしに伝わった。膝を抱えて顎を載せ、翔子も黙っていた。

しばらくして、バッグから携帯電話を取り出して見てみると、まだ九時過ぎだったので驚いた。待ち合わせた時刻を考えたら、もちろんそれほど遅くなっているはずがないのだが、何故かしらもう真夜中に近いような気がしていたのだ。直弥は隣から首を伸ばして携帯電話のディスプレイを覗き、また柵の向こうに目を戻す。翔子は電話機を仕舞って膝を抱え直しながら、ずっと気になっていたことを言ってみた。

「星、なんか少ないよね」

直弥もやはり気にしていたらしい。返ってきた声の様子でわかった。

「予報、ちゃんと見てきたんだけどな」

「雨降ってきたりして」

冗談めかして言ってみたが、直弥は不安げに空を見るばかりで、返事をしない。

最初の雨粒が膝に落ちてきたのは、それからほんの数分後のことだった。気づかないふりをしていようかと思ったが、それが二粒三粒と増えていったので、直弥の顔色を窺《うかが》った。

「予報見てきたのに」

さっきと同じことを言って、直弥は苛立《いらだ》たしげに瞬きをする。どこからか、長い車のクラクションが響いてきた。雨粒はどんどん数を増し、頬を濡らし、前髪をかすめて膝頭を叩いた。雨のにおいがみるみる空気を満たし、Tシャツが肩口に冷たく張りついていった。

エレベーターホールの壁際に置かれていたソファーに、並んで座った。

天気予報を見てきたのにと、また同じことを言いながら、直弥は濡れた両腕を交互に払っている。ただ水を払い落とすよりも、ずっと強い力だった。肌を打つ手のひらの音が狭いホールに反響した。

「すぐやむって」

翔子の声に、黙ったまま頷く。バッグからフェイスタオルを引っ張り出して渡すと、素直に受け取って腕と顔を拭いた。じっと思いつめるようなその横顔を眺めているうちに、翔子は何か急に、自分のせいで雨が降ってしまったというような気になり、自動ドアの向こうへ視線を移した。ドアのガラスがホールの風景を反射させ、外の様子はわからない。どのくらい降っているのだろう。目の焦点の手前で、ガラスにでたらめに並んだ雨粒同士がくっついて、ジグザグに滑り下りていく。いま遠くで低い音がしたのは雷だろうか。

「雷がどのくらい遠くにあるのか、どうやって計算するんだっけ」

ガラスドアに映った直弥の顔に話しかけた。

「光が見えてから音が聞こえるまでの時間と、三百四十メートルをかけ算するだけだよ」

「三百四十メートルって何だっけ?」

中学時代に理科の授業で習った気がするのだが、まったく思い出せない。

「音の速度。秒速三百四十メートル。光はものすごく速いから、光った瞬間にもう目に見えるでしょ、だからスピードとかは考えなくて——」

「あそうか」

思い出した。

「単に光が見えてから音が聞こえてくるまでの時間に、音速をかければいいのか」

そう言っているうちに、遠くの空が微かに白く光った。胸の中で数をかぞえてみると、しばらくして雷鳴が聞こえてきた。

「ちょうど七秒」

「七秒ってことは——」

ガラスに映った直弥の顔が、ぽかんと上を向く。

「二万……じゃないか、二千三百八十メートル」

「近いね」

「遠いよ」

翔子はソファーを離れ、自動ドアのそばに立った。両手で目の横を覆うようにして、ガラスに顔を近づけると、外が見えた。また、光るだろうか。無数の細かい針のように、雨が斜めに視界を過ぎていく。しばらく待っていると、ごろごろと低い音が響いてきた。光は見逃してしまったらしい。それとも、見えるほどには光らなかったのだろうか。

「けっこう降っちゃってる」

ううん、と直弥は返事のような唸《うな》り声のようなものを洩らした。

「どっか、買い物でも行ってこようか。途中に一軒、コンビニあったじゃん」

「でも、もうけっこう遅いから、あんまり歩き回らないほうがいいと思う」

たしかにそうかもしれない。ちょっと君たち、なんてお巡りさんに声をかけられないともかぎらない。見えない双眼鏡を支えているように、両手を目の横に添えたまま、翔子はじっと雨を見た。自分の呼吸音が聞こえる。光を待ち、音を待つ。また音だけが小さく聞こえた。雷はもう遠ざかっているのだろうか。

しばらく、翔子はそうしてガラスの向こうを眺めていた。

話しかけようとして振り返ると、直弥は背もたれに身体を預けて額を伏せている。足音が立たないよう、片足ずつそっと動かしながらソファーに近づいていった。顔を覗き込んでみる。直弥は目をつぶっていて、呼吸がやけにゆっくりしている。これは寝息なのだろうか。――どうもそのようだ。

あぶなく笑い出しそうになったのを、やっとこらえ、翔子はまた片足ずつ静かに動かしてガラスドアの前まで戻った。

ふたたび両手で目のまわりを覆い、顔をドアに近づける。吐息で目の前が少し曇り、鼻の先がひんやりとガラスに触れる。ひょっとすると、このままずっと星は見られないのではないか。明け方のオリオンにも出会えないのではないか。

座りたかったが、いまソファーのほうへ行くと直弥を起こしてしまいそうだった。その場にしゃがみ込み、両膝の上に顔を押しつけて目を閉じた。

声を出さず、弟に話しかけてみた。

昔の自分が、よくやっていたように。

――上手くいかないもんだね。

そう、以前はいつもこうして章也に話しかけていた。そして弟は、ときには明るい、ときには甘えるような声を返してくれていた。

――いろいろ難しいよ、ほんと。

あれもこれも、思いどおりにいかない。そもそも、どうなれば思いどおりなのかもわからない。毎日いろんなことが起きる。蟬が鳴き出したり、クラリネットを譜面通り吹けたり、吹けなかったり、畑の奥に自転車が転がっていたり、予想外の雨が降ったりする。弟に似ているかもしれない男の子とハンバーガーを食べたり、その姉に大きな声を出されたり、母親に嘘をついたりする。ぜんぶがもどかしい。どこか違っている気がしても、何に首をひねればいいのかわからない。

――あたし、ずっと想像してたんだよね。

時間ばかりが、どんどん過ぎていく。

――こうだったらいいなっていう章也のこと。

以前は聞こえていたはずの章也の声が、いまはもう返ってこない。

——それが、だんだんできなくなってきちゃって。

自分自身にさえ黙っていたことを、気づけば翔子は弟に打ち明けていた。

かつて、弟はいつも自分のそばにいた。姿は見えなくても、隣を歩いたり、にこにこ笑ったり、翔子の声を聞いたり言葉を返してくれたりしていた。それがいつからか見えなくなった。聞こえなくなった。ごく最近のような気もする。あのプラネタリウムでオリオンとサソリの話を聞いた頃からだったようにも思える。

——ずっと同じでいたいのに。

記憶は薄れ、止められた時間はみるみる遠ざかる。何百年も前に生まれた星の光よりも、すぐそこにある雷の光が先に届くように、現実が思い出を遠ざけていく。

——忘れたくないのに。

小さな棺の中で静かに唇を結んでいた章也。その棺にすがりつき、壊れてしまった機械のように全身を震わせていた母。その母の肩に無言で両手を添えていた父。薄くひらかれた、父の瞼の奥にある両目は、何も見ていなかった。離れて二人を見つめながら翔子は、自分がまるで目だけの存在になって浮かんでいるように、動くことも、ものを思うこともできなかった。何日も泣いた。涙がすっかり止まることなんて永遠にないと思った。

なのに、いまは笑って暮らしている。

決して章也のことを忘れたわけではない。しかし、もう涙は流れない。ときおり流れたとしても、それはきっと自分のための涙なのだろう。死んだ人は、こんなふうに、みんなもう一度死ぬのだろうか。章也だけ、そんな目に遭っているのではないだろうか。自分ばかりが冷たいのではないだろうか。これからも自分は生きて、大事なものが増えていく。章也の目から永遠に消え去ってしまったこの世界を、きっと何十年も生きていく。哀しみは必然性をなくし、たぶん、本当の哀しみの物真似《ものまね》に変わるときが来る。透明だった思いは不透明に濁って、いつかあのサソリの針は章也の肌に突き刺さる。きっとそのとき章也は驚いて振り返る。そして自分の肌に針を突き立てる姉を、不思議そうに見下ろす。

ごめんね、と口の中で呟いた途端、ひくひくと胸が震えはじめた。翔子は自分の膝に顔を押しつけて歯を食いしばった。胸の奥からこみ上げてくる嗚咽《おえつ》に全身で身構えた。さっきよりももっと遠ざかった雷が、微かに聞こえてくる。雨音がつづいている。このままじっと目をつぶりつづけ、あるときぱっと顔を上げると、そこにはあの初夏の雨が降っているのではないか。子供部屋の窓から眺めていた雨が、目の前に見えるのではないか。その雨の向こうを章也の青い傘が遠ざかっていく。道路を走ると危ないと、翔子は網戸ごしに声をかけようとする。しかし、迷っている僅かなあいだに、その姿は路地の角を折れて見えなくなる。そのまま翔子は窓辺に背を向ける。ほんの数時間後、隣の畑の蛙が一斉に鳴きやむなんて想像もできなかったから。あの小さな身体がトラックに撥《は》ね飛ばされるなんて知らなかったから。なにも自分だけのせいじゃない。そんなことはわかっている。誰かが何か少しでも違った行動をしていただけで、きっと事故は起きなかった。それでも翔子は何度も考えた。もしあのとき大きな声を出して弟を呼び止めていたら。もしあの瞬間に戻れたら。もう一度、声を出すチャンスをもらえたら。しかし、いつか自分の中のそんな思いも薄れてしまうのではないか。そんな気がした。あの瞬間に戻る権利や力を手に入れたとしても、「今」を消すことが怖くて、自分はここにいることを選ぶのではないか。大切なものが多すぎて。章也の思い出が遠ざかりすぎて。全身に力を入れたまま、両膝に顔を力いっぱい押しつけ、嗚咽を噛《か》み殺しながら翔子は、家に帰ったら、戸棚で笑う章也の顔を見ようと思った。見たかった。

第二章　きえない花の声

（二）

雪の踏み乱された路地を夢中で駆け、栄恵《さかえ》は海沿いの国道を渡った。前方へ突き出た堤防の先端に、人だかりができている。目の前に広がる灰色の海面が、自分よりも低い位置にあるのに、まるでのしかかってくるように見え、栄恵は思わず立ち止まった。

二人の男が、人だかりを離れてこちらへ歩いてくる。うつむいて何事か話し合いながら、国道へとつづくコンクリートの階段を上り、顔がはっきりしてくると、どちらも見知った漁師だとわかった。名前はわからない。二人は国道の向こう側でふと顔を上げ、まるで見えない壁にでもぶつかったように足を止めた。年配のほうが帽子をずり下ろして視線を外す。

「瀬下さんは、あっちで……」

曖昧なことを言い、背後の堤に顔を向ける。

栄恵は小さく頷き、二人のあいだを抜けた。真っ直ぐに延びる堤を進んでいくと、行く手に集まっていた顔が、一つまた一つとこちらへ向けられ、誰もが白い息とともに口の中で何か聞き取れないことを呟いた。先端で海面を覗き込んでいた制服警官だけが栄恵に気づいておらず、あれは漁協の組合長だったか、白髪を短く刈り込んだ男が彼の背中に声をかけた。

「奥さん、いらしたよ」

その声には栄恵に対するいたわりが込められていた。

立ち上がって振り向いた警官が若かったのが、栄恵には意外だった。アパートに電話をかけ、夫が見つかったと教えてくれたのは、別の警官だったらしい。

「ご覧になりますか」

表情の定まらない顔で、若い警官は訊ねた。肩の向こうで、火力発電所の巨大な煙突が煙を吐き出している。

「これから引き上げて、病院のほうに運びますんで、ご確認はそれからでも――」

かぶりを振り、栄恵は彼の脇に立って海面を見下ろした。藻をびっしりとはびこらせた舫《もや》い綱に、左足だけ絡ませて、夫の身体は揺れていた。漠然と想像していたような無惨な姿ではなかった。ダウンジャケットと茶色いスラックスが、どちらも脱げていなかったのと、全身が暗い水の中に沈んでいたせいだろう。

振り返り、栄恵は集まった人たちの顔を見た。

順番に、一人ずつ見た。

いまになって栄恵は思う。

あのとき自分は木島結乃《きじまゆいの》の顔を探していたのかもしれない。

（二）

「あれ何だっけ、カラスウリ？」

路傍の木々の中に、俊樹《としき》が黄色い実を見つけた。幹に絡みついた細い蔓から、二つ並んでぶら下がっている。

「たしか、キカラスウリっていうのじゃないかしらねえ。普通のカラスウリはほら、もっと赤くなるから」

「キカラスウリ、へえ」

少ししおれた実を振り返りながら、俊樹は上り坂に歩を進めていく。栄恵に合わせて、ゆっくりとした歩調だった。

「そういうのってさ」

ちょっと迷うような間を置いて、こちらに顔を向ける。

「やっぱり親父《おやじ》が教えてくれたの？」

「うん？」

「そういうほら、植物の名前とか」

「ああ……どうだったかしら」

瀬下がキカラスウリという名前を教えてくれたときのことはよく憶えていたが、栄恵は言葉を濁した。この土地で暮らしていた頃、夫はたくさんの名前を教えてくれた。植物たちの名前。その由来。風の呼び名。満ち欠けに応じた月の呼称。

十八年前に死んだ父親の話をするとき、息子がためらいを見せるのは珍しいことだった。夫の水死は、冬の堤防をぶらついていたときに起きた事故だと説明してある。当時、俊樹は小学一年生で、もう十分に父親の死を理解できる年齢だったから、もちろん背負った哀しみは大きい。しかし成長するごとにその哀しみは消化され、やがては消化されたというそのことを自ら母親に話せるようにさえなった。高校時代になると、父親の写真を眺めながら、自分もいつか髭が似合うようになるだろうかと、屈託なく笑いながら頬を撫でるようなこともあった。国立大学を目指していた浪人の時期、髭剃《そ》りをさぼった横顔は父親によく似ていた。

「お寺の曼珠沙華《まんじゆしやげ》、綺麗に咲いてるかしらね」

上り坂の先へ目を戻し、栄恵は話題を転じた。

「あれ、言わなかったっけ。寺のホームページ見てきたよ。ちょうど見頃だってさ」

「そんなものがあるの？」

「いまは便利なんだぜ、何だって」

家族三人ここで暮らしていた頃から福宗寺《ふくそうじ》の曼珠沙華は有名だったが、咲きはじめたかどうかはいつも近所の噂話《うわさばなし》や新聞の地域欄で知ったものだ。

この町へ来ようと誘ったのは息子だった。社会人二年生の、寸志に毛が生えたようなボーナスで、一人暮らしの母親を旅行へ連れ出してくれたのだ。この春、入社二年目で地方配属となり、長年二人で暮らしてきたアパートを出たことを気にしていたのだろう。どのみちいつかは出ていかなければならないのだし、こっちも今後は世話を焼かずにすむから気が楽だと栄恵は笑ったのだが、どうやら信じてくれなかったらしい。旅の行き先にこの町を選んだのも、そのあたりの気遣いからだったに違いない。親子の思い出をたどろうというような気持ちがあったのだろう。そんな気遣いを感じたからこそ、栄恵は断ることができなかった。そしていま、二度と足を運ぶまいと誓ったこの土地を、こうして息子と並んで歩いている。

町はずいぶんと様変わりしていた。

少なくとも電車を降りたときにはそう思った。駅舎は小さいままながらも小綺麗で頑丈そうなものに建て替えられていたし、駅前通りに並んでいた商店はみんな姿を消し、薬局やコンビニエンスストアが窓を光らせていた。

しかし、駅前からバスに乗り、海沿いの停留所で降りたとき、そこにはかつてと変わらない景色が広がった。国道を外れ、この坂を上りはじめてからは、木の枝の一本一本さえ、あの頃から少しも伸びていないのではないかという気がした。犬麻川《いぬまがわ》の水音。積雪を避けるため、足場が網目状の金属になっている吊《つ》り橋。家々の庭木の幹に巻かれた菰《こも》。川べりで足を止めて振り返ると、浮島のように海へ迫《せ》り出した火力発電所の煙突が、記憶と寸分も違わない様子で煙を立ち上らせていた。

——キーケースを届けてくれたのは、あなたなんでしょう?

十八年前、受話器ごしに問いかけた自分の声が、バスを降りてから何度も耳の奥に聞こえていた。

——漁港の隅に落ちているのを、見つけたんです。瀬下さんに、職場でお会いしたときにお渡ししようと思っていたのですが……。

あのとき木島結乃はそう答え、栄恵はそれを信じた。

「そういやあの花、曼珠沙華とか彼岸花のほかにも、いろんな呼び方があるんだな。ネットに書いてあったよ。たくさんあったから、ぜんぶは憶えてないけど」

それも夫が教えてくれたことがある。死人花《しびとばな》。幽霊花。地獄花。剃刀花《かみそりばな》。狐花《きつねばな》。捨子花《すてごばな》——。

「〝はっかけばばあ〟とかいうのもあったな。花が、ばあさんの歯が抜けたみたいに見えるからだと思うけど」

「見えるかしら」

　俊樹は両手の手首同士を合わせ、指を内側に曲げて曼珠沙華の花を真似る。

「見えない？」

「はひはひはひ」

　その両手をパクパクさせてみせるので、栄恵は思わず吹き出した。東京駅で待ち合わせた息子と、北へ向かう新幹線に乗り込んでから、本当に笑ったのはこれが初めてだった。しかし息子は母親の笑いの違いを見分けられず、自分も肩を揺らしながら道の先に顔を戻す。

「母さんも、あと二年で還暦か。ばばあで思い出して悪いけど」

　夫は栄恵よりも二歳上だったので、もし生きていたら、この夏の誕生日でちょうど定年退職になっていたはずだ。

「歯はまだ問題ないわ」

「そりゃそうだよ、いまの五十六十なんて、若いよ」

　胸をそらして高々と両腕を持ち上げ、うなり声まじりにこちらへ顔を向ける。

「ちゃんと定期検診行ってんの？」

「行ってるわよ。でもね、もう大丈夫みたい。再発はないだろうって、先生が太鼓判おしてくれた」

一昨年の春、長いこと健康診断に行っていなかった栄恵に、もう若くないのだからといって無理やり病院を予約させたのは俊樹だった。検査の結果、膵臓に悪性の腫瘍が生じていて、医師からそれを聞かされたときはさすがに青ざめたが、幸いにして早期発見だったので完治させることができた。

「それでも、検診さぼっちゃ駄目だからな」

「さぼらないわ。病院、近いんだし」

「親はもう、一人しかいないんだからさ、長生きしてもらわないと」

「するなって言われても、するわよ」

なんとなく会話はおさまり、互いに黙って坂道を上った。

紅葉を待つ木々の葉が、秋空の手前で揺れている。

福宗寺までは、まだ二十分ほどかかるだろうか。道の左手には疎林がつづき、右手では犬麻川が秋の川音を聞かせている。昔この土地に住んでいた犬たちが、冬の豪雪に耐えきれず、麻の着物のつくり方を村人から教えてもらったのがこの河原だったのだという。あるいはまた、橋の下に小鬼が棲《す》み着いており、人が来ると決まって悪戯《いたずら》をしていたので、人々は鬼のいぬまに川岸を行き来していたのだとも言われる。この町へ引っ越してきて早々、夫が図書館で調べてきて、教えてくれた。幅五メートルほどの犬麻川と、いま歩いているこの坂道は、寄り添って並びながら高台にある福宗寺の脇までつづいている。

栄恵がこの町へ移り住んだのは、林学の研究者だった夫が、県の林業試験場に里山管理の指導員として配属されたときのことだ。二十六年前だった。季節は初夏で、それまで住んでいた都会の町では日中は汗ばむほどだったが、ここはひどく寒かった。栄恵の中にはもう俊樹がいて、引っ越し準備のときも、不動産屋に案内されて新居となるアパートへ向かっているときも、こんな田舎町にやってきて大丈夫かというように、落ち着きなく腹を蹴《け》っていた。

坂道に歩を進めながら、栄恵は道端に揺れるエノコログサを眺めた。

この町へやってきた最初の日のことが思い出された。引っ越しの片付けが一段落し、ひと息ついてお茶を淹《い》れようとすると、どの段ボール箱を探っても茶葉が見つからなかった。散歩がてらスーパーで買ってくると言い、夫が出ていった。そのまま一時間も戻ってこないので、さすがに心配になってアパートを出てみると、両手にたくさんの雑草を持った夫が路地の先にいた。悪戯を見つかった子供のように、夫はいくつかの植物の名前と、寒さによる草丈の違いがどうのこうのと、口髭をもぞもぞ動かしながら説明した。まさかと思って訊いてみると、やはり茶葉は買っていなかった。仕方なく財布を取り上げてスーパーまで行き、帰ってみたら、夫は栄恵が拭いたばかりのテーブルに雑草を並べて調べていた。

早くに死に別れると、父親には似ないものなのだろう、俊樹は昔から草や木に興味を示さなかった。勤めている会社も、栄恵が説明を聞いてもよくわからない専門業者だ。入社時に企業案内を見せてもらい、何度も読み直したのだが、けっきょく理解できず、何かパソコンをたくさん使ってややこしいことをするといった印象だけが残っている。

「——なあに？」

隣を歩く俊樹の視線を追うと、息子は路面と地続きになった右手の河原を眺めて、なにやら笑っていた。まばらな草の中に一箇所だけ、曼珠沙華が寄り集まって花を咲かせている。

「結乃先生って憶えてる？」

その名前が、不意に息子の口から飛び出した。

「いやさ、小学一年生のとき、あの人に叱られたの思い出して。たしかこのへんだったな。さっきの橋を過ぎて、しばらく上ったあたりだったから」

「何したのよ？」

「親孝行」

川べりの曼珠沙華を眺めたまま、息子は明るい声を返す。

「ほら親父の勤め先、ちょうどこの向こう岸の路地を抜けていったところにあっただろ？　でも橋がないから、わざわざずっと道を下って、橋を渡ってたじゃんか。それが大変そうだったから」

ここに橋をかけようとしたのだという。

「学校の倉庫から勝手にロープ持ってきて、下の橋まで往復しながら、向こうの木とのあいだに二本張って。そしたら結乃先生に見つかって叱られた。当たり前だよな、いま考えたら。面倒だからそのままにしといたら、けっきょく誰かに外されちゃってた」

そうした子供じみた優しさを、二十五歳になったいまも俊樹は持っている。この夏にも、栄恵がテレビで見た家庭菜園のことを電話で話したら、盆休みに大きなプランターと土と如雨露《じょうろ》をホームセンターで買い込んで帰ってきた。アパートの狭いベランダにプランターを設置し、炎天下で大汗をかきながら土を入れて、アスパラガスとスナップエンドウとミニトマトの種を植えつけてくれ、それからいまにいたるまで、栄恵は洗濯物を干すのに毎日難儀をしている。

「あの人、まだこの町に住んでるのかなあ。途中で行き合わないかな」

自分も、どこかでそれを期待していたのかもしれない。十八年間、ずっと目の前に凝《こご》りつづけてきた白い雪の幕が払われることを願い、息子の旅の誘いに応じたのかもしれない。

「こっちはわかるだろうけど、結乃先生のほうは俺のことわからないかもな。大人になっちゃったから」

先生といっても教師ではなく、木島結乃は夫が勤めていた林業試験場の研究員だった。夫が、いつも彼女をそう呼んでいたのだ。結乃先生と。試験場には、もともと木島という姓の研究者がいたので、あとから配属された彼女は職場で自然にそう呼ばれるようになったらしい。

最初に耳にしたときから、栄恵はその呼び方が厭《いや》だった。

いや違う、はじめは「ゆいの」を名字だと勘違いしていたので、何も感じなかったのだ。何かの話の流れで、それが名前だと知ったときから厭になった。ひょっとしたら、その名前を口にするときの夫の声に、単なる親しみ以上の何かを感じていたのかもしれない。

初めて彼女に会ったのは、俊樹を産んだ二日後の日曜日だった。この世代にしては遅い結婚だったので、そのとき栄恵は三十代も半ばにさしかかろうとしていた。

病室の窓からは真夏の海が見え、太陽を跳ね返して強く光っていた。生まれたばかりの赤ん坊を自慢しようと、夫が職場の同僚たちを産院に呼んだとき、当の俊樹はちょうど新生児室へ運ばれていた。先に病室へ入ってきた夫にそれを言うと、夫は廊下で待っていた同僚たちを連れてそちらに向かった。初めての出産直後で疲れ切った顔を、誰とも合わせずに済み、栄恵はほっと安心した。しかし、用事があったため一足遅れでやってきた木島結乃が、何も知らずに栄恵の病室のドアを入ってきたのだ。

　買い物をしている最中や、その行き帰りなどに、何度か見かけたことのある女性だった。彼女がドア口で名乗ったとき、この人が、と思った。夫が名前で呼んでいた女性の姿を間近で目にし、さっと不快なものが胸を過ぎた。ベッドに横たわったまま、夫も赤ん坊もいないことを栄恵が説明すると、彼女は恐縮しながらすぐに出ていった。

　ぱたんと閉じられた病室のドアを、気づけば栄恵はじっと見つめていた。

　彼女の若々しさと美しさに気後《きおく》れを感じた。その美しさに気づいてもいないような小気味いい物言いに、妬《ねた》ましさをおぼえた。海辺の町に暮らしていながら白くて薄い肌を、生まれつき色の濃い自分の肌と比べた。化粧《けしょう》もせずに疲れ切った顔をした自分の姿を、そうして彼女に見せた夫に、唐突な苛立ちがわいた。

　俊樹の通っていた幼稚園には園外学習の時間があり、訪ねた場所が林業試験場の演習林だった。樹林の生き物のことを勉強するというので、園児たちは檜林《ひのきばやし》の中を歩き、その際に引率した職員がたまたま木島結乃だった。それがあってから、俊樹は彼女をひどく気に入ったようで、家でテレビを指さして、画面の女優が結乃先生に似ているなどと言うようになった。いろんな女優に同じことを言った。夫が横から画面を覗き込み、笑いながら意見することもあり、そんなとき栄恵は身体のどこかに隙間風でも吹くような思いがした。

大人げない悋気《りんき》だけではなかった気がする。

勝手のわからない町へやってきて、慣れない子育てをしながら、気質の合わない人たちの中で暮らしている自分を、意識していたのかもしれない。いつも、漠然とした不安がつきまとっていたのかもしれない。

（三）

「うわこれ……写真と全然違うなあ」

福宗寺の山門をくぐって境内《けいだい》を抜け、本堂の脇に広がる斜面に出たとたん、俊樹は感嘆の声を上げた。そばに立っていた観光客らしい老夫婦が、ちょっとこちらを見て、同意するように目を細めて顎を引く。どちらも栄恵より十《とお》は年配だろうか、よく似た笑顔の二人だった。

咲き誇る、という言葉の意味を教えるかのように、真っ赤な花が視界いっぱいに広がっている。

「三歳だかのときに、あんたも見たことあるのよ」

息子と並んで立ち、栄恵は曼珠沙華の群生した斜面を眺めた。瑞々《みずみず》しい赤色が両目から入り込み、身体の中を染めていくようだった。

「だから、憶えてないんだよ。いやしかしこれ、すごいわ……」

景色は昔とまったく変わらない。境内の木材の古びたにおいが微かにまじった、風の香りまでもが同じだった。この寺がいまではインターネットのホームページを持っているなんて、とても信じられない。

「こちらに、お住まいだったんですか？」

老夫婦の夫のほうが、遠慮がちに話しかけてきた。

「ええ……もうずっと昔になるんですけど」

「そうですか。私らは、初めて来たんです。女房《にょうぼ》が人から聞いてきて、無理やり連れ出されましてね」

連れ出されてよかったというように、老人は曼珠沙華に目を戻して頰笑んだ。その顔のまま、もう一度こちらに向き直る。

「白花のほうも、素晴らしかったですよ」

俊樹が「そうだ白花」と手を叩く。

「そっちを見たかったんだ。ホームページでは見たんだけど」

周囲を見回す俊樹に、妻のほうが、控えめな仕草で左手を指さした。そこには木札が立てられていて、古い墨書きで、左を指す矢印と「白花」という文字が書いてある。境内の脇の隘路《あいろ》をそちらへ進んでいくと裏手の斜面に出るのだが、そこには白い曼珠沙華が咲いているのだ。正確にはシロバナマンジュシャゲというそうで、ここへ越してきた年に夫婦でこの寺へ立ち寄ったとき、夫も初めて実物を目にしたと言って喜んでいた。

赤花と白花、この福宗寺には、それぞれ五千本以上が毎年咲く。

「母さん、見に行こうよ」

「ええ……それじゃ、すみません」

老夫婦に会釈をし、木札の矢印に従った。

あれも曼珠沙華の季節だった。

夕刻、栄恵は買い物に出た。その日は土曜で、夫の仕事は半ドンだったが、帰りがけに用事があるらしく、まだ帰宅していなかった。俊樹はアパートの下の階に住む、同じ幼稚園の男の子の家で遊んでいて、買い物に出かけるとき、栄恵はその部屋に寄って声をかけたのだが、俊樹は友達との遊びに夢中で見向きもせず、向こうの母親も、息子を見ていてくれると言うので、一人でスーパーに出かけた。

買い物を済ませると、思い立って海辺まで回り道をし、堤防を見下ろしながら国道の端を歩いた。そうして一人でゆっくりと外を歩くことなど滅多になかったので、見慣れたはずの景色がなんだか物珍しく思われた。海も空も広いのに、どこか密閉されたような印象を抱きつづけてきたこの町が、初めて違って見えた。堤防の釣り人たちを眺めたり、停泊した船を数えたりしているうちに、けっきょく二十分ほど歩いただろうか。秋の陽が沈みかけていることに気づき、栄恵は慌てて脇の路地へ足を向けた。歩いたことのない路地だったが、そこを真っ直ぐに歩いていけば、家への近道になりそうだった。

路地の左側、西陽で陰になった場所に二階建てのアパートがあり、なんとなくそちらを眺めながら、栄恵はゆるい斜面を急ぎ足で上っていった。二階の一番奥のドアに、可愛らしい造花の飾りが見えた。覗き窓の下にぶら下がっていて、女性の一人暮らしが想像された。

前方から漁協の軽トラックが下ってきたので、栄恵は道の左側によけた。ふと夫の声が聞こえてきたのは、そのトラックが通り過ぎ、ちょうど栄恵がアパートのすぐ前を歩いているときのことだ。

立ち止まって周囲を見たが、夫の姿はどこにもない。

女性の声がした。それが誰のものか、咄嗟にはわからなかった。しかしその声と、先ほどの夫の声が、どちらも上のほうから聞こえていたことに栄恵は気がついた。咽喉をそらして視線を上げると、外廊下の天井には薄く汚れた蛍光灯が並び、主のいない蜘蛛《くも》の巣がいくつか垂れ下がっていた。

二人の声が、また聞こえた。

何と言ったのかはわからないが、どちらの声にもやわらかな笑いがにじんでいた。靴音が聞こえ、前方に設置された華奢《きやしや》なつくりの外階段に、夫の革靴の踵《かかと》が見えた。

栄恵は動けなかった。夫が外階段を下りきって路地に出たときも、その場にただ立っていた。こちらを振り返ることなく、夫は小暗い道を上りはじめ、やがて茶色いジャケットの背中が曲がり角の先へと消えた。背中で陽が沈もうとしていたこともあり、その姿は歩き去るというよりも吸い込まれていくように見えた。

外階段の下に、海風で錆びた郵便受けが並んでいた。

二階の一番奥、「２０５」の郵便受けに、整ったマジックインキの文字で「木島」と書いてあった。そのとき初めて栄恵は、先ほどの声が木島結乃のものだったと気がついた。

アパートへ戻り、夕刻過ぎの不在を珍しがる夫に、海辺の散歩の話だけをして夕食を用意した。

必ず決まった時間に帰宅していた夫が、ときおり遅くに帰宅するようになったのは、それからのことだ。理由はいつも違い、職員同士の会食だったり、隣県の試験場の職員との合同会議だったり、単なる残業だったりした。休日に仕事が入ったと言って、昼前から出かけていくときもあった。

真偽を確かめようとは思わなかった。疑うようなことはしたくなかったし、出会ってからこれまで見てきた、夫の生真面目さと不器用さを信じたかった。ただ、夫が休日出勤をした日中など、俊樹を連れた買い物の帰り、ときおり海辺まで回り道をして、栄恵はあの路地を覗くようになった。夫の姿を見かけたことは一度もない。それでも、造花の下がったドアの向こうに、見えないはずの夫を見て、胸がしんと冷たくなった。

（四）

隘路を抜けて寺の裏手に出ると、俊樹はふたたび感嘆の声を上げ、背後で老夫婦の笑い声が聞こえた。

「これ、つくりものみたいだなあ……」

色だけが変わり、ふたたび無数の曼珠沙華が斜面を埋め尽くしている。

「綺麗なもんだね」

夫と似た声で言いながら、俊樹は雪景色のような白い曼珠沙華の群れに近づいていった。

夫が消えた夜、町はこんなふうに、雪に白く覆われていた。窓の曇りを手のひらで拭うと、アパートの前の路地には人通りもなく、ときおりの風に、雪片がいくつか窓ガラスの表面をかすめた。

家族三人での夕食後、栄恵と俊樹が風呂に入っていると、電話が鳴った。夫が応対し、ときおり短く笑ったり、そうかと思えば声を抑えたりしながら何か話しているのが聞こえてきた。風呂から出てみると、夫が居間のサイドボードから離れるところで、そこに置かれた電話機のコードが小さく揺れていた。栄恵や俊樹が出てきたので、急いで通話を終わらせたというような印象だった。

――誰からだったの？

俊樹のシャツを寝間着のズボンに押し込んでやりながら、それとなく訊くと、夫は迷うような間を置いてから答えた。

――職場の人だよ。

それ以上何も言わず、冷蔵庫を開けて缶ビールを取り出した。

職場の人間から、夜に自宅へ電話がかかってくることなど、それまで一度もなかった。少々奇妙に思いながらも、しかし栄恵は質問を重ねようとはしなかった。その電話のことが、木島結乃の顔とともに十八年ものあいだ自分の胸にわだかまりつづけるなど、思ってもみなかったのだ。

夫はひどく上機嫌だった。いつになく酒を多く飲み、ときおり何かを思い出すような顔をしては、口許に浮かんだ笑みを隠すようにグラスを唇に押しつけた。普段は早寝の夫だが、その夜は俊樹の隣に栄恵が布団を延べても、まだテーブルについたままでいた。

栄恵が寝支度をしても、そこを動こうとしなかった。夜更けて栄恵はテーブルの片付けを諦め、息子の掛け布団を直し、隣に横たわって目を閉じた。

翌朝、夫は消えていた。

仕事の事情で早出をしたのだろうかと、はじめは思った。しかし隣の布団に眠ったあとがない。台所のテーブルは、ゆうべのままになっていた。始業時刻を待って職場へ電話を入れてみると、まだ出勤していないと言われた。日中、もう二度電話をかけてみたが、何かの作業で演習林に出ているのではないかという曖昧な答えだった。こちらが努めて平静な声で話し、些細《ささい》な用件であるかのように装ったせいもあったのだろう。

夕食時になっても夫は帰ってこず、栄恵はもう一度職場に電話を入れてみたが、五時を過ぎて自動的に留守番電話になってしまっていたため、通じなかった。俊樹の分の夕食を用意し、一人で食べているよう言い置いてアパートを出た。雪は朝にはやんでいたが、きっと深夜遅くまで降っていたのだろう、深く積もっていた。人に何度も踏まれた場所は硬く凍りつき、急ぐ栄恵の足下を狂わせた。誰にも踏まれていない場所では、一歩ごとに雪が長靴に摑みかかり、前へ進ませまいとした。犬麻川を越える細い吊り橋は、足下が網目状の金属になっているので雪は積もっておらず、左右の手摺りだけが真っ白く対岸まで伸びていた。雪による増水で、普段よりも重たくなった川音を聞きながら橋を渡り、栄恵は林業試験場まで急いだ。門を入ろうとすると、夫と同年配の飯先《いいさき》という研究員の姿が見えた。前年の職場の忘年会帰り、夫がわざわざアパートの玄関先まで連れてきて、研究一本の変わり者なのだと笑って紹介したことがあった。

——飯先さん、ご無沙汰しております、あの……。

憶えていなかったのだろう、立ち止まった飯先は眼鏡の奥の目を眩しそうにしばたたかせ、栄恵の顔をじっと見つめて、遠慮もせずに首をひねった。瀬下の妻だと説明すると、あっと口をあけ、癖の強い髪を摑むようにして詫《わ》びた。

夫のことを訊ねたが、夜のうちに家を出たことは言いづらかった。朝からいないのだが、何か心当たりはないだろうかと、なるべく不安げな声にならないよう気をつけた。

——いや、すみません、今日は一度も見ていないです。

まるで見なかったことが自分の失態であるかのように、飯先は恐縮して首をすくめた。栄恵が返す言葉を探していると、ふっと唇をすぼめて首を突き出した。

——瀬下さん、いないんですか?

あまりに直截《ちょくせつ》な問いだったので途惑い、栄恵は曖昧に答えてその場を辞した。

誰を頼っていいものか、わからなかった。そもそも頼れる知り合いなどいなかった。心当たりのある場所を、順番に見て回ろうとして、夫の居場所としてどこも思い浮かばないことに気がついた。

バス通りや漁港の周辺を無意味に歩き、気づけば栄恵の足は木島結乃のアパートへと向かっていた。

　そこに夫がいると思っていたわけではない。彼女が何か知っていると考えたわけでもない。少しでも手がかりになりそうな場所ならどこでもよかったのだ。二階へと外階段を上り、雪に冷やされた海風の吹く廊下で、栄恵は呼び鈴を鳴らした。応答はなかった。もう一度鳴らしても同じで、電気メーターを見上げると、よく見なければわからないほどの動きで回りながら、家主の不在を示していた。かじかんだ指先は、もう感覚がなくなっていた。

　警察に連絡したほうがいいのだろうか。夫は何かに巻き込まれでもしたのだろうか。どうしていいのかわからないまま、帰り着いたアパートのテーブルで顔を覆っていると、電話が鳴った。

　――どうも奥さん、先ほどは……。

　飯先からだった。

　詳細は知らないが、もし瀬下の姿が見えないのなら警察に連絡したほうがいい。彼はそう言った。

　――ここはその、冬の海が、あれですから……。

　自分でも驚いたことに、そう言われて初めて栄恵は、水難事故に思いが及んだのだ。それまではまだ温度をともなっていた不安が、さっと冷たいものへ変わり、受話器を持つ指が震えた。飯先からの電話を切ると、栄恵はすぐさま警察に連絡して事情を伝えた。

翌日の朝、堤防の下で夫の遺体が発見された。

死んでから丸一日以上は経っているようだと、病院の霊安室で医師に言われた。死んだのは、あの夜アパートを出て、すぐのことだったのだろうか。いったいどうして、夫は海になど行ったのだろう。

(五)

「白いほうが、はっかけばばあって感じだね、やっぱり」

咲き並ぶ白い曼珠沙華のすぐそばまで近づき、俊樹は花を覗き込んでいる。

「上から見ると、これほら、年寄りの口に見える」

「あれは、そうじゃないんですよ」

近くで急に声がしたので驚いた。先ほどの老人が、いつのまにか隣に立って頰笑んでいる。相手の言った意味がよくわからなかったので、栄恵は表情だけで訊ね返し、俊樹も身を起こしてこちらを振り返った。二人の視線を受けると、老人はきまり悪そうに歯を見せた。

「いや、すみません。ここへ来る前にいろいろ調べてきたもんだから、話したくなっち

〝はっかけ〟は〝歯っ欠け〟ではないのだと、老人は教えてくれた。

「曼珠沙華ってのはほら、葉っぱがどこにもないでしょう。球根から茎がすっと伸びて、先っぽに花がついていて」

「ああ、だから」

「ええ、はっかけばばあ。葉っぱが欠けてるから。〝ばばあ〟のほうは、何でそう言うんだかわからないんですけど、まあ単に語呂がよかったんでしょうな。〝じじい〟より、ちょっとは品がありますしねえ」

そのことで既に一度冗談でも言い合ったのだろう、彼は妻を振り返り、二人は何か思い出すような様子で笑った。妻のほうがこっそりこちらに目を向け、夫のでしゃばりを詫びるように頭を下げる。夫のほうはそれに気づかず、またこちらに向き直ってつづけた。

「調べてみるまで、私も知らなかったんですけどね、この花は種をつけないんですって。球根の株分けでしか増えないそうですよ。ずっと昔に中国から持ち込まれたやつが、どんどん株分けされて、こうやって全国に広がったみたいです。だから、この花は日本中どこへ行っても見かけますけど、そこに曼珠沙華があるってことは、誰かが植えたってことなんですね。自然には生えてきませんから」

ひと息に話してから、思い出したように老人は肩をすくめた。

「いや、付け焼き刃で、お恥ずかしい」

(六)

大きな額ではなかったが、夫は生命保険の契約をしていた。弔いがすんだ数日後、その手続きに必要な書類を受け取りに、栄恵は病院へ向かった。

木島結乃の姿を見たのは、その帰りがけ、アパートへ帰り着く直前のことだ。地味な色のマフラーに頬を埋《うず》めるようにして、彼女はじっと地面を見つめ、足早に路地を歩き去っていった。栄恵は路傍で立ち止まり、その後ろ姿をしばらく見送ってから、アパートへと戻った。郵便受けを覗くと、クラフト封筒がぽつんと入っていた。

封筒には何も書かれておらず、底のほうが硬くふくらんでいて、少々持ち重りがした。口は糊《のり》づけされておらず、その場で開けてみると、中には革のキーケースが入っていた。

夫のものだった。

念のため内側を確認してみると、ローマ字で瀬下という名字が刺繍《ししゅう》されていた。家の中に見当たらず、あの夜、夫が持って出て、海の底に沈んでしまったのだろうと思っていたのだが。

その夜、栄恵は夫の机から職員名簿を探し出し、木島結乃に電話をかけた。

キーケースのことを訊ねると、彼女が微かに息をのんだのがわかった。

――漁港の隅に落ちているのを、見つけたんです。

夫の遺体が見つかる前日の、朝だったという。

つまり夫の姿が消えていた、あの朝のことだ。

――瀬下さんに、職場でお会いしたときにお渡ししようと思っていたのですが……。

どうしてそれをいま頃になって届けたのか。栄恵は訊ねたが、木島結乃の返答は曖昧だった。

――うっかりしていたんです。すみませんでした。

受話器を握りながら栄恵は、夫の葬儀の日、黒衣の人々の中から自分を見つめていた木島結乃の目を思い出していた。何かを伝えたがっているような、何かをぶつけたがっているような目で、彼女は自分を見つめていたのではなかったか。

それ以上、木島結乃は何も言わなかった。

栄恵も、訊ねるべきことがわからなかった。いや、もう何も訊ねたくなかった。何も確かめたくなかった。栄恵はただ、小学一年生の俊樹のことだけを思った。

息子を連れて町を離れることを、栄恵はその夜のうちに決めた。

俊樹の転校先が決まると、黙々と荷造りをした。夫の蔵書を段ボール箱に詰め込みながら栄恵は、いつか一軒家を買おうと二人で話していたことを思い出した。指導員として地方に呼ばれることの多い仕事だったので、定年になって落ち着く場所が決まったら、そこで一軒家を買おう。壁には大きな書棚をつくりつけよう。そのときには家庭菜園をやりたいと栄恵が言うと、近くに畑がある家を買うことを瀬下は約束してくれた。その約束を思い出し、栄恵は夫が死んでから初めて声を上げて泣いた。

それから十八年間、まるで雪に降り籠《こ》められたように、目の前は白く煙ったままでいる。

そしてその雪の向こうにはいつも、木島結乃の顔がある。夫の葬儀の日、自分に向けられていたあの訴えるような目で、栄恵を見つめつづけている。

無理にでも真実を知ろうとしなかったことを、後悔はしていないつもりだった。もちろんこの十八年間、本当のことを知りたいという欲求にかられたことは一再ならずあった。しかし、そのたび栄恵は「今」を守ることを選んだ。俊樹との生活の足場を、少しでもゆるがす原因になりそうなものには、絶対に触れたくなかった。

自分の中の何かが変わったのは、この春、俊樹が家を出てからのことだ。

息子がとうとう独り立ちし、母親として、人間として、これからの自分自身について考えるときがやってきた。人生の午後にさしかかり、過去にふさいだ目を、ふたたびひらいてみたいという思いが胸にきざした。これまで十八年間抱えてきた、茫洋《ぼうよう》とした苦しさは、対象がわからないからこその苦しさだったのではないかと気がついた。

俊樹がこの町への旅行を持ちかけてきたのは、ちょうどそんなときのことだった。

(七)

宿は福宗寺の前の横道を十分ほど歩いた場所にあった。二階建ての小綺麗な和風旅館で、あの頃にはなかった建物だ。

「でも、十年くらいは経ってるみたいだよ」

「それもインターネット?」

「そうそう……あどうも、予約した瀬下です」

入り口の引き戸を抜けると一間四方の土間があり、右手のカウンターの向こうから、いかり肩の番頭が満面の笑顔で出てきた。

「瀬下様ですね、どうも、いらっしゃいまし。お荷物を」

「あ、いいですよ、軽いから。母さん、持ってもらえば?」

旅行バッグを番頭に手渡し、歩き疲れた両足をスリッパに差し入れた。たくさんの泊まり客がいるらしく、土間の左手にある下駄《げた》箱は大半が埋まっている。地味な靴も、派手な靴も、小さな靴もある。福宗寺の曼珠沙華が咲く時期だけは、昔からこうして観光客がやってくる。正面の階段の上から、子供の賑《にぎ》やかな足音が響き、それをたしなめる女性の声が聞こえた。番頭はそちらをちょっと振り返ってから、申し訳なさそうに首を突き出し、栄恵と俊樹の靴を片付けた。

「やっぱり、曼珠沙華で？」

「ええ。赤も白も、どちらも綺麗でした」

「あ、もう見られた」

そうですかそうですかと番頭は首を揺らす。笑いの馴染《なじ》んだ顔をしている。番頭は背後を振り返り、廊下の向こうから急ぎ足で近づいてきた若い仲居を手招きした。

「お荷物、これね」

「はい。ようこそいらっしゃいました。お部屋は一階になります。ご案内してから、お風呂のご説明などさせていただきますので」

まだ十代だろうか、化粧っけはないが、整った顔立ちの娘で、切り髪に作務衣《さむえ》姿がよく似合っていた。清潔な包丁で俎板《まないた》でも鳴らしているような、小気味いい話し方に好感が持てた。

案内された部屋はごく普通の和室だったが、床の間の鉢植えが平凡さを打ち消していた。横長の、楕円《だえん》形をした瀬戸物の鉢で、赤と白、それぞれ二本ずつの曼珠沙華が交互に花を咲かせている。鉢植えにされた曼珠沙華というものを、栄恵は初めて見た。仲居にそれを言うと、彼女はまるで自分が褒《ほ》められたようにピンク色の頬を持ち上げた。

「せっかく町で有名な曼珠沙華ですし、この季節はお客様もほとんどが福宗寺さんのお花を見にいらっしゃるので、全部のお部屋に飾ってるんです」

「曼珠沙華の花、落ちやすいでしょう？　お掃除が大変そう」

「お客様がご宿泊になるたびに、新しいのをもらってきて飾っているので、お部屋ではそんなに落ちません。あ、福宗寺さんからいただいてくるんです、このお花」

「あれだけあったら、いくら抜いても減らないよなあ」

俊樹の口調のほうが、彼女よりもずっと子供じみている。なんとなく息子の横顔を眺めていたら、自分の横顔にも視線を感じた。仲居に目を戻すと、彼女の目はこちらを向いてはいなかったが、たったいまそらされたばかりという印象があった。

「お茶をお淹れしますね」

二つの湯呑みに緑茶を注ぎ、彼女は風呂に入れる時間帯や、夕食の開始時刻、チェックアウトのことなどを手際よく説明してくれた。

「では、ごゆっくりお過ごしください。何かございましたら、そちらのお電話で9番を押していただければ、すぐに参りますので」

床に膝をついて丁寧なお辞儀をし、仲居は部屋を出ていった。

「……バイトかな」

閉まった襖《ふすま》を眺めながら、俊樹が呑気《のんき》そうに顎を掻く。

「若い人だけど、ちゃんとしてるわね」

「俺も会社じゃ、ちゃんとしてんだぜ。風呂どうする？」

「わたしは、ゆっくりお茶を飲んで、少し休んでるわ」

座ってみると、思ったよりも身体に旅の疲れが出ていた。

「あんた、先に行ってらっしゃい」

「なら部屋の鍵置いてくよ。浴衣《ゆかた》はどこだ、と」

クローゼットでそれを見つけ、俊樹はお茶に口もつけずに部屋を出ていった。先ほど福宗寺で出会った夫婦も、ひょっとしたら同じ宿だろうか。そんなことを考えながら、栄恵は湯呑みから立ちのぼる湯気をかいだ。

「イイサキさん、こっちの……したとき……」

廊下のどこかで番頭の声がした。

先ほどの若い仲居の声が、何か言葉を返している。イイサキというのはどうやら彼女のことのようだ。

「飯先……」

それほどよくある姓ではない。

ひょっとすると、あの飯先の縁故の娘なのだろうか。

湯呑みを置き、栄恵は思わず膝を立てた。

襖を開け、スリッパを履いてドアを押してみる。日は暮れかかり、壁に切られた窓が赤らんで、廊下は茜《あかね》色に染まっている。そっと右手を窺うが、誰もいない。少し身体を押し出して左側を覗いてみると、思わぬ近さで彼女と目が合った。相手も驚いたらしく、両足を揃《そろ》えて立ち止まっている。かける言葉を用意していたわけではなかったので、そのまま栄恵は数秒、妙な恰好で彼女の顔を見つめることになった。

「あ、御用でしょうか」

駆け出しの女優がやっと自分の台詞《せりふ》を思い出したというように、仲居が口をひらいた。

「いえね、あの……」

言葉を探して視線を下げると、彼女が手にしたスプレー式の潤滑油が目に入った。

「御用でしたら、お伺いします。わたし、向こうのドアに、これをつけに行くだけなので」

用事を言いつけられるのを待つように、彼女はスプレー缶を持ったまま両手を前で重ねた。

「いま、ちょっとお話ししてるのが聞こえたんだけど」

思いきって切り出した。

「あなた、イイサキさんとおっしゃるの？」

「はい、イイサキです。ごはんの飯《いい》に、先っぽです」

「この町に、林業試験場があるでしょう？　そこで働いていらっしゃる……まあ、もう二十年近く前のことだから、いまもいらっしゃるのかどうかはわからないけど、飯先さんっていう」

「父です」

返答そのものにも、勢い込んだ答え方にも驚かされた。その様子はまるで、訊かれるのを待っていたとでもいうようだった。

「お父様？　あの、眼鏡をかけてらして――」

「もじゃもじゃ頭の。はい。わたし娘で、飯先リツっていいます」

「リツさん」

「ムグラという字で、草冠に旋律の律です」

スプレー缶を持った右手の人差し指で、彼女は左の手のひらに「葎」と書いた。ムグラというのはたしか、ヤエムグラやカナムグラといった草の名前につく言葉で、「野の草」という意味があったのではなかったか。いつだったか夫に教えてもらった憶えがある。

葎《りつ》は今年十七で、高校二年生なのだという。

「平日は、学校のあとここでアルバイトさせてもらって、土日は一日中やらせてもらってるんです。将来、旅館の仕事がしたいと思って」

急に言葉を切って背後を振り返る。廊下の先に誰もいないのを確認すると、葎はすっと栄恵に顔を近づけて声を落とした。

「……呼ばれたことにしちゃっていいですか？」

「え？」

「いえあの、できればちょっと中でと思ったんですけど、呼ばれてもいないのにお部屋に入るわけにもいかないので、もしドアから出たとき宿の人が廊下にいたら――」

「ああ、いいわ、もちろん」

「じゃあその、お部屋に呼ばれて、たとえばこの宿のことをちょっと訊かれたみたいな感じにしちゃっても」

「ええ……構わないわよ」

（八）

葎を部屋に招じ入れ、栄恵は先ほどまで座っていた場所に腰を下ろした。葎が壁際に寄って正座するので、どうぞそこへと座卓の向かい側を示したが、彼女は膝をずって少し近づくだけだった。

仕方なく、そのまま話すことにした。もっとも話すといっても、何を言うかなど決めていない。

「じつはね、あなたのお父様と同じ職場に瀬下というのがいて、わたしの夫だったの」

「もしかしたら、そうかなって思ってたんです。ご予約いただいたときから」

驚いて葎の顔を見直した。

「うちの父が、むかし同じ職場にいた瀬下さんっていう人に恩があるんだって、いつも言っていたんです。恩があって、でもその恩を返す前に、亡くなってしまったんだって」

「恩？」

「はい。それで……あのわたし、勝手にどんどん話しちゃっても平気ですか？」

栄恵は頷いて先を促した。

「先月ご予約いただいたお客様の中に、瀬下俊樹さんっていう方がいらしたので、あれ、と思って、わたし家に帰って父に訊いてみたんです。そしたら、亡くなったその瀬下さんの息子さんが、俊樹さんだったって言われて」

飯先は息子の名前まで憶えていてくれたのか。

「でも、同姓同名っていうこともあるというか、むしろその可能性のほうが高いかなと思ったんです。そしたら、先ほどいらしたとき、その俊樹さんがちょうど父が言っていたくらいの歳《とし》に見えたので、もしかしたらと思って」

それでも確信があったわけではないので、どうやって話を持ち出せばいいものかわからずにいたのだという。

「こういうことも、あるものなのねえ……」

とはいえ、よくよく考えてみれば、それほど珍しいことではないのかもしれない。ここは狭い町だ。飯先がまだこの町で暮らしているのなら、彼の縁故の人と、こうして出会うことがあっても不思議ではない。

「飯先さん……夫に恩があるって、おっしゃってたの？」

「はい、父も言ってましたし、母もそう」

「お母様っていうのは――」

葎が返した答えに、栄恵はふたたび驚かされた。

「旧姓は木島といいます。木島結乃です」

その名前を相手が知っているかどうか確かめるような目で、葎は栄恵を見る。

「あの、母は、父や瀬下さんと同じ職場で――」

「木島結乃さんね、わかるわ」

ようやく栄恵が言葉を取り戻すと、葎は嬉しそうな顔で座卓のほうへまた少し膝を進めた。

父から聞いたのですがと前置きをしてから、葎は話を聞かせてくれた。

「うちの両親の仲を取り持ったのが、瀬下さんだったらしいんです」

それからしばらくのあいだ栄恵は、よく動く葎の表情を見つめながら、言葉を挟むこともできなかった。

葎が生まれる数年前のことだったらしい。彼女の母親は同じ職場で働いていた飯先に好意を抱き、しかし相手は男女関係になど無関心に見えたので、一人思い悩んでいたのだという。

「父は研究一本の人で、学生時代から女の人どころか同性の友達もほとんどいなかったみたいで……あの人のどこに男性としての魅力があるのか、わたしにはさっぱりわからないんですけど」

本当にわからないというように、葎は眉根を寄せて首をひねった。

「父がそんな感じで、母もかなり奥手なほうで、何の進展もないまま何年も過ぎちゃったそうなんです。でもある年の夏のはじめに、瀬下さんが配属されてきて――」

歳が同じで、どちらも学究肌の夫と飯先は、たちまち打ち解けた。

「馬が合うって言うんでしょうか。わたしはもちろん瀬下さんに会ったことがないのでわからないんですけど、とにかくすごく親しく付き合うようになったみたいです。父があんなに誰かと仲よくしているのは初めて見たって、母が言ってました。もうほんとに、やきもちを焼いちゃうくらいだったって。でも――」

誰にも言えずにいた自分の思いを、この人に話してみようかと、葎の母親は考えるようになったのだという。切り出したとしても、ほかの職員の耳があるので、職場で切り出すのには抵抗がある。切り出したとしても、ゆっくり話すことなどできない。仕事のあとでどこかの店に誘おうにも、この町には静かな喫茶店などないし、食事に行こうにも、瀬下には帰りを待っている妻子がいる。

「それに、この町はいまでもこんなところですけど、当時はもっと田舎びていたんですよね。なんにも娯楽がない場所だから、二人きりで飲食店にいるところを町の人に見られたりしたら、何を言われるかわからないって思ったらしいんです」

思い悩んだ末、母親は自分のアパートに瀬下を呼んだのだと、葎は笑いを堪えながら言った。

「ちょっとそういうところ、母はトンチンカンなんです。だって、もしそれを誰か町の人が見たら、それこそ勘違いされちゃうじゃないですか。一人暮らしをしてる女の人のアパートに、同じ職場の男性が入っていくんですから。しかもその男性には奥さんがいるんですよ」

その「奥さん」がいま目の前にいることを、言ってから思い出したようで、葎はちらっと栄恵の表情を窺った。栄恵は黙ってかぶりを振り、それからあとも、ふたたび話をつづける葎の顔を、ただ眺めているばかりだった。

　アパートの部屋で木島結乃は、飯先のことを夫に打ち明けたのだという。

「瀬下さん、そういうことなら協力しようって言ってくれて、職場で父と顔を合わせるたび、それとなくあれこれ訊いてくれたみたいなんです。つまりその、たとえば母のことをどんなふうに感じるかとか、そんなようなことを」

　短く言いよどみ、葎はまた笑いを堪えた。それから申し訳なさそうに目を上げて言う。

「たぶん瀬下さんって、あんまりそういうの、上手いほうじゃなかったんじゃないでしょうか。あの、悪い意味じゃないんです。でもその、相手に悟られずに何かを訊き出すとか、確かめるとか、そういうことがなかなかできない人だったんじゃないかって思うんです」

　たしかに葎の言うとおりだ。夫は不器用で、生真面目で、それなのにやたらと人の役に立ちたがるようなところがあった。

「それで、さすがの父も気がついて、職場で母のことを意識するようになったんです。母のほうもそれを感じて、それまで以上に意識して、あとはもう早いものだったそうです」

　二人の仲は縮まり、やがて正式に交際をしようということになった。

「そのことを、瀬下さんに報告しなきゃならないって話になったんですけど、父は仕事が立て込んでることを言い訳にして、なかなか話そうとしなかったんだそうです。実際そのとき父は、毎日夜中まで研究室で作業をして、ときには泊まり込むこともあったみたいなんですけど、たぶん照れくさかったんだと思います。それでけっきょく、母がしびれを切らして、瀬下さんに電話で報告したんだって言ってました」

ふと言葉を切り、葎は座卓の天板に視線を落とした。

「それもあって父は、瀬下さんが亡くなったことが、いっそうショックだったみたいです。自分たちのことについて、瀬下さんにきちんとお礼を言えないままになってしまったので」

栄恵はそっと頷いた。

そうしてから、たったいま自分が聞いた言葉について考えた。そしてそれが、言った当人が思ってもみないような大きな意味を持っていることに気がついた。

木島結乃が夫に電話をかけて飯先とのことを報告した。いっぽう飯先は、夫にきちんと礼を言えずじまいだった。ということは、木島結乃の電話を受けてから、夫と飯先は一度も会っていないことになるのではないか。一度でも会えば、話題は当然その件になり、そこで飯先は夫に礼を言っていただろうから。

「もしかして、お母様がわたしの夫に電話をしたのは――」

葎は気遣わしげな顔で、小さく顎を引いた。

「ちょうど、瀬下さんが海で事故に遭われた直前のことだったみたいです」

知らず、栄恵は呼吸《いき》を止めていた。

十八年間、目の前を覆いつづけてきた白い雪の向こうに、あの夜に起きた出来事が見えた。

もちろん、あくまで可能性でしかない。事実かどうかなどわからない。しかし、まるで実際の記憶のように鮮明に、過去の風景が栄恵の脳裡《のうり》に映し出されるのだった。

栄恵が寝入ったあと、夫はアパートを出て林業試験場へと向かったのではないか。研究室で深夜作業をしている飯先に会うために。木島結乃から電話で飯先とのことを報告され、夫は心底嬉しかった。だからあの夜は、あんなに酒を飲んでいた。そして酒が進むうち、飯先と話がしたくなった。おい聞いたぞと、喜びを分かち合うつもりだったのかもしれないし、ひやかしや、からかいが目的だったのかもしれない。雪の降りつづく真っ暗な夜道を歩き、夫は川沿いの坂を下っていった。しかしそのとき、酔いが足下を狂わせた。橋を渡ろうとしたときかもしれない。あるいは何でもない場所だったのかもしれない。夫は雪で増水した暗い犬麻川に落ちた。

その身体が、海まで流された。

いや——。

それならばどうして夫のキーケースが漁港に落ちていたのか。

――漁港の隅に落ちているのを、見つけたんです。

――瀬下さんに、職場でお会いしたときにお渡ししようと思っていたのですが……。

栄恵は顔を上げ、葎と真っ直ぐに目を合わせた。

彼女の母親に会わなければならない。木島結乃に会い、十八年越しに、キーケースの件を訊ねなければならない。いま栄恵にははっきりと、自分のすべきことが見えた。ようやく見えてくれた。木島結乃の血を受けた葎と、こうして差し向かいで語り合ったことが栄恵を心丈夫にした。

「お母様は――まだ同じところで働いていらっしゃるの？」

葎は顔を上げ、

「去年、亡くなりました」

迷いのない口調でそう答えた。

「一年前に血液の病気が見つかって、あっという間でした。それもあって、わたし、ここで働いているんです。父は仕事が終わるのが遅くて、家に一人でいるのは寂しいし、ここならお夕飯も食べさせてもらえるので、父が余計な心配をしないですむかと思って」

葎はちらっとドア口に目をやり、そろそろ話を終わりにしなければというように、姿勢を正してこちらに向き直った。

「すみませんでした、長々と」

十八年間の雪は、まだ栄恵を閉じ込めたままだった。

（九）

「何ていうんだっけか、こういうの」

固形燃料が燃える卓上コンロの上で、赤味噌《あかみそ》仕立ての汁がくつくつと沸き、大ぶりのしめじや舞茸《まいたけ》が浮き沈みしている。隣には無骨な長方形の皿が置かれ、はじかみが添えられた焼き鮭《ざけ》が脂を光らせていた。縦一文字に切られた秋茄子《あきなす》の上には、とろりとした甘味噌が、戻り鰹《がつお》の刺身には青じそと茗荷《みょうが》が、それぞれたっぷりと盛られている。しかし栄恵の目には、そんな光景も一枚の写真のように映るのだった。

「こういうほら、自然っぽいっていうか、田舎っぽいっていうか。なんとかに富んでるって」

「……野趣？」

そうそうそうと俊樹は細かく頷き、煮え立つ茸汁《きのこじる》を箸で掻き回す。

「でもこれ、しいたけ入ってないでよかったなあ。俺あのにおいが混じってるだけで、ぜんぶ食えなくなっちゃうもんな」

秋の陽は落ち、窓の外は真っ暗になっている。

——漁港の隅に落ちているのを、見つけたんです。

木島結乃が郵便受けに届けたキーケース。

——瀬下さんに、職場でお会いしたときにお渡ししようと思っていたのですが……。

あの夜、夫はやはり海へ行ったのだろうか。

飯先に会うため林業試験場へ向かおうとして、犬麻川に落ちたのではないのだろうか。

「お、消えた」

卓上コンロの中で固形燃料が燃え尽きた。

「もうこれ、煮えたってことだよね」

小鍋の中身をレンゲで取り皿に移す俊樹を、栄恵はぼんやりと眺めた。

「袖、つくわよ」

「うん？」

「浴衣の袖、ほら、汁に」

そのとき不意に——。

「……何だ？」

周囲が暗闇に包まれた。

すべてが消えていた。慌てて天井を見ると、蛍光灯の余韻《よいん》だけがそこに浮かんでいる。しかしそれもすぐに薄らいで見えなくなった。

「この部屋だけか？」

畳の上をいざる音と、襖を手探りする気配。すっと襖が滑る音が聞こえ、しかし視界は暗闇のままだ。どうやら廊下の電気も消えているらしい。

「停電だなこれ……まいったな。懐中電灯ないのかね。普通ほら、こういうとこって、壁にくっつけてあったりするじゃない」

「きっとすぐ点《つ》くわよ。このまま待ちましょう」

ブレーカーでも落ちたのか。それとも周辺の家々も、明かりが消えているのだろうか。窓の外を覗いてみようかと思ったが、暗がりでつまずいてしまうかもしれないので、やめておいた。

あれはコオロギだろう、さっきまで聞こえなかった虫の声が、窓の外から響いている。律儀に正しく間を置いて鳴きつづける、その声を聞きながら、栄恵は部屋の中に視線を流した。少しだけ闇に目が慣れ、障子の白い四角がうっすらと見えている。正面の違い棚に置かれた白いポットも、闇の中に浮き上がっていた。廊下のほうで、いくつかの人の声がする。宿泊客だろうか。従業員だろうか。どれも、それほど慌てた様子の声ではなかった。小さな男の子の、明らかに楽しんでいるような声も聞こえてくる。

そのとき栄恵の視界の端に、何か歪《いびつ》なものが入り込んだ。

繊細な印象の、尖《とが》った形のものが、円《まる》く並んで上を向いている。

目を凝らしてみても、それが何なのか、すぐにはわからなかったが、

「白い花だけ……見えるのね」

ようやく栄恵は、自分が見ているものの正体を知った。

それは、床の間に飾られたシロバナマンジュシャゲなのだった。じっと注視してみても、赤い花のほうは見えない。

「どれ……おお、ほんとだ。白いのだけ見える」

闇に浮かぶ白い花は、この町で過ごした冬の夜を思い起こさせた。街灯の乏しい道を歩くと、雪の色ばかりが視界の中に浮かんで見えた。黒松の枝葉に載った、丸みを帯びた雪。家々の屋根に積もった平らな雪。犬麻川にかかる短い吊り橋は、雪を載せた左右の手摺りだけが、ただ真っ直ぐに浮かんで見えた。

細い二本の線だけが浮かんで見えた。

暗闇に浮かんで見えた。

――ほら親父の勤め先、ちょうどこの向こう岸の路地を抜けていったところにあっただろ？　でも橋がないから、わざわざずっと道を下って、橋を渡ってたじゃんか。それ

が大変そうだったから。

——学校の倉庫から勝手にロープ持ってきて、下の橋まで往復しながら、向こうの木とのあいだに二本張って。そしたら結乃先生に見つかって叱られた。

あのとき懐かしそうにそう話す俊樹の視線の先には、真っ赤な曼珠沙華が群れ咲いていたのではなかったか。

——そこに曼珠沙華があるってことは——。

寺で出会った老人は言っていた。

——誰かが植えたってことなんですね。

あの場所に、誰かが曼珠沙華を植えた。

それがもし、死者への手向《たむ》けの意味だったとしたら。

そして植えたのが木島結乃だったとしたら。

「昼間の話……」

「うん?」

「お父さんのために、橋をかけようとしたっていう話」

十八年間、目の前をふさいでいた雪の向こうに、何かが見えた。見てはいけない何かが——。

「あれは、いつのことだったの?」

「ああ、ちょうど親父が死んだときだよ。ほら、朝起きたら親父がいなかっただろ？あの前の日」

川べりに立ち、雪の中に落ちているキーケースを見つけて拾い上げる木島結乃。彼女は小さく首をひねり、キーケースをひらく。内側にローマ字で刺繍された名前をじっと眺める。顔を上げると、そこには雪をまとわりつかせた二本のロープが対岸まで伸びている。

——面倒だからそのままにしといたら、けっきょく誰かに外されちゃってた。

そのロープは、むかし悪戯好きの小鬼が棲んでいたという河原の両岸を、真っ直ぐに繋《つな》いでいる。父親のことを思い、俊樹が張ったロープ。闇夜の中でぼんやりと白く浮かび上がるであろう二本のロープ。

「……母さん？」

胸の奥から囁き声が聞こえた。囁いているのは、群れ咲いた真っ赤な曼珠沙華たちだった。死者への手向けに植えられた曼珠沙華たちが、誰も——植えた本人さえも想像していなかった場所で芽を吹き、恐ろしい言葉を繰り返し囁きかけているのだった。耳をふさぐことも目を閉じることもできず、栄恵はただ胸の中の花を見つめ、その囁きを聞いた。

「優しかったものね……あんた昔から」

ようやく、それだけを口にした。

暗がりの中に、俊樹の照れくさそうな笑い声が聞こえた。

第四章

たゆたう海の月

（二）

「……何だ？」

　突然の暗闇に、瀬下は首をすくめて周囲を見回した。

が、何も見えない。目の前の座卓も、その上に並んだ料理も、向かい側に座った栄恵の姿も。目を上げてみると、天井のあたりに蛍光灯の余韻が白く浮かんでいたが、それもすぐに薄らいで消えてしまった。

「停電かしらね」

　座卓の向こうで栄恵の声がする。

「この部屋だけか？」

　瀬下は畳の上を這い進み、手探りで見つけた襖を横へ滑らせてみた。入り口のドアの隙間も真っ暗で、光の箭《や》がまったく見えない。どうやら廊下の明かりも消えているらしい。

「ブレーカーが落ちたのかしら」

「まわりの家なんかは、どうなんだろうな」

「わたしちょっと、カーテン開けて見てみるわ」

栄恵が立ち上がろうとするのを瀬下は止めた。

「いい、いい、危ないから。このまま座って、様子を見よう」

視覚が断たれて嗅覚が敏感になったのか、部屋にただよう茸汁の香りが、さっきよりも強く感じられる。

「せめてコンロの火が消える前だったらなあ」

「ねえ、少しはものが見えたのに」

廊下のほうで声がする。従業員か宿泊客かはわからないが、それほど慌てている様子ではない。真っ暗になって嬉しいのか、男の子の楽しそうな声も聞こえてきた。

「虫が鳴いてる」

栄恵が小さく囁いた。

「ああ……エンマコオロギだな。そっちの窓の下に、ドウダンツツジの植え込みがあったから、その下ででも鳴いているんだろ」

向き合う互いの姿が見えないまま、二人でしばらくコオロギの声に耳を傾けていると、栄恵が「あ」と声を洩らした。

「うん？」

「ほら、そこ。そのほら、床の間」

振り返り、床の間のあたりを見てみた。そこに、何か歪なものが浮いている。白い手に似たものがぼんやりと――。

「曼珠沙華の、白いほうだけ見えるわ」

なるほど、よく見るとそれは、床の間に飾られていたシロバナマンジュシャゲなのだった。横長の鉢に、赤と白、二輪ずつの曼珠沙華が花を並べていたが、赤色のほうだけが闇に沈んで見えなくなっているのだ。

座卓の向こうで、栄恵がふっと笑った。

「ごめんなさい、思い出し笑い。ほらずっと昔、俊樹が犬麻川にロープを張って」

瀬下も思わず頬がゆるんだ。

「あの悪戯か」

「悪戯じゃないわよ。あなたのことを思って、やったんじゃないの。あなたが下の橋まで行かないでも、川を渡れるように」

「あれには参った」

俊樹が小学一年生のとき、犬麻川に自分で吊り橋をかけようとしたことがあったのだ。父親の通勤を、少しでも楽にしてやりたいと考えたのだという。川岸にロープを二本張り渡し、あとでそこに上手いこと足場をつけるつもりだったらしい。その晩、町に雪が降った。俊樹が張ったロープは雪を被り、視界のきかない宵闇《よいやみ》の中で、まるで本物の吊り橋に見えた。

「あなたが飲みすぎてたのよ」

「あの日は飯先のやつの、めでたい話を聞いたもんだから、ついな」

その「めでたい話」で本人をひやかしてやろうと、瀬下は遅い時刻にアパートを出て、林業試験場へと向かっていたのだ。そして雪の中で、俊樹の張ったロープを橋と見間違え、川べりで足を滑らせた。あの夜は雪のせいで犬麻川が増水していたので、もしそのまま水の中に落ちていたらと思うと、それこそ身も凍るようだが、慌てて伸ばした右手がロープに触れ、咄嗟にそれを摑んで事なきを得た。

まさかそれをやったのが自分の息子だなどとは思わず、またロープが張られていた理由もわからなかったので、瀬下は首をひねりひねり坂を下って本物の吊り橋を渡り、林業試験場へと向かった。飯先をからかってやるつもりが、瀬下がロープの話をすると、反対に大いに笑われた。おまけにアパートへ戻ってみると、ダウンジャケットのポケットに入れていたはずのキーケースがなくなっていて、仕方なく呼び鈴を鳴らし、寝ていた栄恵を起こすはめになった。

「朝になって、テーブルでロープの話をしたときの、俊樹の顔なあ」

「そう、目をまんまるくして、はあはあいって――」

七歳の息子は、突然泣き出したのだ。理由《わけ》を訊いてみたが、ただ泣くばかりで何も言わず、けっきょく瀬下はそのまま出勤した。

犬麻川沿いの通勤路を歩いていると、そこに意外な姿があった。川に張られた例のロープの手前で、木島結乃が、なにやら雪の中を覗き込んでいる。そこは彼女の出勤路ではなかったので、不思議に思って声をかけようとすると、彼女はすっと屈み込んで何かを拾い上げた。遠目からだったが、それが自分のキーケースだとわかった。

――ここに落ちてたのか。

――あ、おはようございます。

振り返り、結乃ははにかんだ笑みを浮かべた。

――これ、瀬下さんのだったんですか？

キーケースを手渡しながら、彼女はここへ回り道をしてきた理由を教えてくれた。

――昨日、俊樹くんがこのロープを張っているのを見て、危ないって注意したんです。あれからちゃんと外したのか、気になって――。

来てみると、雪の中にキーケースが落ちていたのだという。

少し迷ったが、瀬下は昨夜の出来事を彼女に話した。ロープを吊り橋と見間違えて川に落ちるところだったと言うと、彼女は身を折るようにして笑い、瀬下のほうも、悪戯の犯人が息子だと知って笑いが止まらなかった。けっきょく二人でげらげら笑いながら、俊樹の張ったロープを外し、下流の吊り橋から対岸へと回り込んで、そちら側も外した。一人で外そうとしていたところだったので助かったと、結乃は言っていた。

あれから十八年が経つ。

もう一度か二度、転勤があるものと思っていたのだが、瀬下はけっきょく同じ町の林業試験場に勤めつづけ、この夏の誕生日で定年となった。俊樹は地元の公立高校と私立大学に通い、自宅から通勤圏内の会社に就職したのだが、今年の春、遠い場所への転勤が決まって家を出た。夕食のたびに栄恵は、あの子なに食べてるのかしらと心配している。

息子が初めての一人暮らしをしているのは、ここと同じ海辺の町だ。しかし、ずっと南にあるので、冬はずいぶん過ごしやすいらしい。といってもそれはただ地図を眺めながら俊樹が言っていただけで、新天地で息子が最初の冬を経験するのは、まだこれからのことだ。

あれから飯先と木島結乃は結婚し、結乃のほうは娘を身籠もったのを機に退職して専業主婦となった。家族三人、幸せに暮らしていたのだが、去年、結乃は血液の癌で亡くなった。告別式で飯先が子供のように声を放って泣いていた光景は、きっと生涯忘れられない。立てなくなるほどに嗚咽しつづける父親の身体を、隣で高校一年生の葎が、けなげに支えていた。

「……大丈夫ですか？」

その葎の声が、不意にドアの向こうから聞こえた。

「ああ、りっちゃんか？　平気だよ。停電かな」

「そうなんです、このへん一帯が……あ、入っていいですか？」

ドアを開け、懐中電灯を持った葎が入ってきた。

飯先の家とは家族ぐるみの付き合いをしてきたので、葎のことは赤ん坊の頃から知っている。瀬下と栄恵は自分の娘のように可愛がっていたし、彼女のほうもよく懐いてくれていた。八歳違いの俊樹とも、互いに一人っ子のせいもあり仲良しだ。

葎がアルバイトをしているこの宿に泊まるのは、今日が初めてだった。彼女に敬語を使われたのも初めてだ。ほかの従業員の手前なのか、それともやはり客には自然と敬語になってしまうのかはわからないが、丁寧な言葉遣いで部屋まで案内されたときは、ひどく照れくさかった。

「これ、蠟燭《ろうそく》」

持ってきた小皿と蠟燭を、葎は座卓の上に置いた。蠟燭は五本あり、懐中電灯で照らされたそれは、やけにカラフルだ。

「誕生日なんかのときケーキに差すやつしかなかったの。電気がつくまで、とりあえずこれで。ちょうど食事どきに、ほんとごめんね」

　普段の口調に戻り、萍はマッチで蠟燭の一本に火をつけて皿に立てた。その火をほかの四本に移し、並べて立てると、座卓の上はけっこうな明るさになった。

「じゃ、あたし次の部屋に行かなきゃならないから。よりによって、おじさんとおばさんが来てくれたときに、なんで停電なんて起きるんだろ」

「いや、かえってよかったのかもしれない。家に二人でいるときに真っ暗になったら、どうしようもないからな」

「ねえ、誰もこうやって蠟燭なんて持ってきてくれないし」

「荷物はぜんぶ段ボールの中だしな」

「そう言ってもらえると助かるんだけど」

　カラフルな蠟燭の並んだ皿を、座卓の真ん中に滑らせると、萍は部屋を出ていこうとしたが、ふと振り返って寂しそうな声を洩らす。

「明日だもんね、行っちゃうの」

　引っ越し業者が来るのは午前十時の予定だった。

　瀬下が定年になったら家を買うという予定は、ずいぶん前から立ててあった。場所は、都会でも田舎でもない町がいいということで二人の意見は一致し、不動産の情報誌を捲《めく》ったり、俊樹と三人で旅行がてら、目星をつけた町を歩きに行ってみたりしたのだが、やはり全く知らない土地は落ち着かないということで、けっきょく瀬下と栄恵が結婚当初に暮らしていた町に決めた。海も山も、高いビルもないが、真っ直ぐなバス通りの脇に畑が広がる、のんびりと時間が流れているような町だった。家庭菜園をやりたいという栄恵の希望で、適当な物件を探していたところ、この夏にちょうどいい売り家を見つけた。バス通りから少し引っ込んだ場所にある、四軒並んだうちの一軒で、縁側の向こうに手頃な畑のある家だった。ちょっと歩くとコンビニエンスストアもあって便利そうだし、一階のリビングに造りつけの棚があるのも、瀬下の気に入った。書棚ではないのだが、棚板の高さが自由に調節できるので、上手く蔵書を収納することができそうだった。二階には俊樹が遊びに来たときに寝られる部屋もある。問い合わせてみると、畑も安値で借りられるとのことで、話はあっというまにまとまりかけた。

が、一つだけ気になることがあった。

その家は陽当たりも利便性も悪くないのに、同じ地域のほかの物件よりも安く売られていたのだ。

瀬下が訊ねる前に、不動産屋が切り出した。

——じつは今年の春、その家で小さい女の子が亡くなってしまいまして。ベランダから落ちるという、不幸な事故だったらしい。

——そういったことは、きちんとお客様にお話ししなければならないので……。

それを聞いて瀬下は迷った。しかし栄恵に伝えてみたところ、意外なことを言われた。

――誰も家を買わなかったら、そのうち建て替えられちゃうかもしれないでしょ。そうしたら、亡くなった女の子も可哀想《かわいそう》じゃないの。家族と過ごした思い出の家が消えちゃって。

なるほどそうかもしれないと、瀬下も心を決め、不動産屋と契約の話を進めた。

今日まで暮らしていたのは、俊樹が高校生のときに家族三人で引っ越した賃貸マンションで、いまは室内に段ボール箱ばかりが山と積まれている。電気ポットもガスコンロも、みんな梱包《こんぽう》し、布団も圧縮して重ねてしまった。だから今夜はこの宿をとったのだ。町を去ってしまう前に、働いている葎の姿を一度くらい見ておきたいという気持ちもあった。

「俊兄ちゃんも行っちゃうし、おじさんとおばさんも行っちゃうんだもんなあ」

すねたように葎が言うので、瀬下はわざと明るい声を返した。

「なにも外国に行くわけじゃなし、ちょくちょく遊びに来るさ。なあ?」

「ええ、りっちゃんがここでアルバイトしている日に来るわ。また泊めてもらいましょう」

「そんときは停電にならなきゃいいんだけどね」

冗談を言い残し、葎は部屋を出ていった。

瀬下が座卓に向き直ると、栄恵もこちらに身体を向けた。誕生日用の蠟燭に照らされて、卓上の料理はさっきまでとは別のものに見えた。

「飯先の誕生日は……半年後か」

ふと思い出して言ってみたが、栄恵はすぐに意味を捉えられなかったらしい。

「いやほら、定年だろ。あいつも」

「ああ」

飯先は瀬下と同じ歳だが、向こうは早生まれなので、まだ半年ほど職場に通うのだ。

「でも飯先さん、再雇用を考えているんでしょ？」

「そう言ってたな」

話は曖昧に途切れ、二人とも箸を取った。

本当は、結乃が亡くなったとき、定年後に町を出るという計画は取りやめにしようと考えたのだ。栄恵も同じ意見だった。それをはっきりと口にしたわけではないが、二人の言葉の端々から感じ取ったのだろう、暮らしやすい町に引っ越して第二の人生を楽しんでくれと、しきりにすすめてくれたのは誰より葎だった。

（二）

「それは……何かの略語とか、そういうあれか？」

瀬下は飯先に訊き返した。昨夜の停電の理由を、飯先が「クラゲ」と言ったように聞こえたのだ。

「クラゲはクラゲだ。このほら、ミズクラゲ」

飯先が後部座席のドアを開けると、シートの上に、口を縛ったビニール袋が置いてあった。「缶」とプリントされた地域指定のゴミ袋で、中に水が半分ほど入っている。

「よしよし、二重にしといたから漏れてないな……まあ漏れてもべつに……」

ぶつぶつ言いながら、飯先はビニール袋を抱え上げて地面に置いた。

宿を早めにチェックアウトし、栄恵と二人で最後の散歩をしてからマンションに戻るつもりで堤防までやってきたのだが、たまたま車で通りかかった飯先に声をかけられたのだ。

「大量繁殖して、発電所のでかいパイプに詰まったんだ。冷却水を取り入れるところに」

「クラゲが？」

「ここの発電所では初めてだが、たまにあるらしい。いま行ってきた水産試験場の知り合いが、そう言っていた」

　コンクリートの上に置いたビニール袋を、飯先は片手で軽くはたく。たぷんと揺れる水の中に、よく見るとたしかにクラゲが二匹いる。見た目はオーソドックスとでもいおうか、クラゲと聞いてぱっと想像するような形状をしていて、一匹は頭を上に、一匹は下にして、密封された水の中で揺れている。

「クラゲの大量繁殖ってのは、たいてい夏に起きるんだけどなあ」

　しゃがみ込み、飯先は分厚い眼鏡ごしに袋を覗き込んだ。

「飯先さん、そのクラゲをどうなさるの？」

　瀬下が訊こうとしたことを、栄恵が訊いた。

「いや、飼ってみようと思ったんですがね」

「飼う？」

「そう。だからいま水産試験場に寄ってきたんですよ。そこの知り合いが飼育セットを持ってるって言うもんで。いやもともとは、朝一番で、発電所がどんなふうになってるかと思って見に行ったんです。そうしたらもう、後始末でてんやわんやで、その作業を見物してるうちに、クラゲが欲しくなっちゃって――」

　作業員に頼み、生きているやつを二匹もらってきたのだという。

「で、そのあと水産試験場に行って飼育セットをね。そこのほら、座席の奥にあるやつ。まあそんなに大したあれじゃないですけど、水槽とポンプと人工海水の素と、あとは観賞用のライト。このライトが白と青とスイッチ一つで選べて、夜なんて青で照らしたら綺麗だと思ったんだけどなあ……」

何故か残念そうに、のろのろと蓬髪《ほうはつ》を掻く。

「飼うんじゃないのか？」

訊いてみると、飯先はしょんぼりと顔を向けた。

「葎に電話したら、叱られたよ。自分の世話もできないのにクラゲの世話なんてできるわけがないって。どうせほったらかして、餌《えさ》も掃除も最後は自分がやるようになるんだから駄目だって怒るんだ」

「怒ることはないのにな」

「あいつはすぐ怒る。ズボンにトレーナーの裾を入れただけで怒る」

「縁起でも悪いのか？」

「知らないよ」

飯先が定年後の再雇用を考えているのは、家にこもって葎に世話をかけさせるのが嫌だからなのかもしれない。そんなことを思いながら、瀬下は旧友の隣にしゃがみ込んでクラゲの様子を覗いた。二匹とも、いつのまにか底のほうに沈んで動かなくなっている。

「弱ってるみたいだな」

「クラゲってのは、こういうもんだよ」

飯先はビニール袋に両手を添え、ぶるぶると左右に揺らした。中の海水が波打ち、クラゲたちは水の動きでまた浮き上がって、傘を収縮させながら袋の中を移動する。

「こいつらはプランクトンの一種なんだ」

「この大きさでか？」

「なにもプランクトンだからって小さくなきゃいけないわけじゃない。自分の力で自由に泳ぐことができなくて、水の動きに合わせて移動する生き物を、みんなプランクトンって呼ぶんだ。クラゲはほら、身体がほとんど水で、自分で泳ぎ回るための筋肉も何もないだろう。だからプランクトンに含まれる。水の流れが止まれば、さっきみたいに底に沈んじまうんだ」

「詳しいな」

「こっちゃ生まれたときから海の近くに住んでるからな、お前より三十年以上も先輩だ」

そうは言っても、なにも海辺で生まれ育った人間がみんな、何も見ないでこんなにクラゲのことを喋れるわけではないだろう。飯先は林学の研究者だが、昔から何にでも興味を持ち、独自に調べてはこうしてあれこれ話を聞かせてくれる。生前の結乃が、キッチンにもリビングにも資料を広げっぱなしなので困ると言って笑っていたのが思い出された。

「りっちゃんに叱られたんなら、これ、どうするんだ？」

「逃がしてやるしかないだろう」

目をしょぼつかせたまま、飯先は名残惜しそうにミズクラゲを見つめて、両手で膝を押しさげるようにして立ち上がった。ビニール袋の結び目を摑んで持ち上げ、堤防の縁へと運んでいく。

「名前をつける前でよかったよ」

袋の一部を指で破り、飯先は中の水を海へ注いだ。途中で、どろん、どろん、と二匹のミズクラゲが流れ出た。海面の揺れがいくらかおさまると、透明なあんパンが二つ並んでいるように、クラゲたちが浮かんでいるのが見えてきた。

「クラゲってのは、雄雌《おすめす》があるのか？」

なんとなく訊いてみると、飯先は黙って頷き、半びらきの口から不平そうに溜息を洩らした。

（三）

「ああ、どうもはじめまして、瀬下と申します。こんな恰好ですみません。あっちが家内で」

頭に巻いたタオルを外しながら、瀬下は栄恵のほうを振り向いた。縁側の窓の桟を掃除していた栄恵は、慌てて濡れ雑巾を置いて腰を上げ、瀬下と隣人が向き合っている門柱の脇まで出てきた。

「申し訳ありません、こちらからご挨拶《あいさつ》に伺おうと思っていたんですけど、ちょうどお夕食どきかと思いまして」

栄恵が言うと、隣家の夫人は恐縮した様子で頭を下げ返す。

「いえそんな、たまたま買い物から帰ってきたもので」

片手に提げたレジ袋には、この家を下見に来たとき見かけた、近所のスーパーのロゴが印刷されていた。隣人はまだ若く、瀬下や栄恵の半分とはいかないが、きっとそれに近い年齢だろう。

互いの家族構成など、いくつか会話を交わしたあと、隣人はふと何かを気にするように瀬下と栄恵の顔を見た。そのまま言葉をつづけず、迷うような素振りだったので、瀬下は察して頬笑んだ。

「聞いてますよ、不動産屋さんから」

隣人は曖昧に視線を下げて頷く。

「可哀想な事故だったようですね。たしかまだ一歳――？」

「ええ、半でした。明るくて可愛らしい子だったんですけど」

「せっかくこんなに新しい家なのに、ご夫婦が引っ越していかれたのも、きっと事故のせいだったんでしょうね」

「お母さん、いまお腹に二人目のお子さんがいて、どうしても新しい赤ん坊をこの家に迎え入れるのが怖いっておっしゃって」

「ああ、なるほど……」

夕陽に照り映える新居の白壁を、瀬下は振り返った。母親の気持ちは、男の瀬下にはすんなり理解することはできなかったが、栄恵はわかったのだろう。隣で頷いている妻の様子から、そう感じられた。

「お片付けの途中で、すみませんでした」

「いえいえ、また後ほどあらためてご挨拶に伺います。明日にでも」

家にいる時間帯を訊き、二人で隣人を見送った。何かあったらいつでも声をかけてくださいと言い残し、彼女は隣の家のドアを入っていった。

なんとなく、ベランダの真下にあたる玄関ポーチのほうへ視線を向けた。もちろん、いまはもう何の跡も残っていない。

片付けをつづけようと、家に入ろうとしたら、背後にバイクのエンジン音が聞こえた。

郵便配達員が門前でバイクを停め、リアボックスから何か取り出している。

「こちら、瀬下さんでよろしいですか？」

「ええ瀬下です。今日、引っ越してきまして」

「ああ今日から」

中年の配達員は一枚の絵葉書を瀬下に手渡すと、軽く一礼してバイクにまたがり、走り去っていった。

「誰からかしら」

「どれ……ああ何だ」

思わず苦笑したのは、差出人が俊樹だったからだ。

「郵便物第一号を狙ったんだわ」

「そうかもしれないな。この絵は……ん？」

「向きが違うのよ」

絵葉書を横にし、二人で見下ろした。

全体的に暗い色調の、どちらかというと抽象的なその絵は、実際にはありえない風景を描写していた。暴風が吹き荒れているらしく、モノクロームに近い色づかいで描かれた木々が、すべて左側に向かって大きく傾《かし》いでいる。細かい描写がされていないので、樹種はわからないが、まるで華奢なススキのように、太い幹ごと風に引っ張られているのだ。空に雲はない。いや、これは空全体が灰色の雲に覆われているのだろうか。中央手前に二匹の白い蝶《ちょう》が飛んでいる。違和感の正体は、幹ごと傾いだ木々と、その蝶だった。二匹の蝶たちは、まるで暴風に気づいてもいないように、のんびりと並んで飛んでいるのだ。

裏面を見た。こちらは葉書を縦に使ってある。中央に横線が引かれ、上側に宛先と自分の住所、下側にメッセージが書かれていた。『引っ越しお疲れさま。』ではじまるその文章は、思わず首をひねるようなものだった。

『手前に飛んでいる二匹の蝶が、今後の二人に似ている気がして、この絵葉書を買いました。これからきっと、父さんと母さんは、こんなふうになるのではないかと思います。こうなってほしいと願っています。』


最後に『俊樹』と書いてある。

しばし、互いに無言のまま息子からのメッセージを見つめた。

「……わかる？」

栄恵に訊かれ、かぶりを振った。

「俺たち二人が……この蝶か」

さっぱりわからない。吹きすさぶ強風の中で、それに気づいてもいないように舞っている二匹の蝶。

「風なんて、もう吹かないわよねえ。どちらかというと、いままでのほうが――」

言いかけて栄恵は小さく笑い、そこへ瀬下も笑い声を重ねた。

「まあそりゃ、長く生きていれば、いろいろある」

あの町で暮らした二十数年間、まず雪と寒さに毎年ひどく苦労させられた。瀬下の仕事も年を追うごとに忙しくなっていくいっぽうで、長年の無理が祟《たた》り、現在ではだいぶ身体にがたがきているし、入浴のときなどにふと見ると、いつのまにか腕や足に老いがあらわになっている。栄恵のほうも大変だった。ちょうど俊樹を妊娠しているときに、瀬下の仕事の都合で慣れない土地へ移り住んだので、初めての子育てと、気質の合わない土地の人々との関係で、妻は長いこと悩んでいた。一時期、瀬下の不貞を疑っていた時期があるのだと、栄恵から打ち明けられたことがある。後に飯先の妻となり、去年亡くなってしまった結乃との仲を、勘ぐっていたのだという。瀬下にしてみれば馬鹿馬鹿しい笑い話だったが、栄恵がそんな気持ちを抱いたのも、きっと日常的な疲労や不安のせいだったのだろう。いや、彼女の相談に乗るために自宅アパートへ行くなどした、瀬下にも責任はあるのだが。

「俊樹もねえ……いろいろやらかしてくれたし」

成長していく俊樹にも苦労させられた。中学生の頃にはやはり反抗期があったし、少々悪い仲間と付き合って、日曜日にホームセンターで万引きをし、瀬下と栄恵が店の事務所まで呼び出されたこともある。二人で慌てて迎えに行くと、俊樹は事務所の片隅で、ポケットに両手を突っ込んで壁の一点を睨みつけたまま、ひと言も喋ろうとしなかった。しかし、後に俊樹が話してくれたところによると、商品を盗むときも、見つかって事務所へ連れていかれたときも、怖くて怖くてたまらなかったのだという。仲間といっしょに店へ入ったときは手が震えたし、事務所でポケットに手を突っ込んでいたのも、その震えがまだ止まらずにいたかららしい。ホームセンターの事務所から家に連れ帰った俊樹を、あの日、瀬下は強く叱った。そのあと俊樹は風呂に入り、いつまでも出てこなかった。泣いていたとは、大人になってからも言わなかったが、きっと泣いていたのだろう。

「ま、どこの家も同じようなものだろ」

「そうねえ、きっと」

同時に笑い、絵葉書に目を戻した。

俊樹の奇妙なメッセージを読んだあとだからか、その絵は瀬下の目に、先ほどと違って映った。背景はいっそう暗然として感じられ、手前で飛んでいる二匹の蝶は、何か人に聞かれたくない言葉でも交わしているように見えた。それを意識した途端、絵葉書の向こうで夕陽を跳ね返していたアスファルトがふっと消え、不思議なその風景だけが視界の中心に残り、まるで絵の中の風が自分の胸にも吹き抜けたように、寒々とした感情がよぎった。

その感情は、不安に似ていた。

どうして俊樹は、こんな絵葉書を送ってきたのだろう。

栄恵も同じことを思っていたのかもしれない、「何を」と訊ね返さずに頷いた。

「訊いてみたらどうだ」

「メールをしてみるわ」

栄恵の携帯電話は、つい二ヶ月前に契約したものだ。せめて夫婦のどちらかでも携帯電話くらい持っていたほうがいいと俊樹に言われ、大型電器店で店員に丁寧な説明を受けながら購入してきた。使い方がわからないときはいつでも俊樹に訊けるよう、機種は息子と同じものを選んだ。住所変更の手続きが面倒だろうから、引っ越してからにしたらどうかと瀬下は言ったのだが、俊樹によると、そんなものは電話一本で済むらしい。

まだ栄恵は、瀬下と俊樹、飯先と葎くらいにしか電話番号を教えていないので、呼び出し音が鳴ることはほとんどなかったが、葎にメールのやり方を教えてもらい、ときどき彼女や俊樹とメッセージのやり取りをしている。そのやり取りをしているときの栄恵がひどく楽しそうなので、自分もいずれ契約してみようかと、瀬下はひそかに考えていたが、恥ずかしくて言い出せずにいた。

『ハガキ届きました。』

そんなタイトルで栄恵がメールを打ち、引っ越しの荷物運びが無事済んだことを伝え、絵葉書に書かれた言葉の意味を訊ねた。

俊樹からの返信はなかった。

その後は引っ越しの片付けで忙しく、汗をかいて身体を動かしているうちに、どちらもメールのことを忘れた。夜になって栄恵が思い出し、携帯電話を確認して首をひねったが、それだけだった。造りつけの棚に本を並べたり、窓にカーテンを取りつけたりしているうちに、またどちらも忘れた。

早朝、携帯電話が着信音を鳴らした。

栄恵が出ると、相手の男性は慇懃《いんぎん》な口調で身分を名乗り、この電話番号は俊樹が所持していた手帳に書いてあったのだと説明した。

（四）

あれは俊樹が小学二年生の夏だったたか。

休日出勤の職場からアパートに帰ると、しいたけを焼くいいにおいがした。しいたけは俊樹がどうしても食べられなかった食材で、せっかくこんなに美味しいのだからと、栄恵があの手この手で口に入れさせようとしたのだが、どうも鼻から抜けるにおいが駄目らしく、恐る恐る嚙んだ瞬間にえずいてしまい、どうしても飲み込めずに吐き出してしまうのだった。そんなことが幼稚園の頃から何度かあり、しまいには栄恵も諦めて、料理に使うのをやめた。

そのしいたけのにおいがしているのを不思議に思いながら、瀬下はネクタイをほどいて台所に入った。エプロン姿の栄恵がガス台の前に立ち、隣から俊樹がその手もとを覗き込んでいた。

——食べたいって言うの、急に。

振り返って栄恵は苦笑した。

——テレビでやってたのよ。

その日のニュース番組の中で、アウトドア料理の特集があったらしい。キャンプ場のバーベキューコンロの網に、しいたけをごろごろと載せ、焼けてきたところへ醬油だけを垂らして食べていたそうで、それを観た俊樹が栄恵に、しいたけを買ってきてくれと言い出したのだという。

——早く引っ繰り返してよ。

俊樹に急《せ》かされ、栄恵は菜箸で焼き網の上のしいたけを反転させた。

——もう平気そうね。

焼き上がったしいたけを、俊樹は満面の笑みで五個も食べた。

思い出されることが、もう一つあった。高校二年生の春、自分の名前はどんな意味をこめてつけられたのかと、俊樹が急に訊いてきた。「俊」という字には、優れているとか、大きいという意味があるのだと瀬下は教えた。優れた大きな樹木が、昔からどれだけ人間の生活を支えてきたか。自分の息子にはそんなふうに、周囲から必要とされる人間になってほしいと思ったこと。それを俊樹に話した。将来は林学科のある地元の大学に進み、自分も林業の勉強をすると言い出したのは、その数日後のことだった。

見たものや聞いたものの影響を、受けやすい子だったのだ。

いまになって考えてみると、中学時代の万引きも、そうだったのかもしれない。悪い友達に憧れ、自分も同じことをしてみたくなったのだろう。しかし実際にやってみると、手が震えてしまい、その震えはいつまでも止まらなかった。

高校二年生で決めた進路を、俊樹はそのまま変更することなく、大学で林学を学んだ。そして卒業とともに地元の木材加工会社に入社した。火力発電所を除けば、あの町に本拠地を構えるほぼ唯一の大きな会社で、全国に加工工場と家具販売の店舗を持つ企業だった。自分の影響で息子が道を選んでいくことを、瀬下はささやかな誇りとしていた。

「ご参考までにお訊ねするのですが」

警官の声に顔を上げた。

　ここは応接室のような場所なのだろうか。瀬下と栄恵が並んで座っているのは警察署の一室に置かれた革のソファーで、ローテーブルを挟んだ向かい側に、肩幅の広いスーツ姿の警官と、瘦《や》せた猫背の、役所の職員が座っている。どちらも瀬下のひと回りほど下に見えた。こうした場合に役所の人間がわざわざ来るのは、おそらく義務ではなく、善意からなのだろう。彼の物腰には終始、居心地の悪さが見て取れた。

「たとえば、何か悩み事を抱えてらしたとか、そういったことは……」

　質問というよりも確認の口調だった。いずれにしても、何かの言葉を求めるとき、彼は瀬下の顔だけを見た。隣の栄恵がまったく声を発せない状態でいることを、ここまでのやり取りの中で見て取ったからだろう。

「もちろん、多少はあったと思います」

　瀬下自身、咽喉から声を押し出すには、その度ごとに努力が必要だった。

「ただ、あったとしても、きっと深刻なものではなかったのではないかと」

　本当に、そうだろうか。

「少なくとも、私たちには何も言っていませんでした」

　痙攣《けいれん》するように、隣で栄恵が大きく息を吸い込んだ。

　病院で確認した俊樹の顔は、右耳のあたりに厚くガーゼが貼られていた。発見されたときにはすでに死亡していたので、それは治療の跡ではなく、おそらく遺族に対する形式的な気遣いだったのだろう。顔以外、俊樹の身体は白いシーツで覆われていて、全身の怪我の様子は見ていない。ただ、担当の医師の話によると、頭蓋骨《ずがいこつ》の後部に罅《ひび》が入り、全身に打撲《だぼく》と擦過傷《さっかしょう》が見られたらしい。肺に水が入っていたことから溺死《できし》と判断され、おそらくは崖《がけ》の上から落下し、はじめに頭を打って意識を失った状態で、海に落ちたのではないかという説明だった。

——事故の場合、とりわけ両腕に傷が目立つことが多いんです。

ひと通りの説明のあと、医師は横たわる俊樹の白い顔を見下ろして付け加えた。

——つまり、頭や顔をかばったときに、どうしても腕が傷ついてしまいますので。

その傷は、俊樹の腕にはそれほど見られなかったらしい。

だからどうだとは、医師は言わなかった。俊樹は崖の上から過《あやま》って落ち、最初に頭を打って気を失い、そのせいで両腕を使って頭部をかばうことができなかったのかもしれない。あるいは、はじめから頭や顔をかばおうとしなかったのかもしれない。

「息子が落ちた場所というのは、やはり、わからないのでしょうか」

警官のほうを見て訊ねた。相手は曖昧に頷き、ほんの少し目線を下げた。

「先ほども申し上げましたとおり、ここは非常に崖の多い場所ですので、正確な位置までは——」

傍らの窓に、瀬下は目を移した。空は薄曇りで、レースのカーテンごしの景色は茫洋としている。しかし、じっと見つめていると、薄暗い空の下に、鋭利な印象の濃灰色のものが、墨絵のように淡く浮かんでくる。その下に断続的に打ちつける波の音が、瀬下には聞こえるようだった。

「息子が見つかった場所から、わかりそうなものですが」

言いながらも、それが難しいことだとは理解していた。俊樹の身体は海岸に打ち上げられていて、早朝に漁師が発見して警察に連絡したのだという。医師の判断では、息子が死んだのは昨日の午後から夜とのことだった。沖へ運ばれず、潮の流れに乗って岸へ打ち上げられたのは幸いだったと言えるが、正確にどこから流されてきたのかなど、きっとわかりようもない。

「どこかで、たとえば息子さんの持ち物でも見つかれば、そこで、あれしたってことはわかるんですが……」

警官は意味のないことを言い、自分でもそれに気づいたのか、語尾を濁して唇を曲げた。

発見されたとき、俊樹はほとんど所持品を身につけていなかった。たすき掛けのバッグを持っており、そのバッグ自体は肩紐《かたひも》が腕に絡まっていたので流されなかったが、ファスナーがひらいていたため、中身はほぼ失われていた。唯一残っていたのがバッグのポケットに入っていたシステム手帳で、その末尾のメモ紙に、鉛筆書きで『母ケータイ』とあり、栄恵の電話番号が記してあったのだという。

病院の、俊樹が寝かされているベッドのそばに、発見時に身につけていたジーパンやジャケットなどが畳まれていて、手帳はその隣に置いてあった。まだ完全には乾ききっていないページを、瀬下は捲ってみようとしたが、紙は少し持ち上げただけで千切れてしまい、なんとか捲りきれても、水性ボールペンで書かれた文字は滲《にじ》みきり、ほとんど読めなくなっていた。

早朝の電車を乗り継いでやってきたこの場所は、本州から迫り出した半島で、ひどく坂の多い土地だった。小高い山があるかと思えば、急激に地面が低くなり、その先に海岸線が広がっている。そしてその海岸線を囲むようにして、切り立った崖が連なっているのだ。断崖《だんがい》沿いに長いドライブウェイがつづいている箇所もあり、もちろん海側にはガードレールが設置されているが、それをまたいでしまえば、すぐ眼下には激しい白波が立っている。海へと大きく突き出した断崖も、数多くあった。落ちれば命に関わるので、それらの崖では先端へ人が立ち入らないようチェーンが張られ、注意書きの看板も立ててあるらしい。しかし地元の人々も旅行客も、それを無視し、安易な気分でチェーンを乗り越えていくのだと、先ほど役所の職員が説明していた。そのあと思い出したように、これまで事故が起きたことはないのですがと付け加えた。

「宿は、こちらで手配いたしましょうか」

猫背の職員が、下から見上げるようにして切り出す。隣で警官が首を揺らして頷いた。これで自分たちからの説明は終わりだという意思表示なのだろう。実際、知って意味のありそうなことはすべて、もう聞き終えていた。

「観光協会のほうで、探せますので。ここまで車で迎えに来ていると思いますし」

「お願いします」

一度、隣の栄恵に目をやってから、瀬下は訊いた。

「迎えに来ていただくのは、別の場所でも構いませんか？　じつは、寄りたいところがありまして」

（五）

息子が半年間暮らしていたのは、何もない部屋だった。

まだ解かれてさえいない段ボール箱がいくつも壁際に重ねてあり、ローテーブルとクッション、パイプベッドと衣裳《いしょう》ケース、テレビとカラーボックスだけが床に置かれていた。テーブルの上にはテレビのリモコンと、潰《つぶ》れたビールの缶が一つ転がっている。ゴミ箱を覗いてみると、菓子パンのパッケージとカップ麺《めん》の容器、汚れた割り箸が見えた。

漠然と想像していた光景とは、ひどく違っていた。

新しい家具などは引っ越し先で揃えると言っていたので、いま頃は若者らしいモダンなデザインの調度品が、部屋を彩っているものと思い込んでいたのだ。

「忙しくて、何もできなかったんだろうな」

俊樹から預かっていた合い鍵が、だんだんと右手の中で冷たくなっていくようだった。隣で栄恵は言葉を返さず、表情のない両目で、ただ部屋の風景を見つめている。

クローゼットを開けてみると、ハンガーにスーツが吊《つる》されていて、俊樹のにおいがこもっていた。それを栄恵にかがせてはならない気がして、瀬下はすぐに扉を閉めた。どのみち見るものなど何もなく、スーツのほかにはネクタイが何本か、無造作に上段に投げ出してあり、下段には引っ越しの段ボール箱が、口を開けた状態で突っ込んであるだけだった。

「いずれ、ゆっくり見てみよう」

いまは長居すべきではない。そう思った。息子が暮らしていた部屋を見れば、何かがわかるのではないか。昨日、俊樹が崖の上に向かった理由を説明してくれるものが、たとえばテーブルの上にでも置かれているのではないか。そんなふうに考えてここへ来たのだが、いまの自分にも、そして栄恵にも、この部屋の中に長くいることなどできなかった。家を出ていく前の、見慣れた俊樹の部屋であれば、まだ耐えられたかもしれない。

自分自身の一部を失ったような思いに、ただ呆然《ぼうぜん》としていられたのかもしれない。しかしこの場所にいると、失ったものの大きさもかたちも、わからなくなる。自分たちが知らなかった息子という存在が、そうさせる。えたいの知れないものが、自分たちを内側から壊していく気がする。

「ここにあるものは、みんな、二階に運んでもらえばいい」

新居の二階には、俊樹が遊びに来たとき、寝かせようと思っていた部屋があった。

観光協会が手配した宿の車が、俊樹のアパートからほど近い駅の前まで迎えに来てくれた。栄恵の身体を支えながら、瀬下はヴァンの後部座席に乗り込んだ。

事情を聞いているのか、初老の運転手はひどく無口で、瀬下や栄恵と視線を合わせないよう気を配っている印象だった。瀬下がドアを閉めたのを確認すると、ほんの一瞬だけルームミラーに目をやり、口の中で何か聞き取れないことを言ってからサイドブレーキを下ろしてギアを入れた。

車が走り出すと、瀬下は栄恵の手をとり、魚のように冷たくなった指を握った。宿の場所がどこにあるのか、先ほど役所の職員が話していたような気もするが、憶えていない。車は片側一車線の道路を左へ外れ、一方通行の坂道を上りはじめた。道の真ん中にだけ背の低い雑草が生え、背中に触れるシートの感触が変わるほど急な角度の坂だった。

フロントガラスに目を移すと、行く手の木々に見え隠れして、何軒かの建物が見える。その建物に腹をこすりそうなほど、雲は低く、灰色だった。景色が目の中で細かく振動し、雲がますます迫ってくるにつれ、その圧力に押し込まれるように、瀬下の胸で後悔が嵩《かさ》を増していった。

こんな場所に引っ越してきたせいで、俊樹は死んだ。

もし別の会社に就職していれば。息子が高校二年生のとき、もし自分が名前の意味を説明したりしなければ。あるいは息子が生まれたとき、別の名前をつけていれば。泥土のように迫り上がってくる後悔に、瀬下は顎を硬くして目を閉じた。

そのとき不意に、冷たい刃物に似たものが胸の底へ刺し込まれた。

——俺ほら……父さんの影響で仕事選んだじゃない？

去年の、まだ俊樹が会社に勤めはじめて数ヶ月目のことだった。息子はダイニングテーブルで夕食を食べていたが、時刻はもう十一時を過ぎていた。それは珍しいことではなかった。命じられた仕事を手早く終わらせることができず、帰りはいつも遅かったのだ。冷蔵庫の麦茶を飲もうと、瀬下が台所へ入っていったとき、俊樹は唐突に言い出した。

——でも何ていうか……父さんみたいに、大好きになれないんだよね。

仕事を大好きだというような自覚は特に持ったことがなかったので、はじめは意味を捉えかねた。

――最近、そのへんで立木とか材木とか見ても、仕事を思い出して嫌な気分になるだけだし。

流し台で水を使っていた栄恵のほうを、瀬下は見た。たったいま俊樹の口から出た言葉が聞こえていたかどうかを確認したのだ。そして栄恵の背中が無反応であったことに安堵《あんど》をおぼえ、俊樹だけに聞こえる笑い声を立てると、ダイニングテーブルに近づいて息子の肩を叩いた。

――最初はみんな、そんなもんだ。

その言葉も、栄恵の耳に届かないよう意図して小さく発したのではなかったか。

俊樹は曖昧に頷いて、食べかけの炒め物に目を戻し、それからは無言で箸を動かしていた。会話はそれで終わった。いや、違う、自分が終わらせたのだ。さも馬鹿馬鹿しそうに笑い、気軽な調子で息子の肩を叩くことで。

あのとき自分は単に、それまで大切にしていたささやかな誇りを失いたくないだけだったのではないか。父親の影響で道を選んできた息子が、そのことを後悔しているなどとは、認めたくなかったのではないか。仕事の引退を目前にし、一人息子も社会に出して、自分はそれなりに満足のいく人生を送ってきた。その人生に、いまさら余計な瑕疵《きず》を見つけたくないという思いがあった。俊樹が聞かせた言葉は、笑い飛ばすことができるようなものではなかったのかもしれない。人の気持ちに敏感で、気遣いをしすぎるほどの優しい息子だったので、それを聞いたときに父親がどう感じるかくらい想像できていたはずだ。それでも俊樹は話した。悩んだ末、やっとのことで口にしたのかもしれない。

「どうして、何もわからないのかしらね……」

ふさがった咽喉から洩れ出るような、低い声だった。隣に目をやると、妻の乾いた両目は膝先に向けられ、しかし巨大な壁でも見据えるように、瞼がひらききっている。黒目の縁がすべて見え、その黒目が車の揺れに同調して細かく震えていた。

「わかったって、いいじゃないの。ずっといい子で、ちゃんと生きてきたんだから」

意味をなさない言葉は、車内に響くエンジン音とまざり合った。栄恵はいきなり自分の膝に両手を叩きつけた。

「あの子、ちゃんと生きてきたんだから！」

上体を大きく前後させながら、栄恵は握った両手をつづけざまに膝へ叩きつけ、音をさせて息を吸い込むと、また大声を上げた。

「ちゃんと生きてたんだから！」

瀬下は栄恵の両腕を摑み、体重を載せて肩口に頭を押しつけた。言葉をかけようとしても、口から出てくるのは呻《うめ》きと息づかいばかりで、ようやくまともに声を出せても、ただ栄恵の名前を繰り返すことしかできなかった。栄恵は瀬下の存在自体が見えていないように、大声で叫びつづけ、強い力で前へ後ろへ身体を振りながら自分の膝を叩きつづけた。

（六）

葬儀の手配や親族への連絡、俊樹の勤め先への報告などは、宿の部屋の電話ですべて済ませた。飯先の家にもかけたが、留守番電話になっていたので、短い言葉で事情を説明して受話器を置いた。

「少し……外を歩こう」

栄恵の様子がやや落ち着いてくるのを待ち、宿を出た。

暮れ色の深まる道を、栄恵の歩調に合わせ、ゆっくりとたどった。手入れをされていない路傍の茂みからは、葛《くず》の蔓が何本も飛び出し、その先端が革靴の脇をこすった。行く手から鈴虫の鳴き声が聞こえ、それはだんだんと大きくなり、しかし二人がそばへ行きつくと唐突に途切れ、しばらくするとまた頭の後ろで響きはじめるのだった。

その声を聞きながら瀬下は、俊樹が送ってきた絵葉書を思った。

こうなることを、まるで知っていたかのような、息子のメッセージだった。

今朝早くにかかってきたあの電話で、瀬下と栄恵は突然にして見えない風の中に呑み込まれた。不吉な絵の背景にあったように、幹ごと大きく木が傾ぎ、耐えきれずにいまにも千切れてしまいそうな、強い風だった。その中をのんびりと飛んでいた二匹の蝶。暴風に気づいてもいないように、ゆったりと羽ばたいていた蝶。俊樹はそれを、今後の瀬下や栄恵だと書いた。そうなってくれることを願っているのだと。

——どうして、何もわからないのかしらね……。

栄恵の言葉は瀬下の言葉でもあった。俊樹はいったい何を伝えたかったのか。どうして死んでしまったのか。何一つわからない。唐突に結果のみを突きつけられ、ただ途方に暮れ、ないまぜの後悔を抱きながら、いまにも自分たちを生き埋めにしようとする感情の中であえいでいることしかできない。

この道をたどっていくと、海に出るらしい。宿を出たところに、字のかすんだ案内板があり、矢印といっしょに崖の名前が書かれていた。その名前を瀬下は、ついさっき見たはずなのに、思い出せなかった。

道の左側に、海産物を直売しているらしいプレハブの小屋がある。店は戸が閉まり、中に人はいない。商品を並べるためのものだろう、小屋の前に置かれた横長のテーブルにも、何も置かれていなかった。その隣にも同じくらいの大きさのプレハブ小屋があり、やはり人の気配はない。明かりが消えているのでよくわからないが、天井からぶら下がった竹製の笊のようなものと、その奥に商品棚が見える。そこを通り過ぎてしばらくすると、潮のにおいがした。昨日まで過ごしていた、あの町の海辺とは違うにおいだった。

「やっぱり、何か、食べたほうがいいかもしれない」

食事の用意は必要ないと、宿には伝えてあった。栄恵に、どうせ咽喉を通らないのだから自分の分はつくらないよう頼んでほしいと言われ、それは瀬下も同じだったので、どちらの分も断ったのだ。

「少しくらい、無理にでも」

しかし栄恵は、ゆるくかぶりを振るだけで、無表情のまま路面を見つめて歩きつづけた。

厚く垂れこめていた雲はいつのまにか逃げ、右手に沈みかけの太陽がある。太陽の下端が丘の端に触れ、飴のように溶けて滲んでいる。

やがて道はゆるやかに左へと曲がり、そのまましばらく歩いていくと、正面に海が見えた。そのときになるともう太陽は背後にすっかり沈んでいたので、水面は暗く、水平線も見えなかった。しかし、残照を跳ね返す襞《ひだ》の輝きから、海だとわかった。その海の手前には、景色をそこだけ切り抜いたように黒い断崖のシルエットが浮かび、道は崖のそばで左へ折れている。角には小さな広場があった。風景を楽しむための場所なのだろう、背もたれのついたベンチが海へ向かって二脚置かれ、その周囲三方には、役所の職員が話していたようなチェーンがコの字形に張り渡されている。広場の地面は土で、まばらな雑草が生えていたが、チェーンの向こうはごつごつとした岩肌が露出していた。

ベンチに座るかと訊いたが、栄恵が首を横に振るので、二人でチェーンの手前に立った。ゆるい海風が吹き、疲れ切って乾いた両目が痛んだ。周囲の景色は薄闇の中で曖昧になっていたが、宿へ向かう車が上ってきた坂を思うと、ここはかなりの高さなのだろう。しかし左手を見ると、さらに高い位置からも、崖の影が迫り出している。日が落ちて潮のにおいが強まり、海には先ほどまで見えなかった水平線が伸びている。線の一箇所が冷たく白《しら》み、月が顔を出していた。

ほんの一瞬だが瀬下は、またどこかで鈴虫が鳴いたものと思った。

しかしすぐに、その音が栄恵のハンドバッグから聞こえていると気がついた。栄恵は海を見つめたまま、着信音が耳に入ってさえいないようだ。声をかけると、一度瀬下のほうを見て、それからハンドバッグに目を向けた。しかし、携帯電話を取り出そうとしない。番号を知っている相手は限られているので、放っておくわけにはいかず、瀬下は妻の腕からぶら下がったハンドバッグを開け、ディスプレイが点灯している携帯電話を取り出した。

『……瀬下か?』

飯先だった。

高校から帰ってきた葎が留守番電話を聞き、すぐに飯先に報《しら》せたのだという。

『それで、いま職場からなんだが……』

慌ててかけてきたものの、何を言っていいのかわからないらしく、飯先はなかなか言葉を継がない。瀬下は電話機を耳もとに添えたまま、海へ視線を向けた。

しどろもどろの、しかし内容はごく常識的な、旧友《とも》からの悔やみの言葉だった。それから飯先は、栄恵のことを心配し、瀬下のことを心配し、やがて泣き出した。飯先の泣き声を聞くのは二度目だった。妻の結乃が死んだときと同じ泣き方を、飯先はしていた。嗚咽の合間に何か言葉を挟むのだが、その言葉の途中にもしゃくり上げてしまうので、ほとんど聞き取ることはできない。たったいま俊樹がまた死んでしまったかのような思いに耐えきれず、瀬下はそっと電話機を耳から離した。暗い広場に、旧友の嗚咽だけが小さく響きつづけた。

最後に短い言葉を二、三交わし、葬儀の件などでまた連絡をすると言って電話を切った。栄恵を振り返ると、表情は見えなかったが、うっすらと濡れた両目が微かに月の光を映していた。携帯電話を妻のハンドバッグに戻すべきか否か、判断がつかず、けっきょく右手に握ったまま海に向き直った。

「あんな家を買ったからかもしれない」

背後で栄恵が呟いた。

「あなたは迷っていたのに、わたしが余計なことを言って……」

女の子がベランダから落ちて亡くなったという、あの事故のことだろう。瀬下は言葉を返せなかった。何を言っても無意味だとわかっていた。いまの栄恵は、どんな言葉もきっとすべて、哀しみと後悔に変えてしまう。

「ずっと、いままで暮らしてきたあの町で、何もせずにいればよかったんだわ」

呟きは海風に流されて消え、それからは広場の縁で揺れる草の葉音だけが聞こえるばかりだった。六十年ものあいだ、精神をもやっていた綱のようなものが切れ、自分の心が支えを失《な》くして流れている気がした。月は先ほどよりも高く顔を出し、水平線に接した海面が白く輝いている。

つい昨日、飯先が海へ逃がした二匹の海月《クラゲ》を、瀬下は思った。

自分の力では泳ぐことができず、流れに身をまかせて海の中を移動している海月。水の流れが止まれば、彼らは水底に沈んでしまうのだという。瀬下にはそれが、自分たちの似姿に思えるのだった。

俊樹は絵葉書の中で、これからの瀬下や栄恵を、蝶だと書いていた。強風に気づいてもいないように、ゆったりと飛ぶ二匹の蝶だと。しかし、そんなことができるはずもない。自分たちを唐突に襲ったこの風の中を、自由に飛び回ることなどできない。できるのはただ、強い風に——激しい水の流れに身をまかせていることだけだった。

そして、いつか風はやむ。

いつか流れの静まるときがやってくる。

そのとき自分たちはきっと、並んで水底に沈んでいくに違いない。やがて真っ暗な海底に身を横たえ、意思もなく、身動きさえせずに、何かをじっと待つに違いない。

（七）

「旅館の人に言って、薬をもらってくるわ……」

翌朝、どうしても布団から起き上がることができなかった。手も足も、濡れた砂でも詰まっているように重く、首の付け根で鈍痛がつづいていた。薄く目をひらくと、枕元に膝をついて自分を見下ろす栄恵の向こうで、天井が音もなくたわみ、だんだんとこちらへ迫ってくるような錯覚があった。

「頭痛薬でも、少しはよくなるかもしれないし」

しかし瀬下は枕の上で首を横に振った。

「食事をしていないせいもあるんだろう」

昨夜ここへ戻ってくると、茶器の脇に盆が置かれ、四つのおにぎりとたくあんが皿に載せられていた。やはり旅館のほうは事情を知らされていたのかもしれない。栄恵はお茶だけを飲み、おにぎりはどうしても咽喉を通らなかった。瀬下も一口囓《かじ》って、それ以上は顎を動かす力がわかず、しかし心遣いを無視するのは申し訳なかったので、皿に被せてあったラップでおにぎりを包み、バッグに入れた。

肘《ひじ》に体重をかけて身体を横にし、そのまま身を持ち上げるようにして起こすと、視界の中で部屋全体がぐらりと回った。空腹とあいまって、瀬下はえずき、口の中に苦い味が広がった。

ドアがノックされ、俊樹と同じくらいの年頃と思われる、若い男性の声がした。別室に食事の準備ができていて、そろそろ朝食の時間が終わってしまうのだという。その声は、あるいは単にそう聞こえただけなのかもしれないが、どこかおどおどして気遣わしげだった。

「いま行きます」

そう答える瀬下の顔に、栄恵が不安そうな目を向けた。

「無理なら、残せばいい」

栄恵に言い、膝に手を添えて立ち上がった。


どちらも味噌汁を半分ほどと、ほんの一口のごはんを食べた。

部屋に戻って二、三の連絡をすませ、身支度を整えてチェックアウトの手続きをした。

これから病院へ向かい、俊樹が搬送車に乗せられるのを見とどけることになっている。フロント係に行き先を訊かれたので、病院だと答えると、旅館の車で送ると言ってくれたが、直通のバスがあるようなので遠慮した。栄恵とともに昨日からの礼を述べ、宿の玄関を出た。

雲の一片さえ見当たらない晴天だった。

昨日と違う場所なのではないかと思うほど景色が明るく、あらゆるものが光っている。その光から顔を隠すように、瀬下と栄恵は地面を見つめてバス停に向かった。どこかで犬が鳴いている。道の左手に並んだプレハブ小屋の店は、もう営業をはじめていて、店先に出されたテーブルの向こうから、レンガ色の顔をした男が威勢よく声をかけてきた。炙《あぶ》った干物のにおいが胸を悪くさせ、瀬下は目を伏せて行きすぎようとしたが、そのとき隣で栄恵がふと足を止めた。

妻が目を向けているのは、海産物を売っているプレハブ小屋の、隣の小屋だった。

昨日は閉まっていた引き戸が開放され、店の中が見えている。

「……絵葉書があるわ」

栄恵は店に近づいていく。天井から紐でぶら下がった籠や笊、箕《み》といった竹細工の向こうに、たしかに絵葉書らしきものが何種類か、商品棚の上に斜めに立てかけられている。

栄恵につづいて店に入ったとき、そこには誰もいないものと思った。しかし右手に置かれた四角い木製テーブルの向こうに、人がいた。瀬下や栄恵より十《とお》以上は年配と思われる、白髪を短く刈り込んだ、痩せた老人だった。店主らしい老人は二人を見ると、軽く頷いて片手で店内を示し、そのまま何も言わずにテーブルに目を戻す。平たい竹で、魚籠《びく》のようなものを編んでいる。その手つきから、店内に陳列された竹細工は老人がつくったものと推察された。

「これ――」

奥の商品棚の上から、栄恵が一枚の絵葉書を取り上げた。薄い透明のビニール袋に入れられたその絵葉書は、俊樹が送ってきたものとまったく同じだった。

「あの子、ここで買ったのかもしれないわ」

店主を振り返ると、相手は会話《やりとり》が耳に入っていたらしく、何か訊かれるのを待つような顔で手を止めていた。

「そりゃちょっと、わからんですな」

自分たちの息子がこれと同じ絵葉書を送ってきたのだが、ここで買ったのだろうかと訊ねると、老店主はそう言って胡麻塩《ごましお》の無精髭をさすった。

「ここにある商品を売ってるのは、この店だけじゃないんですよ。いろんな土産物屋の棚にも、置かしてもらってるもんで」

「二十代前半くらいの男性が、これを買っていったようなことはなかったでしょうか。憶えていらっしゃいませんか？」

もう一度訊くと、老店主は唇をすぼめて宙を見上げ、何か小さな文字でも読んでいるようにじっと目を細めていたが、やがて苦笑とともにかぶりを振った。

「さすがにねえ、憶えてないですわ。私も、いつもここにいるわけじゃないですし。——いえ、この小屋ね、いろんな人が順番に借りてるんですよ。それぞれ一定期間だけ借りりて、魚を売ったり野菜を売ったり、こうやって自分でつくった竹細工とか絵葉書を売ったりして」

「そうですか……」

落胆したが、考えてみれば、俊樹がこの絵葉書をどこで買ったとしても、それで何がわかるわけではないのだ。

が、ふと瀬下は、いましがた聞いた老店主の言葉を思い返して顔を上げた。

「おつくりになったんですか？」

意味がわからなかったようで、老店主はただ眉を持ち上げた。

「いえ先ほど、ご自分でつくっていると。こちらの商品を」

「そう、ええ自分で」

老店主は窪《くぼ》んだ頬に照れ笑いを浮かべ、手もとに転がっている出来かけの魚籠のようなものを持ち上げてみせた。

「絵葉書もですか？」

「そうですよ。みんな私がデザインしたんです。まあデザインというか、絵を描いて、それを業者に加工してもらってるだけなんですけどね。半分以上、趣味みたいなもんです」

木製テーブルごしに、俊樹が送ってきたものと同じ絵葉書を見せた。

「教えていただきたいのですが……この絵には、どういった意味があるのでしょうか」

しかし老店主は質問自体を理解できないというように、脂気のない顔をぽかんとさせて鸚鵡返《おうむがえ》しに訊いた。

「……どういった意味？」

もともとこの絵には、とくに意味など込められてはいないのだろうか。老店主の様子から、そう思った。栄恵を振り返ると、彼女は大勢の中から誰かを見つけようとしているような、不安と苛立ちに満ちた目で老店主の顔を見つめている。その肩ごしに、絵葉書たちが並んでいる。この絵のほかには、停泊した漁船と漁師たち。大写しに描かれた厳《いか》めしい蟹《かに》。二枚貝に顔を近づけている猫。切り立った崖の遠景。タッチの荒さが特徴的で、どれも一見すると抽象画のように見えるが、すべて実際の生き物や風景だ。どうして俊樹が送ってきたこの一枚だけが非現実的な——。

ふと、瀬下は手もとの絵葉書に目を戻した。

そして初めて気がついた。

何故、思い至らなかったのだろう。長年、樹木に関わる仕事をつづけてきながら。

「もしかして、この景色は――」

老店主に向かって訊ねた。

「実際の？」

当たり前のことを答える顔で、相手は「ええ」と頷いた。それから思い出したようにつづけた。

「ご存知じゃなかったんですね、その場所」

（八）

海岸通りへと戻る急坂をタクシーで下り、途中で枝道に入ってふたたび上り坂をたどっていった先に、その場所はあった。

「みんな……若木の頃から強い風にさらされていたんだ」

立ち並ぶ黒松に、瀬下は近づいていった。

「だから、幹も枝も、こうして風下に向かって伸びていく」

隣で栄恵はそっと頷き、胸を引くようにして、目の前に広がる奇妙な風景を眺めた。

崖の上で、海側からの強い風に耐えながら、この黒松たちは生長してきたのだ。そして風下に向かい、こうして一様に根元から大きく幹をねじ曲げ、枝々もすべて同じ方向へと伸ばしてきた。その光景はやはり、いまこの瞬間に目の前を強風が吹き抜けているかのようで、理屈を知った上で眺めてみても、やはり不思議に思えるのだった。

——春になると、風がぴたっと大人しくなるんです。

店を出るとき、老店主はそう教えてくれた。

——この絵は、そんな季節の一枚なんですよ。

俊樹の絵葉書を、瀬下はコートのポケットから取り出した。いま目の前にある景色が、荒いタッチで描写されている。老店主はこの場所を、どのアングルで描いたのだろう。絵葉書を片手に、瀬下は周囲の景色と見比べながら、崖の上を移動していった。

葉書の構図と実際の景色が重なったのは、崖の横側のへりに近い、すぐそばにチェーンが張られている場所だった。チェーンは崖の上にコの字形に張り渡され、こちらは下の棒にあたる部分だ。ここから黒松たちを見ると、どれも左に向かって傾いでいる。

予感があった。

二十数年間ともに暮らした息子が、自分に呼びかけている気がした。

瀬下はチェーンをまたぎ、その先へと向かった。後ろで栄恵が制止したが、構わず息子の声を追った。しだいに凹凸の激しくなっていく地面を、一歩一歩慎重に踏みしめながら、ゆっくりと崖のへりへ近づいていく。視界の上半分で、海と虚空が広がっていく。背後でふたたび栄恵が声を上げた。膝が萎えていくのを意識しながら瀬下はさらに進んだ。怖くて身を起こしていることができず、背をこごめ、両手を岩について四つんばいになった。岩の隙間で、茎だけになった雑草が立ち枯れている。ひゅっと短い風が吹いてその茎を震わせ、シャツの襟が頬を叩いた。四肢がすくんで動けなくなり、しかし諦めきれずに右手を前へ進め、左手をその隣に添え、両手が進んだ分だけ両足を前進させた。

岩陰に、四角い黒いものが見えた。

ねじ曲がった黒松の根元で、栄恵とともに俊樹の携帯電話を見た。ディスプレイに、岩にぶつかったらしい白い傷があったが、壊れてはいなかった。電源は入ったままだ。栄恵が同じ機種を選んで購入していたので、扱うことができた。

『Re：ハガキ届きました。』

ディスプレイを点灯したとき表示されたのは、そんなメールのタイトルと、つぎのような文面だった。

『荷物の移動、無事に終わってよかったね。あの絵葉書は、わざと謎っぽくしてみたのです。ありえない景色のようで、じつはあれは実際の景色。嘘だと思うならこの写真をどうぞ。写ってる木についてては、たぶん父さんが解説してくれるんじゃないかな。長い人生の、二人ともいま半分くらい？　いろいろあっただろうけど、ひとまずお疲れさまでした。もういろんな風もやんで、静かになったんだから、今後はこの蝶みたいに、二人で気ままに、楽しく過ごしてください。畑の野菜ができたら食べに行くよ。人生これから！』

メールには、添付してあるはずの写真がなかった。

携帯電話を持たない瀬下にも、俊樹の身に何が起きたのかは理解できた。

「あの子、写真を撮ろうとして――」

栄恵の声は最後までつづかずに嗚咽へと変わった。

そう、俊樹はあのチェーンを越えて崖のへりまで行ったのだろう。絵であればチェーンの内側からでも描けるのかもしれない。しかし同じ光景の写真を撮ろうとしたとき、もっと後退する必要があったのだ。

栄恵は地面に膝をつき、土を握り込むように爪を立てていた。その手は、全てをさらっていこうとする波の中で、せめてもの抵抗をしているように見えた。震える栄恵の肩に両手を添え、瀬下は同じように地面へ膝をついた。

「わたしがあんなメールを送ったから――」

そうじゃない。強くかぶりを振ったが、声は出てこなかった。言葉を咽喉から押し出すことができず、瀬下はただ栄恵の肩を支えて歯を食いしばった。いったいどうすればよかったのだろう。どこから間違えていたのだろう。自分たちはいつ、何に失敗したのだろう。瀬下にはわからなかった。人はこうしていつも、唐突な風の中で、波の中で、ただ身をまかせていくしかないのだろうか。ねじ曲がった黒松の下で、瀬下は無意味な問いを繰り返し、咽喉の奥では叫びが頭をもたげていた。それを力ずくで封じ込めるように、瀬下はいっそう歯を食いしばり、しかし叫びはつづけざまに咽喉もとへ突き上げた。周囲では歪な木々がただ静止して、ときおりの風に針葉を震わせ、遠くで海鳥の声が響き、どこかで鳴った車のクラクションがそれに重なった。

第五章

かそけき星の影

（一）

この風は、あかんぼならいと呼ぶのだったか。

子供の頃に瀬下が教えてくれた風の名前を思い出しながら、葎はバスの窓に額を押しつけた。道路脇に広がる畑の上に土埃が舞い、畝も、植え付けられた作物たちの葉も、薄紙ごしの絵のように霞《かす》んでいる。春先に赤土を巻き上げて吹くから、あかんぼならい。たしか瀬下はそう言っていた。

「ずっと昔に、アポロ十一号が月に行ったでしょ」

急に声をかけられ、葎は驚いて振り返った。

「あれ、嘘だって言う人がいるんだよ」

しかし、どうやら違ったらしい。小学校高学年くらいだろうか、通路の反対側に座った少年は、葎のほうへ顔を向けてはいたが、単に窓の外に舞う土埃を見ながら喋っただけのようだ。彼の後ろの席に座った、少し年上らしい女の子が、「そうなの？」と首を突き出して訊き返す。

「そう。何でかっていうとね、地面に突き立てた旗が、風にはためいてたから」

葎は窓に視線を戻した。赤茶けた土埃のかたまりは、風の動きにつれて右へ左へ揺れている。男の子はまだこちらを向いて話しているのだろう、変声期を過ぎていない声は、エンジン音の向こうからよく耳に届いた。

「だってさ、お姉ちゃん、月に風は吹かないから、旗がはためくのはおかしいでしょ。だから月面着陸のあのビデオは、アメリカがつくった偽物なんだって」

「ほんとなの？」

女の子の声は少し不明瞭だ。

「ほんとじゃない」

「何よ」

「旗は、風がなくてもちゃんと見えるように、横にも棒が出てたんだって。パチンコ屋さんのあれみたいに」

「幟《のぼり》」

「わかんないけど」

風がやみ、土埃が力尽きたように地面へ降りていく。景色が徐々に鮮明になり、畑の向こうに家の屋根が見えてきた。バス通りから奥まった場所に、二階建ての家が四軒並んでいる。

「また星の本で読んだの？」

「違う、月の本」

バスが減速して路肩に車体を寄せる。

「月だって星じゃん。――あ、ショウコたち迎えに来てる」

「ほんとだ」

バスが停まると、姉弟らしき二人はそれぞれボストンバッグを抱えて降りていった。ドアの外から賑やかな声が響いてくる。首を伸ばして見てみると、二人とそれぞれちょうど同じ年頃の女の子と男の子がバス停に立っていた。

ブザーが鳴ってドアが閉まり、五割ほどの席が埋まったバスはふたたび走り出す。

月からの連想だったのだろう、シートに揺られながら葎は、父がむかし飼っていたクラゲのことを思い出した。十年以上前、葎がまだ高校生だったとき、近くの火力発電所でもらってきたミズクラゲを、父は家で飼いはじめたのだ。自分の世話もできないのにクラゲの世話なんてできるのかと母は反対したが、葎は父の味方についた。「缶」と書かれたゴミ袋に、海水とともに入れられていたミズクラゲが、ひどく可愛かったからだ。けっきょく最後には母が折れ、父はダイニングのカウンターテーブルに水槽を置いて、二匹のクラゲを飼いはじめた。そうなってみると母は、クラゲといってもやはり生き物なので、弱ったり死んだりしてはいまいかと、日に何度も水槽を覗いては不審げな顔でガラスを叩いたり、ちゃんと餌をやったかどうか父に訊ねたりしていた。父は呑気なもので、夜になると水槽に付属しているライトでクラゲを青く照らし、月より綺麗だなどと言って感心していた。どうして月と比べたのかが、当時の葎にはわからなかった。訊いてみると、クラゲは「海月」と書くらしい。

――水の母って書くんじゃなかったっけ？

葎は手のひらに「水母」と書いて訊き返した。

――どっちの書き方もあるんだ。お父さんは「月」のほうが好きだけどな。

――「母」だと本物のほうが綺麗だから？

いま思えば、なかなか気の利いたことを言ったものだ。父は一瞬ぽかんとして、それから台所で水仕事をしている母のほうをちらっと振り返った。そして、どうやら会話が聞こえていなかったらしいことを見て取ると、まるでその会話自体がなかったかのように、ふいとクラゲの水槽に顔を近づけて、わざとらしくまた観察しはじめた。母の病状が安定し、白血球の数も正常値に戻り、何の支障もなく自宅で日常生活を送りはじめた頃のことだ。

クラゲたちは、あの町に寒い冬がやってくる前に死んでしまった。もともと寿命の長い生き物ではないらしい。しょんぼりと背中を丸めた父が水槽を片付けたあと、それが置かれていたカウンターテーブルの上は、ひどくがらんとして見えた。

いまこうして思い返してみると、どうしてもその光景が、つい先月見た光景と重なってしまう。十数年ぶりの母の入院を聞き、飛んで帰った実家の、母がいつも水仕事をしていた台所は、同じようにがらんとして見えたのではなかったか。

深く短く息を吸い、葎はそんな考えを頭から追い払った。

大丈夫、母は良くなる。すぐにまたあの台所に立てるようになる。あの家で父の世話を焼き、休暇に帰省した葎と冗談を言い合いながら、いっしょに夕食をつくったり、意味もない思い出話をしてくれる。最初に発病したときだって、頑張って治したのだ。今回も治る。絶対に治る。

いつのまにか、バスは停留所に停まっていた。ふたたび走り出すのを待ち、葎は降車ボタンを押した。瀬下夫婦が暮らす家は、つぎのバス停から歩いて五分ほどの場所にある。

（二）

「ああ、りっちゃん、いらっしゃい」

呼び鈴を押してドアを開けると、エプロン姿の栄恵が廊下に出てきた。

「あれ、お父さんとおじさんは？」

玄関に靴があったので、リビングにいるものと思ったのだが、二人とも姿が見えない。

「あそこ」

栄恵が鼻に皺を寄せて笑い、掃き出し窓のほうを顎で示す。レースのカーテンの向こう、庭の隅にレジャーシートが敷かれ、その上で二人がハの字状に腹ばいになっている。

「……何してんの？」

「訊いてみなさい」

答えを知っている口調で苦笑まじりに言われた。窓を開けると、二人はむくりと顔を上げて振り返る。相変わらず櫛《くし》も通していない父の白髪頭。下半分が灰色の髭に覆われた瀬下の顔。

古生代の景色を味わっていたのだという父の説明は意味不明だった。

「見ろほら、ここにたくさん生えてるこれ、スギナ。これはツクシの本体で――」

「知ってるわよ」

スギナはたしかシダ植物の一種で、地下茎を伸ばしてツクシを生じる。そしてそのツクシの頭から胞子を飛ばして繁殖する。葎が大学で専攻していたのは英文学だが、父の影響で小学生の頃から理科は得意なほうだった。

「こいつらの祖先はな、三億年前の地球に、えらく繁茂していたんだ。当時は何十メートルもの高さがあって、とてつもなく大きな森をつくっていた。その森が時を経て、いまの石炭になったと言われている」

「で？」

「いま二人で、このスギナを下から見上げて、石炭紀の森にいる気分を味わっていた」

適当に頷いて、葎は隣の瀬下に笑いかけた。

「おじさん、こんにちは」

「りっちゃん、早かったね」

瀬下のほうはさすがに少々気恥ずかしそうな様子だったが、その照れ笑いはすぐに引っ込み、両目が気遣わしげに葎の顔を見た。

「お母さん、どうだった？」

「うん、あとで話す。でも、起き上がって普通に喋れたよ」

嘘が口をついて出た。

「今日は行けなくてごめんなさいって、伝えといてって」

「病気はなあ……仕方がない」

瀬下は目線を下げ、隣で父は、また腹ばいになってスギナを覗き込みはじめた。葎が窓を閉めると、台所で料理をしている栄恵が顔を半分だけ振り向かせた。

「俊樹がねえ、ほんとはもう来てるはずだったんだけど」

「あ、メールもらった。いったん会社に寄って、片付けなきゃならない仕事があるとかって」

「あの子もほんと、忙しいわ」

栄恵は逆手に持ったおたまで鍋を掻き回している。隣に立って覗くと、あの海辺の町で暮らしていた頃に何度か食べさせてもらったことのある、クリームシチューだった。栄恵は隠し味に白味噌を入れるので、微かにその香りがする。タマネギがやけにたくさん入っているのは、きっと畑で穫れたのだろう。瀬下夫婦は家から少し離れた場所に畑を借りて、趣味で季節の野菜を育てている。

「あの子が忙しすぎて、苦労かけたらごめんなさいね」

「家にいないぶんには、べつに苦労しないでしょ」

「それがねえ、子供が生まれたら、やっぱりなるべくいてくれたほうがいいのよ」

栄恵は何か遠いものを見るような目を、葎のブラウスの腹に向けた。

「そんなもんかな。——あ、俊樹さんじゃない？」

玄関のドアが閉まる音がしたので廊下に出てみると、俊樹が「おう」と片手を上げた。スーツ姿だがネクタイはしておらず、会社の鞄のほかに、あれは栄恵に頼まれていると言っていた最中《もなか》だろうか、紙袋を提げている。荷物を持ってやろうとして、葎は手を出しかけたが、なんだか新婚じみてしまいそうなので、ブラウスの袖を直して誤魔化した。

「おかえり」

「うん」

しかしそのやりとりだけでも十分に新婚じみていて、俊樹はきまり悪そうに口許を歪めた。

俊樹が勤めている木材加工会社は、彼や葎が生まれ育った町に本社があるが、全国に加工工場と家具販売の店舗を持っている。俊樹は勤続二年目で太平洋沿いの半島にある店舗に異動し、そこで三年働いて、翌年からは埼玉の店舗で働きはじめ、以来もうかれこれ八年になる。大学を卒業した葎が都内にある児童書専門の出版社に勤めはじめたのは六年前で、せっかく近いのだからと互いに連絡を取り合い、ときおり週末に待ち合わせて居酒屋で酒を飲んだり、俊樹がここへ帰省するのに葎が付き合ったり、俊樹の本社出張に葎の帰省のタイミングを合わせたりしているうちに心の距離が近づいた。

互いの親の前ではただの幼馴染《おさなな じ》みという顔をしつづけていたのだが、瀬下夫婦も葎の両親も、とっくに気づいていたようだ。葎の実家で、初めて見るくらい緊張した俊樹が二人のことを打ち明けたとき、父も母も、何をいまさらといったように、馬鹿馬鹿しそうに笑っていたし、同じ日にこの家へ電話をかけたときも、瀬下と栄恵は似たような反応だったらしい。

結納は今年の年明けにすませ、式場は六月中旬に予約してある。いまから二ヶ月ほどで葎は瀬下家へ嫁に行き、瀬下と栄恵は「おとうさん」と「おかあさん」になる。

結婚後は、いま俊樹が住んでいる埼玉の賃貸マンションに葎が引っ越し、そこで暮らす予定でいた。赤ん坊が歩くようになったら、もっと広い部屋へ移るつもりだが、俊樹の会社には転勤があるのでタイミングが難しそうだ。本社への異動はないのかと、以前俊樹に訊いてみたところ、会社の慣例からして、いつでも起こりうることらしい。そうなれば、葎も仕事を辞めてついていくつもりだった。自分と俊樹がともに生まれ育った海辺の土地で、子供とともにふたたび暮らすそのとき、葎は絶対に、母にあの町にいてほしかった。病院ではなく、家に。

「何か手伝うよ。サラダはつくった？」

腕まくりをしながら台所に向かった。

「いまから。サニーレタスが新聞紙でくるんであるから、それ使って」

「これ？」

「そう。あんた指輪はずしなさい、傷つくから」

「あそうか」

誕生石の入った指輪をはずしてジーンズのポケットに仕舞った。指輪などずっとしてこなかったので、婚約指輪のことをいつも忘れてしまう。

「こないだと比べて、どうだったの？」

律だけに聞こえる声で栄恵が訊いた。

「うん、白血球の数値は悪くないみたい。もちろん薬で抑えてるんだけど」

「結乃さんが一人で病室にいるのに、りっちゃんも飯先さんもうちに呼びつけちゃって」

「呼びつけてないじゃん、もともとお父さんの出張があったんだから。それにほら、電話でも話したけど、お母さん、病室に人がいると疲れるみたいなの」

「気を遣ってそう言ってるんじゃなくて？」

「その逆。誰かがお見舞いに来ると、どうしても気を遣っちゃうみたい」

「娘でも？」

「娘でも。いまお母さん、話すだけでもかなり――」

言葉を切ってリビングを振り返った。俊樹は掃き出し窓から首を突き出し、父や瀬下と喋っている。

「かなり、つらそうだったし」

そう、と栄恵は小さく頷いた。

今日この家に集まって食事をすることになったのは、父の出張がきっかけだった。

父は職場を定年退職したあと、再雇用で林業試験場に残った。普段は試験場で研究員たちの作業を手伝ったり相談を受けたりしているのだが、ときおり県外への出張があり、今回はその行き先がたまたま瀬下夫妻が暮らすこの町の近くで、しかも金曜日だった。だから、土曜日の今日、葎と俊樹も含めて食事でもということになったのだ。

言い出したのは母だった。病室で父から出張のことを聞いた母は、せっかくなのだから父娘《おやこ》二人で瀬下家に顔を出してきなさいと言い、昨日の夕方、父が葎に電話をかけてきた。葎が仕事を早めに終わらせ、会社を出ようとする直前のことだった。本当は、会社を出たらそのまま特急に乗って実家へ向かい、土日の日中を母の病室で過ごすつもりでいたのだ。しかし父からの電話で予定を変えた。それでも、母の様子をまったく見ないでいるのは不安だったので、今朝一番の電車に乗って病院へ行ってきた。

そのときはまだ、先ほどの栄恵と同じように、母は気を遣っているのだと思っていた。入院して以来、仕事のあとで毎日病院に通っている父と、土日ごとに帰省している葎を、たまにはゆっくりさせてやろうという気持ちがあったのだろうと。しかし病室に入ってすぐに、それが間違いだったと気づいた。ドアを開けると、母は驚いた顔をしたあとで、すぐに優しく頬笑んだが、目の奥の困惑は見逃しようがなかった。

声を出すのがつらそうだった。瞼を上げているだけでも努力が要るように見えた。短い会話の途中で意識が薄れ、それを悟られまいとして、枕の上で見当違いのタイミングで首を頷かせることもあった。十数年間、医者や本人の目の届かない場所でくすぶっていた病気が、信じたくないスピードで、いままた母の身体を支配しつつあるのだ。そんな状態なのに、いつも見舞いに行ったときと同じように、母はしきりに葎の仕事や睡眠時間や体調、妊婦健診の内容と結果、二ヶ月後の結婚式の段取りや招待客のことを気にしてあれこれ訊ねてきたり、先週見舞いに来たときに葎が置いていった切り花の、色の選び方を褒めてくれたりした。しかしやがて、自分の体力の弱まりを隠しきれていないことに気づき、急に哀しそうな顔をして「薬のせい」だと言っていたが、何のせいであっても変わりはないのだ。自分がいると、母をどんどん疲れさせてしまうと葎は思い知った。病室に入ってきたとき既に目にしていたはずの、母の肌の乾きや、目の下の隈《くま》や、頬や額に見てとれる血の気のなさまでも、自分がそこにいるせいであるように思えた。

帰りがけ、母はぽつりと本心を言った。

――いまはね、話をしていると、すごく疲れるの。

――寝ててくれてもいいのに。あたし、ただここに座ってるだけでいいんだから。

――せっかくあんたが来てくれて、そんなわけにもいかないわ。

そういう性格なのだ。むかし父がクラゲを飼ったときも、べつに興味があったわけでもないのに、様子を気にして日に何度も水槽を覗き込んでいた。プランクトン相手でもそうなのだから、娘が来れば何くれと世話を焼かずにいられないのは当然だ。人が病気にかかったとき、性格のそんな部分も弱まってくれればいいのだが、身体ばかりが弱まって、余計に体力を削ってしまうのが、どうしようもなく哀しかった。

――早く会いたいわね。

病室を出ようとすると、母は疲れ切った身体から出る最後のひと言のように、力ない吐息に乗せてそう呟いた。母が目を向けている腹に手をあてて、葎は頷いた。

――男の子と女の子、どっちがいい？

母はそっと首を横に振った。その仕草はたぶん、どちらであっても構わないという意味のものだったのだろうが、もうこれ以上話をするのは無理だという意思表示にも見えた。


「あたし今日は、普通の顔して過ごそうと思って。お母さんも、そうしてほしいんだろうし」

母の「病気」が、どこかからこちらを覗き見ているような気がしてならない。少しでも不安な顔をしたり、哀しさに目を伏せたりしたら、それを嬉しがってますます力をつけてしまうように思えてならない。

「わかってるわ」

どこまでわかってくれたのかは言わなかったが、きっと栄恵はほぼすべてを理解してくれたのだろう。声を返すまでの僅かな間と、抑揚の優しさから、それが伝わってきた。

栄恵は母と長い付き合いなので、相手の性格をよく知っている。だからこそ今回の入院でも、葎の連絡を受けてすぐに瀬下と二人で病院に駆けつけてくれたものの、その後は葎を通じて容体を聞くだけで我慢してくれているのだ。本当は、毎日でもその目で母の様子を確認したいはずなのに。

窓の外にいる父を、葎はそっと振り返った。父があんなに普段どおりの態度でいるのも、きっと葎と同じ思いからなのだろう。あるいは、普通の顔をして過ごしたいという葎の気持ちを、あんな態度で支えてくれているのかもしれない。

（三）

翌日、朝食の片付けを手伝うとすぐに葎は瀬下家を辞した。

笑って過ごしていられるのは、それが限界だった。

いつもは夕刻近くまでのんびりしていく葎が、朝のうちに帰り支度をしはじめたとき、栄恵や瀬下は何も言わなかった。ただ、玄関まで送りに出てくれた栄恵が、短く目を合わせ、葎の手首を一度だけそっと握った。思いやりという言葉は子供の頃から知っていたが、その意味を初めて理解したように葎は思った。体温以上のあたたかさが、触れ合った肌から流れ込んできて、唐突にこみ上げた涙をのみ込んでドアを出た。

もちろん、自分だけがつらいわけではない。

昨夜、栄恵と二人で夕食の洗い物をしているときにふと見ると、父と瀬下と俊樹が三人で暗い縁側に座り込んでいた。葎が台所から眺めているあいだ、誰の背中も動かなかった。

――なに話してたの？

洗い物が終わった頃、俊樹だけがまだそこに残っていたので、葎は縁側に出て隣に腰を下ろした。

――べつに、昔の話とか、いろいろ。

こちらを向いて笑う俊樹の顔は、月の光で片側だけ白く照らされていた。その光の明るさに空を見ると、浮かんでいたのは洗ったように輝く満月だった。

――ずっと昔、俺が半島の店舗で働いてたときさ。

俊樹も月に顔を向けた。

――うちの親と、おじさんとおばさんと葎と、みんなで来てくれたことがあっただろ？　遊びに来たっていうか、様子を見に来たっていうか。ほらこの家を建ててまだ間もない頃。

そのときのことは葎もよく憶えていた。俊樹が借りていた狭いアパートに五人で上がり込み、引っ越して一年近くが経つというのにまだ開けられていない段ボール箱を見て、みんなで呆《あき》れたのだ。早くお嫁さんを見つけなきゃ駄目だねと、当時の葎は俊樹をからかったが、まさか自分がそのお嫁さんになるなんて思ってもみなかった。

夜は、高台にある旅館に、俊樹を含めた六人で泊まった。海の幸を食べながらささやかな宴会をやり、そのあと酔いざましの散歩に出た。旅館の前の小径を左へたどっていくと、やがて暗い崖に行き当たり、ベンチが置かれた広場から月を眺めた。遠く足下で、崖を食《は》む波の音が聞こえていた。

――あのとき葎が、月面のことを英語で何ていうか教えてくれただろ。

――ディスク？

――そう。

こうして見ている月の姿を、英語ではディスクという。

――あれってのは、どんな月面でも、呼び方は「ディスク」なんだよな。こんなふうに満月じゃなくて、たとえば端が欠けていても。半月でも三日月でも。

葎は頷いて、言葉のつづきを待った。

しかし、そのまま俊樹は黙り込んだ。背中を丸めて顎を上げ、ぼんやりしているようだったが、月に向けられた目には、思わぬ力がこめられていた。きっと俊樹はあのとき、葎の母の不在について思っていたのだろう。それが単に昨日の食事の席での不在なのか、それとも別の意味だったのかはわからない。ただ、月の光を見返す俊樹の、祈るように真っ直ぐな目だけが、胸に彫りつけられて鮮明に残っている。

バスが停留所に到着し、学生らしい若いカップルと、スーツ姿の中年男性が乗り込んできた。日曜日の午前中、上りのバスの座席は、それで八割ほどが埋まった。

まだ低い太陽の光が窓から射《さ》し込み、手摺りに反射して天井にでたらめな模様を描いている。反対側の窓の外には、陽のよくあたる家々が並んでいる。これからどこへ行こう。真っ直ぐアパートへ帰りたくはなかった。部屋に一人でいたら、きっと母のことばかり考えてしまう。そうかといって買い物などをする気にもなれない。

瀬下夫婦や俊樹には言えなかったが、母の容体を考えれば、家族は病院からの連絡に備えていてもおかしくはない状況だった。しかし、それだけはしたくないのだ。電話に身構えていたりしたら、まるで着信音が鳴るのを待っているみたいだ。そんな態度をとることで、いま自分の胸を埋めているこの不安が具体的なかたちをなして、母の身体に悪影響を与えてしまうというような、不確かな思いがあった。

行き先を思いつく前に、バスはつぎの停留所に到着し、ひらいたドアの外で賑やかな声が聞こえた。混じり合ってひとかたまりになったその声に聞き憶えがある気がして、ふと顔を上げると、昨日の姉弟がそれぞれボストンバッグを抱えて乗り込んでくる。眼鏡をかけた痩せっぽちの男の子と、ちょっとつんとした感じの女の子。通路をこちらへ向かって歩いてきながら、どちらも葎のほうを見ているので、向こうも気づいたのかと思ったら、ちょうど後ろの座席が空いていただけらしい。二人は葎の脇を過ぎてそこへ座った。

「不自然だったよ、絶対」

姉の低い声。

「いいよ、不自然でも」

弟の声は、どこかふてくされていた。

「ほら、手振ってる。振り返さないと」

「わかってるよ」

「ちゃんと顔は笑うんだからね」

「笑ってるって」

窓の外、バス停に並んで手を振っているのは、昨日迎えに来ていた二人だ。

ドアが閉まり、バスが発車する。それからしばらくのあいだ、後ろの姉弟はじっと黙り込んでいたが、

「ナオヤ、あんた性格がいじけてるよ」

やがてまた姉の声がした。

「比べたってしょうがないじゃん。向こうは向こう、こっちはこっち」

弟は声を返さなかった。何か言い返そうとし、それを我慢してどこか関係のないとこ

ろを睨みつけている顔が見えるようだった。

友達の家で、何かうらやましく思うようなことでもあったのだろうか。たとえばゲーム。たとえば料理。お菓子。家そのもの。広い庭。大きなテレビ。十年後、十五年後に、子供がふくれっ面で家に帰ってきて、もしそんな話を聞かされたら、自分ならどうしてあげられるだろう。妊娠がわかってからというもの、子供を見るたび、ついそんなことを考えてしまう。妊婦というのは、みんなこうなのだろうか。

弟はいつまでも声を返さず、そのままバスはつぎの停留所へと近づいた。

「……じゃあ戻る」

「え？」

「戻る。降りて、戻ればいいんでしょ」

「二人に何て言うのよ」

「そんなの適当に考えるよ」

バスが停まると同時に背後で人の動く気配がし、ボストンバッグを抱えた弟の後ろ姿が足早に通路を抜けていった。そのすぐあとを姉が追いかけていく。彼女は尖った囁き声で何か言っているが、弟のほうはそれを無視してバス代を払い、ステップを下りてしまった。姉はバスの中から何か言いかけ、しかし舌打ちをしてウエストポーチから財布を取り出すと、運賃を支払ってバスを降りた。

あっと気づいて腰を上げ、葎は後ろの座席を覗いた。思ったとおりだ。女の子もののボストンバッグが、座席の足下に置きっぱなしになっている。葎は咄嗟にそれを摑んで降車口へと急いだ。まだそのへんにいるかと思ったら、どうやら弟が走り出したらしく、ばたばたと歩道を進む二人の背中はもうかなり遠くにある。バスの進行方向とは逆だ。ちらっと運転席を見ると、ドライバーが何か言いたげにこちらを見ていた。忘れ物のことを伝えようと思ったが、ほかの乗客に迷惑がかかるかもしれないと思い、運賃を支払ってバスを降りた。

走ることができないので、距離はなかなか縮んでくれなかったが、五十メートルほど追いかけたところで二人のほうが足を止めてくれた。いや足を止めたというよりも、姉が弟のトレーナーの背中を摑んで無理やり引き止め、弟がそれを振り払おうとしてもがき、どちらもその場に両足を踏ん張って無言の格闘となったのだ。葎が声をかけようとしたそのとき、急に姉が「あー！」と声を上げた。弟が思わず手を離し、葎もぎくりと立ち止まってしまうほどの大声だった。姉は両目がふくらんだような顔でこちらを振り返る。自分がボストンバッグを持っていないことに、ようやく気づいたらしい。

そのボストンバッグが、知らない大人に抱えられて、すぐそこにあるのを、彼女は見た。顔からふっと力が抜け、ついで途惑いが浮かんだ。

「さっき、前の席に座ってたのよ」

バッグを手渡すと、彼女は上目づかいに葎を見ながら硬い顔で頭を下げた。

「追いつけてよかった」

二人に笑いかけ、葎は踵《きびす》を返して先ほどのバス停まで戻ろうとしたが、ちょっと気になったので訊いてみた。

「何か嫌《や》なことがあったの？」

姉の目に警戒するような色が浮かんだ。しかし弟は、たぶん姉への当てつけのつもりなのだろう、こくんと頷いた。姉のほうを横目で見ながら「あった」と短く答える。

「ほら、帰るよ」

姉が弟の手首を摑んで引くが、彼はがに股になってその場に踏ん張る。

「だって、おじさんとおばさんには、夕方帰るって言ってきたじゃんか。いま帰ったらおかしいよ」

「おかしくないでしょ、べつに」

「おかしくなくても、帰りたくない」

「あんたが帰るって言ったんじゃないの」

「もう帰りたくない」

「じゃあどうすんのよ」

「だから、戻るって言ってるじゃん」

「変に思われるでしょ」

二人はそのまましばらくやりとりをしていたが、やがて姉が言い伏せ、先ほどのバス停まで引き返すことになった。葎も彼らの後ろをついていった。途中で姉が足を止めて振り返り、すみませんでしたと謝った。

バスはなかなか来なかった。

春風の吹き抜ける停留所に三人で並んで立っていた。向かいの歩道を小さな女の子が自転車で走り過ぎていく。両輪の輻《や》がきらきらと光を散らして遠ざかっていくのを眺めていると、

「ほんとは、あたしも嫌だったんだよね」

姉が不意に言った。

弟が驚いたように顔を向ける。

「いつから?」

「昨日からずっと」

数秒の間があって、弟が呟いた。

「お姉ちゃんだっていっしょじゃんか」

「ねえ……あの」

声をかけると、二人の顔が同時にくるっと振り向いた。

「何がうらやましかったの？　お友達の家で」

後学のため、という程度の気持ちで訊いたのだ。ボストンバッグを届けてあげたのだから、これくらい訊いてもいいだろう。

姉弟はどちらも途惑った顔をしたが、すぐに、バスの中の会話が聞こえていたのだと気づいたらしい。気まずそうに視線を伏せた。そのまま ちらっと目を見合わせ、弟が葎のほうを見ずに「親」と答える。

「うん？」

「うちの親、死んじゃったから」

「ナオヤ、馬鹿」

「死んだから死んだって言っただけじゃんか」

ナオヤというらしい弟は、いったん姉を睨みつけてから、急に後悔したように葎の顔を見上げた。そして目をそらし、黙り込む。姉も黙って車道のほうへ視線を向けた。

何も言えなくなった。

哀しみと混じり合うようにして、別の思いが胸の底から広がっていくのを葎は意識していた。

寂しさに似た感情が、自分の内側を埋めていく。寂しさそのものではなく、その先触れのような――子供の頃、秋の夕刻に母と二人で家にいて、ふと母が買い物を思い出してコートに袖を通しているのを見たときのことを思い出した。不安に似た、寂しさの先触れ。あのとき葎は風邪をひき、布団の中にいた。いまから母は自分を置いて出かけてしまう。夕陽が沈んで暗くなっていく部屋で、自分は一人、母の帰りを待たなければならない。窓から射し込む橙《だいだい》色の光が、部屋の中を心細い色に染めていくようだった。ついで、昨日病室で見た母の痩せた姿が浮かんだ。話すだけでもつらいのに、急にやってきた葎の顔を見て、母は笑ってくれた。聞いていると耳が楽しくなるような、小気味いい話し方をしていたはずの母の声は、吐息に細く細く乗せられて聞き取りづらかった。思えば母の声には昔から魔法のような力があった。あの町の冬、いっしょにどこかへ出かけて帰ってきたとき、「寒かったね」と言われれば、まだ暖房もつけていないのに手足があたたかくなった。学校で友達と解《わか》り合えず、つらい思いをしたことを打ち明けたときは、「大変だったね」と言われた途端にほっとした。何気なく口にしてくれる過去形が、事実をいつも本当に過去へと押しやってくれたのだ。そして言葉の最後に母が添える、「ね」というやわらかな響きが、これまでも、これからも、自分の抱える重みを母が等分して抱えてくれるのだという確信を与えてくれた。今度は自分も母にそんな言葉をかけたい。「苦しかったね」と、「不安だったよね」と、母の真似をした笑顔で言ってあげたい。しかし、いまはまだ難しい。もう少し。母の容体がもう少し良くなったら。

「どっかで時間つぶして帰ろ」

姉が言い、ナオヤがこくんと頷いた。

（四）

姉は中学二年生で真絵美、弟は小学五年生で直弥というらしい。

二人の時間つぶしに自分も付き合わせてもらえないかという葎の言葉に、真絵美も直弥も、少々恥ずかしそうな顔をしながらもすんなり頷いてくれたのは意外だった。バスがやってくるまでのあいだに、その場の空気はほどけたようになり、到着したバスの最後部座席に並んで座ったときにはもう目的地さえ決まっていた。

駅前でバスを降りて電車に乗り換えるとき、何をしている人なのかと直弥に訊かれた。子供向けの本をつくる会社に勤めていると言うと、直弥は眼鏡の向こうで大きく目を瞠《みは》って鼻をふくらませた。

「僕ね、本をつくってる人に会ったら一回訊いてみたいことがあったんだ。いつも学校の図書館で借りて読んでるんだけど、本っていろんな大きさがあるでしょ。ランドセルに入らないようなのもあるし、あの小さい、ハガキくらいの本もあるでしょ。僕けっこう大きいのが好きで、何でかっていうとね、星の本とかだと写真も大きくて綺麗だから。だけどあれ重たくって、読んでると手が疲れちゃうでしょ、だから僕いつも床にあぐらかいてね、こうやって本を下につけて斜めにして読んでるんだけど、それだとページをめくるときに本が向こう側に倒れそうになっちゃって――」

訊きたいことがあると言いながら、そのままけっきょく直弥は一人で喋りつづけ、やがて電車が到着したので、三人で乗り込んだ。直弥はさっきまで夢中になって喋っていたことを忘れてしまったかのように、窓の外に目を向けて急に無表情になった。

違和感をおぼえるほどの、唐突な態度の変わりようだった。思わずその横顔に見入っていると、真絵美が小声で訊いてきた。

「お金、ほんとに出してもらっていいんですか？」

目に不安そうな色が浮かんでいたので、葎は少し大袈裟に笑ってみせた。

「いいわよ、プラネタリウムの入場料なんて大したことないんだから」

プラネタリウムに行きたいと言ったのは直弥だった。以前からずっと行ってみたかったのだという。真絵美も反対せず、葎も、プラネタリウムなど小学生のとき学校の行事で行ったきりだったので賛成した。ゆうべ俊樹が言い出した月面の話が、胸に残っていたせいもある。

プラネタリウムの場所は直弥が知っていた。ここからだと一回乗り換えを挟まねばならないが、それでも合計三十分か四十分ほどだろう。二人の住んでいる町が、その路線の先にあるそうで、寄り道するにはちょうどよかった。

三年前にいまの一軒家へ引っ越したのだと、電車の中で直弥が教えてくれた。以前二人は、先ほど乗り込んできたバス停の近くにあるアパートに、家族四人で暮らしていたのだという。しかし直弥が小学二年生、真絵美が五年生の夏のはじめ、火事で両親を失い、父方の伯父夫婦に引き取られることになった。

「どちらかっていうと、お金持ちなんだと思う。いろいろ買ってくれようとするし」

その家の従兄二人が成人して家を出ていたので、直弥も真絵美も生まれて初めて自分の部屋を持つことになった。どちらの部屋も広かった。

「でも僕たち、だいたいどっちかの部屋で、二人でいるよね」

引っ越しにともなって二人は転校し、それまでの友達とはみんな別れてしまった。しかし直弥がいちばん仲よくしていた章也という友達が、先日電話をかけてきて、こんど泊まりにきなよと誘ってくれた。姉同士も同級生で、仲良しだったので、真絵美に話したらすぐに話がまとまった。

そして昨日、それぞれボストンバッグを抱えて遊びに行ったのだという。

「でも、行ってみたら……最初はよかったんだけど、なんかだんだん嫌になってきちゃって」

仲がよかったはずなのに、どんどん友達のことが嫌いになってきた。だから、早めに帰ってくるよう伯父さんに言われていたと嘘をつき、荷物を持ってバス停に向かった。

直弥の気持ちが、葎にはわかる気がした。

母が最初の入院をしたのは葎が高校一年生の夏だった。治療で髪がほとんど抜け落ち、指先が硬くなり、唇が乾いてひび割れた母は、まるで別人のようで、そんな母が可哀想で可哀想で、クラスの友達が休日に母親と買い物に行ったという話をしたとき、その友達に対して憎しみに近い感情を抱いたのを憶えている。うらやましさよりも、彼女が自分と母から何か大切なものを奪ったというような、理不尽で摑み所のないしかし強い感情だった。

「……ぜんぶ、自分のせいなんだけどね」

直弥が呟いた。

その言葉が何に対してのものなのか、葎にはわからなかった。直弥は窓の外に顔を向けていて、眼鏡に光が反射しているので、表情がよく見えない。白い頰も、口許も、急にぴたりと動きを止め、まるで静止画のようになったその横顔を、葎はしばし見つめた。何か薄い、とても壊れやすいものが、直弥のまわりにあるように思え、訊き返すことができなかった。そっと真絵美のほうへ目をやると、彼女もまた、表情のない顔をガラスに近づけて、じっと外を見つめている。

やがて直弥が、ぽつりと真絵美に言った。

「今度の誕生日に、新しい自転車買ってくれるって」

「よかったじゃん」

直弥は何も答えなかった。その横顔を真絵美はしばし眺めてから、また窓に目を戻した。

「嫌なら、いらないって言えばいいのに」

ずいぶん経ってから、直弥は無言で頷いた。

乗り換えの駅に着くまで、それから二人はひと言も喋らず、ただ流れる景色に目を向けていた。

(五)

「オリオン座が、ほんとはもうないかもしれないとか、あたしぜんぜん知らなかった。あんた知ってた?」

「知ってたよ。ずっと前、お姉ちゃんにも話したことあるじゃん」

「嘘」

「話したよ」

「知ってました？」

「わたしも知らなかった。なんかほんと……知らないことばっかりだったなあ」

プラネタリウムの上映時間は四十分ほどだったが、ゆったりとしたリクライニングシートから見上げる星空は驚くほどリアルだった。スピーカーから流れてくる物語は聞いたことのないものばかりで、葎はしばしのあいだ心を空っぽにしてそれに聴き入り、目の前いっぱいに広がる星々の姿に見入ることができた。オリオン座の左上の星、オリオンの右肩にあたるベテルギウスは、この十五年間で十五％も大きさが縮んでいるらしい。これは星が爆発する前触れであり、将来的にベテルギウスは粉々になって消滅する運命にあるのだという。将来的といっても、もちろん天文学的な時間経過での話だが、地球とベテルギウスとの距離は六百四十光年あり、いま見ているベテルギウスは六百四十年前の姿なので、ひょっとしたらすでに消滅している可能性もあるのだとか。

「お姉ちゃん、おみやげ売ってるよ」

「見てこ。ねえ見てきていいですか？」

「わたしも覗いてみる」

星座を構成する六つの星のうち一つが、いつか見えなくなってしまったあとも、人はあの星座をオリオン座と呼びつづけるのだろうか。オリオンの全身をかたちづくる星の一つが消えてしまっても。

あるいは、もし昔の人々があの星座に名前をつけたそのとき、すでにベテルギウスが見えなくなっていたとしたら、どうだろう。天空に輝く五つの星を見て、人々が描いたのは、オリオンではなく、まったく違う別の何かだったかもしれない。

ミュージアムショップは日曜日らしい賑わいを見せ、細い通路ではほかの客と互いに身体をひねってすれ違わなければならないほどだった。広いスペースに、書籍からぬいぐるみからキーホルダーまで、いろんなものがぎっしりと並んでいる。文房具のコーナーに、満月の写真が大きくカラー印刷されたクリアホルダーが陳列されていたので、葎はそれを手にとって眺めてみた。まるで実際に目の前で光っているような、とても綺麗な写真で、じっと見ていると、周囲のざわめきがどこかへ遠のいていった。

「兎《うさぎ》の話、知ってる?」

いつのまにか隣に直弥が立っていた。

こちらに顔は向けず、陳列台に重ねてある、葎が手にしているのと同じクリアホルダーを見下ろしている。

「兎って……月でお餅をついてる兎?」

訊き返すと、直弥はようやく顔を向けた。

「何で兎が月にいるのか」

「あ、知らない。教えて?」

するると耳の後ろで、「直弥」と硬い声がした。

振り返ると、別人のように厳しい顔つきをした真絵美が立っていた。

「それ、やめてって言ったでしょ」

「べつに、聞かなきゃいいじゃん」

「聞かなくても嫌なのよ」

自分で思っていたよりも大きな声になってしまったらしく、真絵美はちらっと周囲に視線を投げた。そしてまた直弥に目を戻し、二人は数秒、そのまま葎の左右で目を見合わせていた。

すっと背を向け、真絵美が離れていく。直弥は陳列台のクリアホルダーを見下ろし、しばらく無言でいたが、やがて諦めたように顔をそむけ、買い物客たちの中に紛れていった。葎はその場に立ったまま二人の後ろ姿を見送り、心の中で首をひねりながら、手もとのクリアホルダーに目をやった。

白く輝く月面には、兎のかたちをした影がある。小さい頃、母にそう教えられて満月を見上げてみたときは、まったくそんなふうに見えなかった。しかしある夜、ふと電車の窓から一人で月を見たとき、たしかに影が兎に見え、以来すんなりその姿がわかるようになった。

律は店の奥にある書棚へと向かい、ずらりと並んだ背表紙を見渡して、ぱっと目についた『宇宙の神話・伝説』という本を抜き出してみた。そのあたりは混み合っていて立ち読みはしづらかったので、本をレジで購入してバッグに入れた。

(六)

「うどん、ひと口ちょうだい」

「あんたのフォーク、ケチャップついてるじゃん」

「はい、とれた」

「そんなべろべろ舐《な》めたの、もっとやだよ」

「じゃ、お姉ちゃんお箸かして」

真絵美は自分の箸をうどんの器にのっけて直弥のほうに寄せた。

あれからミュージアムショップで二人にそれぞれキーホルダーを買ってやり、自分は『宇宙の神話・伝説』のほかに、こんど母を見舞ったときに渡そうと、一枚一枚に星座が描かれたコースターのセットを買った。母が退院したら、実家に帰ったときに律も使うつもりだった。

ミュージアムショップを出てからは、星座を説明するパネルや、星々の望遠鏡写真、隕石《いんせき》の実物などが展示してあるギャラリーを巡った。プラネタリウムは大きな公園の一画にあり、ゲート前には青々と芝生の茂った広場や、ちょっとしたスナックフードを買える売店があった。四月下旬の陽を受けて草と土のにおいがする公園を三人でぶらつき、直弥が鳩《はと》を追いかけたり、真絵美がシロツメクサの冠をつくろうとして結い方をどうしても思い出せなかったり、葎が思い出して教えてやったりしているうちに、気がつけばけっこうな時間が過ぎていた。自分に食欲がないものだから気づかなかったが、真絵美や直弥はお腹がへっていただろうと、葎は二人を公園の端にあるオープンテラスの食堂に連れていった。食べ物のメニューはカレーライスとそば、うどん、スパゲティ・ナポリタンと焼きそばくらいだったが、二人は大好きなものばかりだといって喜んだ。葎は店の脇の自販機で温かいお茶だけを買ってテーブルにつき、真絵美と直弥にそれぞれ千円札を渡した。二人は素直に受け取って店のカウンターへ向かい、何を食べるかをさんざん迷っていた。そのあいだに葎は、バッグから先ほど買った本を取り出して、表紙を捲ってみた。

「月にしるされた兎」という項が、目次にあった。

ひらいてみると、こんな話が載っていた。

昔、インドに兎と狐と猿が暮らしていた。彼らはいつも思っていた。自分たちが獣の姿をしているのは、きっと前世での行いが悪かったからなのだ。だから、せめていまからでも世のため人のためにいいことをしよう。それを帝釈天《たいしゃくてん》が聞いて感心し、では三匹にいいことをさせてやろうと考え、一人のよぼよぼの老人に変身して姿を現した。三匹は老人を見ると、これで善行ができるといってはりきり、猿は木に上って木の実や果物を集めて老人に渡し、狐は野を駆けて魚介のたぐいを獲ってきた。ところが兎には何も特技がない。思いあまった兎は老人に、目の前で火を焚《た》いてくれと頼み、こう言った。

――私には何も持ってくることができないので、どうかせめてこの肉を召し上がってください。

そして自ら火に飛び込み、黒こげになってしまった。

それを見た老人はたちまち帝釈天の姿に戻り、三匹の獣の行動をたたえ、三匹がつぎに生まれ変わるときは、きっと人間にしてやると約束した。

――とくに兎の心がけは立派なものだ。黒こげになったお前の姿は、永遠に月の中に残してやろう。

だから、いまでも月には黒く焦げた兎の姿があるのだという。

「お腹すかないんですか？」

うどんの箸を止め、真絵美が訊いた。それで初めて気がついたらしく、隣で直弥もスパゲティをすするのをやめ、葎の顔を見て、テーブルのお茶を見て、また葎を見た。やわらかい陽に照らされて、直弥の頬と耳たぶで、産毛《うぶげ》が白く光っている。ダイエットをしているのだと嘘をついて笑い、葎は傍らのクスノキに目をやった。

ずいぶん大きな木だ。瑞々しい新芽のにおいを放ち、茂った葉の隙間から落ちる木洩れ日が、周囲の地面にやさしいモザイクを描いている。風が吹くと全体の葉が囁くように鳴り、地面のモザイクも揺れた。光の中で、鶺鴒《せきれい》が黒い尾で地面を叩いていた。

「ごちそうさまでした」

直弥が早々《はやばや》とスパゲティを食べ終え、歯をほじくりながら周囲を見回す。

「何あんた、トイレ？」

「そう」

「さっき歩いてきた径沿いに、あったわよ。あっちのほうに」

葎が教えてやると、いくらか前から我慢していたのだろう、直弥は聞くが早いか立ち上がり、テーブルを離れて早足でそちらへ向かった。

「内股になってるし……」

真絵美が苦笑し、またうどんをすする。

「ねえ……嫌じゃなければ聞かせてくれないかな？」

直弥の姿が遠ざかって見えなくなるのを待ち、葎は思いきって訊いてみた。

「お父さんとお母さんが亡くなった火事のこと」

（七）

原因は蚊取り線香だったらしい。

「ずっと前は電気のやつを使ってたんですけど、それをつけると直弥が気持ち悪くなっちゃって、だからお母さんがわざわざインターネットで蚊取り線香を買ってたんです。普通のじゃなくて、茶色っぽい、ちょっと高いやつ」

着色料や香料を使っていない、無添加のもののことだろう。デパートで売られているのを葎も見たことがある。

「火事になった日、昼間は雨が降ってたのに、夜になってやんで、すごく蒸し暑くて――」

網戸の隙間からだったのか、いつのまにか二人が寝ている部屋に蚊が入り込んでいた。真絵美は気づかず眠っていたのだが、直弥はときおり耳もとに近づいてくる羽音が気になって眠れなかった。そのうちに首の横を刺された。

「あいつ、かゆくて起きて、でも部屋が真っ暗だから蚊がどこにいるのかわからなくて」

居間でまだテレビを観ていた両親に、蚊のことを言いに行くと、母親は直弥の首に薬を塗ってやり、寝室に蚊取り線香を置いた。

「たぶんお母さん、自分が寝るときに、火を消すつもりだったんだと思います。前にも同じようなことがあって、そのときそうしてたから」

しかし母親は火を消し忘れて布団に入った。

「それが畳に落ちて転がって、近くにたくさん重ねてあった洗濯物に燃え移ったのかもしれないって、消防署の人が言ってました。あたしたちは伯父さんと伯母さんから聞いたんですけど。蚊取り線香って、真ん中をこうやって支えて立てるじゃないですか。そこがちゃんと刺さってなくて、風か何かで外れて落ちたんじゃないかって。窓、開いてたし」

夜中に、まず直弥が目を覚ました。そのときにはもう畳に置かれた洗濯物と、押し入れの襖が燃え上がっていた。そして押し入れの中には冬用の布団や、ビニール袋に入れられた衣類や、真絵美と直弥が使わなくなった古い教科書などが詰め込まれていた。

「その火で、部屋全体が真っ赤になってました。直弥がわーって叫んで、あたしもお父さんもお母さんも起きて、でもあたしと直弥とお母さんは怖くて動けなくなっちゃって、ぜんぜん立ち上がれなくて、お父さんが押し入れの火を消そうとしてタオルケットで何回も叩いたんだけど、消えなかったんです。どんどん火の勢いが強くなって、反対にタオルケットのほうに火がついて、お父さん、それを壁のほうに投げ捨てようとしたんですけど、そのとき燃えてた洗濯物を足で蹴飛ばして、わっとまわりに火が広がって――」

真絵美は咽喉に力を込めた。

「ベランダに出なさいって、お母さんが叫んで、あたしと直弥のことを放り投げるみたいに窓の外へ出したんです。それで、自分はお父さんを助けようとして、燃えてる部屋の中に戻ったんですけど、そのときお父さん――」

「真絵美ちゃん、ごめん。話すとつらくなるだろうから、もういいよ」

葎はテーブルごしに真絵美の手首を握った。しかし彼女はかぶりを振ってつづけた。

「あたしと直弥、ベランダの反対側の端まで逃げて、そこから中を見たら、そっちの部屋は燃えてませんでした。中に入れれば玄関まで行けたんだけど、窓が開いてなくて入れなくて。部屋は二階で、飛び降りるのも怖くてできないから、ずっと大声で泣いてました」

やがて隣人が気づき、ベランダの仕切り板を破って二人を室内に引っ張り込み、アパートの外へ逃げ出した。その直後に消防車が到着したが、鎮火したときには部屋の大半が燃え、父親も母親もすでに亡くなっていたのだという。

――ぜんぶ、自分のせいなんだけどね。

直弥が電車の中で呟いた言葉の意味が、わかった気がした。

葎の思いが聞こえたかのように、真絵美は直弥が食べ終えたスパゲティの皿に目を落として頷く。

「部屋に蚊がいたことを自分がわざわざ言いに行かなければ、お母さんは蚊取り線香をつけなかったんだって……そうすればあの火事は起きなかったんだって、あいつ言うんです」

「でも、そんなこと考えても――」

「誰のせいでもないんだよって、あたしいつも言うんです。火事が直弥のせいだっていうんなら、直弥が蚊で困ってるのも知らないで隣で眠ってたあたしのせいでもあるんだって」

ケチャップが残った直弥の皿に目を落としたまま、真絵美は唇を結んだ。ゆるい風が吹き、額の上の前髪を揺らした。

「さっきのお店で、直弥くんが言ってたこと」

「え」

「月の兎の話。あれってもしかして、猿と狐が出てくる話？」

不思議そうに目を向ける真絵美に、先ほどミュージアムショップで本を買ったことを話した。

「それで、すごく気になったから、二人が食べ物を買いに行ってるときに捲ってみたの」

「そうなんですか」

言いながら、真絵美は不意に目をそらし、視線をねじるようにして右手のほうを見た。先ほど直弥が歩いていった小径が、そこには延びていたが、真絵美は意識的にそこを見ているというよりも、目がこちらを見られずにいるようだった。

「あいつ……お父さんとお母さんが火の中で倒れるところを見てるんです」

書かれたものを読むような、平坦《へいたん》な声だった。

「お母さんが直弥とあたしをベランダに出したとき、あたしはもう怖くて目を開けてることもできなかったんですけど、あいつはその場で振り返って見てたんです」

深く息を吸い込み、その息を細く吐き出しながらつづける。

「そのとき自分が飛び込んで助けてればよかったんだって、あいつ言うんです。自分が死んじゃってもいいから、助けてればって」

こちらに横顔を向けたまま、真絵美は両目に、先ほどまでとは違った表情を浮かべていた。何かを強く憎むような鋭さが、そこにはあった。

「ほんと馬鹿……」

言いようのないもどかしさが胸をふさいだ。火事の夜、仮に直弥が火の中に飛び込んで、それが彼の父親や母親の命を救うことになったとしても、本人が死んでしまったら両親はどうやって生きていけばいいというのか。そんなことになれば両親だって絶対に同じことを思うだろう。自分たちが死んでいればよかったと。

気づけば葎は自分の腹に手をあてていた。病床の母が無理に浮かべた笑顔を思い、直弥の横顔――駅で夢中になって本の話をし、電車に乗り込んだ途端、何もかも忘れてしまったように景色を眺めはじめたあの横顔を思った。真絵美はテーブルの向こうでふたたび顔をそむけ、直弥が歩いていった径のほうを睨みつけている。中途半端に残った彼女のうどんはすっかり冷えてしまい、先程まで浮かんでいた湯気も、もう消えていた。

やがて径の先から歩いてくる直弥の姿に気づくと、彼女はテーブルに顔を戻し、両目に宿った表情を消し去った。

「けっこう遠かったよ。ぎりぎりだった」

眼鏡に太陽を映した直弥がテーブルに近づいてくる。笑うと唇がにゅにゅっと横に伸びる。一日の中で、直弥の表情は別人のようにくるくると変わっていく。こみ上げる思いに勝ったり負けたりしながら、そうして小学五年生の直弥が毎日を生きていると思うと、葎はその顔を真っ直ぐに見ることができなかった。

食べかけのままテーブルに載っている真絵美のうどんを見て、直弥が何か言いかけたとき、葎のバッグの中で携帯電話が鳴った。

その着信音に、すっと胸の中心が冷たくなった。

通話ボタンを押し、なるべく何気ない態度でテーブルから離れた。

『いま病院から連絡があった。母さんの――』

容体が急変したのだと父は言った。

胸の中心の冷たさが、瞬時に全身へと広がり、自分の内側が真っ白になっていく気がした。父は少し前に瀬下家を出て、いまは特急電車の到着を待っているところなのだという。

「ごめん、急用ができたの」

かろうじて浮かべた口許の笑いが、二人に通じたのかどうかはわからない。真絵美と直弥はどちらも素直に頷いて、それぞれの皿を持って店の返却口へ向かった。彼女たちをここへ残し、一人で駅へ急ごうかどうしようか迷っているうちに、二人は戻ってきた。

「あたしたちも、もう帰ります。直弥、いいよね？」

寂しそうな顔をしながらも、直弥は頷いた。

（八）

公園を出て駅へ向かうあいだ、二人は葎の歩調に合わせてくれた。真絵美も直弥も葎の様子を気にしているようだったが、ありがたいことに何も訊ねてこなかった。ここからあの町までの電車の乗り継ぎを頭に思い浮かべながら、葎は点滅している青信号を渡り、歩道の通行人を追い越し、一度も止まらずに駅を目指した。改札を抜けてホームへ上がると、ちょうど電車の後ろ姿が遠ざかっていくところだった。

三人でホームの端に並び、つぎの電車を待った。目の前には場違いと思えるほど眩しい春の光が降り注いでいる。葎はその光を見据えながら祈った。身体中に感情が溢《あふ》れかえり、その感情に耐えながら必死に祈った。目の中で景色が滲みかけ、慌てて目もとに添えた指先は微かに震えていた。

「ほんとはさ」

直弥が呟いた。すぐそばに立っている家族連れに、彼は目を向けていた。よく似た顔の小さな男の子が二人と、まだ若い両親。買い物帰りなのだろう、子供たちは母親が持っているデパートの紙袋の中身を取り出したがっていて、母親は笑って何か言いながら首を横に振っている。

「ほんとは何？」

真絵美に促されると、直弥はようやく自分が話しかけていたことを思い出したようにつづけた。目は家族連れのほうへ向けられたままだった。

「ほんとは僕、章也たちに親がいることが嫌だったわけじゃないんだよね。二人がうらやましかったり、悔しかったりしたわけじゃなかった」

真絵美は直弥の顔を見て、家族連れのほうを見て、また直弥に目を戻した。

「なら……何が嫌だったのよ」

「自分がそう見られてること」

答えてから、直弥は鼻から大きく息を吸い、疲れたような声でつづけた。

「章也がね、急に謝ってきたんだ。あいつ、うちの火事がどうやって起きたか知ってるでしょ、前に僕が話したから。それで、急に謝ってきた」

「何を？」

「あいつ、あの日の昼、うちに遊びに来てたじゃない。それで、雨がすごかったから、僕と二人でベランダで、お茶碗《ちゃわん》に雨を溜《た》めたりして遊んでたでしょ。ずっと網戸開けて、二人して出たり入ったりしてたから、そのとき蚊が部屋に入っちゃったのかもしれないって言われた。だから、もし自分が遊びに行かなかったら火事にならなかったかもしれないって」

実際の痛みに耐えるように、直弥の咽喉もとに短く力がこもった。

「そんなの、本気で思ってるわけないよ。思えるはずない。でもさ、本気じゃないとしたら――」

真絵美のほうへ顔を向けようとし、しかし、けっきょく視線を下に向けてつづける。

「僕のこと可哀想だって思ってるってことでしょ？　自分にはお父さんとお母さんがい

て、僕にはいないから、それを僕が悔しがったり、うらやましがったりしてるって思われてるってことでしょ？　僕、そんなの思ったことないよ。思いたくても思えないよ」

「どうして」

「思っちゃ駄目だもん」

そう言ったきり、直弥は顔を硬くして唇を結んだ。

「……あんたのせいじゃないよ」

「だって、もし僕が火事のとき――」

「違う、そうじゃなくて」

真絵美は遮った。そして不意に葎のほうへ目を向けた。奥行きのない、無感情な目だったが、そこに秘められた強い決意のようなものが葎には感じられた。彼女はホームの先、明るい光を浴びた春の町並みへと顔を向けて言葉をつづけた。

「あれ……あたしがやったんだよね」

姉の横顔を見上げる弟の目が、風でも感じたように、ほんの一瞬細められた。

「もう黙ってるのも面倒になったから話すけど、夜中に、あたしトイレに起きたの。それで、部屋に戻ったとき、何か蹴飛ばしたような感じがしたのよ。寝ぼけててよく憶えてないんだけど、あとで考えてみたら、そのとき目の端のほうで赤い光がくるくる回るのが見えた気がするの。なんか、ねずみ花火みたいに」

目の前に広がる光の先に、ずっと探していたものを見つけたように、真絵美の瞼がふと持ち上がった。咽喉に力が込められ、薄い皮膚が僅かにへこんだ。

「たぶんあれ、蚊取り線香だったんだと思う」

ひび割れたアナウンスの声が頭上のスピーカーから流れた。

それが途切れたとき、ホームは一瞬だけ完全な無音に包まれた。

「……ほんとなの？」

「ずっと言えなかったけど、ほんと」

真絵美は町並みを見つめたまま答える。

「あの火事、あたしのせいで起きたの」

「なのにお姉ちゃん、ずっと黙ってて、僕が自分のせいだって言ってるの聞いても何も言わないで――」

「言えなかったのよ」

「直弥くん」

葎の呼びかけが聞こえなかったように、直弥は真絵美の横顔だけを真っ直ぐに見ていた。

やがて、噴き出そうとする感情を力ずくで抑え込んだように、直弥の唇からつぶれた声が洩れた。

「だから……あの話を嫌がってたんだ」

言われたことの意味を探るように、真絵美の目が細かく動いた。

「だからお姉ちゃん、僕があの兎の話をするの嫌がってたんだ。自分が――」

アナウンスが直弥の声を掻き消した。

しかし真絵美の耳には届いたのかもしれない。彼女の表情が揺れた。何か言いながら弟の腕に手を伸ばすが、その手を直弥は振り払った。姉を睨み上げる両目は怒りに満ちていた。しかしその下端には、みるみる涙が滲み出て、まるで内側から壊れていくように顔つきが変わっていくのだった。

「直弥くん――」

呼びかけた葎の声にアナウンスが重なった。真絵美が何か言いながら直弥のほうへ近づき、しかし直弥は彼女を鋭く見上げたまま同じだけ離れた。真絵美がふたたび近づくと、彼は短く何か声を上げ、飛び退《すさ》るようにして距離をとり、そのまま背中を向けて遠ざかった。真絵美がすぐさま追いかけ、そのとき遠くから聞こえていた電車の音が急激に大きくなり、車体が空気を震わせながらホームに滑り込んだ。周囲の人々が緩慢に動き、その一人に真絵美は身体をぶつけ、コンクリートの上へ倒れ込んだ。葎は咄嗟に彼女のほうへ駆け寄ろうとしたが、停まりつつある電車のほうへ進む乗客たちが行く手をふさぎ、それをよけて真絵美のもとへ回り込もうとしたそのとき、バッグの中で携帯電話が鳴った。周囲の景色が白く掻き消え、バッグから携帯電話を取り出す自分の右手を、葎は誰か見知らぬ他人のもののように感じた。

『葎――』

そう呼びかけたきり、父は言葉を切った。息遣いだけが、周囲の雑踏の向こうから聞こえてくる。緩慢に流れる人々の中で、葎は足を止めて立ち尽くした。父の息に震えがともないはじめ、やがてそれははっきりとした嗚咽へと変わり、周囲の景色が滲んで何も見えなくなった。誰かの身体が横からぶつかり、葎はよろめいた。ホームの屋根と電車のあいだから射し込む太陽が涙の中で弾《はじ》け散り、視界いっぱいに眩しい光が広がった。奇妙な美しさを持つ光だった。病室のベッドの上で、あたたかな母の目が永遠に閉じられてしまったというのに。何の悪意も持たない姉弟が、耐えきれないほどの哀しみの中で生きているというのに。目の中に広がり、内側から自分を抱擁するかのようなその光に、葎は見憶えがある気がした。幼い頃、まだ世界が新しさと楽しさに満ちていると信じていたとき、空や町や学校や家の中は、こんな光に満ちていたのではなかったか。

もう一度あの光の中に戻ることができたら――誰かの命がこの世から消えてしまったり、優しさが苦しみを生むことがあるなんて想像もしていなかった、あの頃に戻れたら。

視界に広がる光の中に何かが見えた。それは遠い星のようだった。光の中だというのに、小さな星がまたたいている。いや違う、星じゃない。それはゆったりと動き、揺れながら、羽ばたきながら、眩しさの向こうへと消えていこうとしていた。願いと祈りの中で葎は、その白く輝く小さなものへと手を伸ばした。

第六章　鏡の花

（二）

「……蝶も眠る？」

庭にしゃがみ込んで白い蝶の様子を眺めていた美代《みよ》は、肩ごしに部屋を振り返った。

母は縁側の向こうの大広間で、文机《ふづくえ》の前に膝をついている。メモ帳と、隣に置いたカレンダーを見比べているということは、さっき鳴った電話は宿泊予約のお客さんからだったのだろうか。

母は顔をちょっとだけ振り向かせて「今日？」と訊き返した。

「今日じゃない、蝶。ねえ、眠ることある？」

「虫は……さあどうなのかしら」

いま忙しいのだと言いたいのだろう、母はかっぽう着の袖をまくり、またメモ帳とカレンダーを見比べはじめた。見比べるのに袖をまくったって意味がない。

「じゃあ、夢は見る？」

「見ないでしょ、そんなの」

わざと馬鹿馬鹿しそうに言われたので、美代は下唇を突き出してまた蝶のほうを向いた。ゆるい風が吹き、銀杏《ぎんなん》のにおいがした。

本当に、夢を見ないのだろうか。

さっきまでこの蝶は、鏡の上にとまったままじっと動かず、まるで夢の中にいるみたいに、ときおり翅をぴくんと動かしていたのだけど。

白い花の上で翅を休めている蝶に、美代はぐっと顔を近づけてみる。花と蝶のまわりには、五枚の卓上鏡がそれぞれ鏡面を内側に向けて置いてある。作業場にいた父に頼んで借りてきたものだ。

――おじいちゃんが作った鏡、どっかにある？

そう訊くと、父は作業棚の下から埃をかぶった段ボール箱を引っ張り出してきた。中にはざら紙に包まれた古い鏡がたくさん箱詰めされていた。美代はそこから五枚の卓上鏡を取り出し、布巾で鏡面を綺麗に拭いて、ここに並べたのだ。

上から覗き込むと、五枚の鏡にはそれぞれ白い花が別の角度から映っている。これは何という花なのだろう。ユリの仲間にも見えるけれど、たしかユリは花びらが六枚のはずだ。でもこれは五枚。地面から真っ直ぐに茎を伸ばし、その先端に小さな可愛らしい花を一輪だけ咲かせている。花はどこから見ても同じかたちのように見えるのに、こうして別々の角度から映してみると、少しずつ違っているのがよくわかる。

花のまわりに鏡を並べたのは、死んだ祖父が言っていたことを思い出したからだ。

鏡作りをやめてしまう前、祖父の要造《ようぞう》は夕食のときなどに、よく昔の話をしてくれた。そのほとんどが自慢話だったが、美代は要造の自慢話が好きだった。まるで急にそこだけ太陽でもあたったように、ぱっと顔を明るくして、いつも祖父は喋った。

――蝶が飛んできてな、みーちゃん。おじいちゃんの作った鏡のほうにとまろうとするんだ。何べんやってもだよ。

花の隣に自分が作った鏡を置いたら、鏡の花のほうに蝶が寄ってきたのだという。

その話が本当かどうかためしてみようと、美代は作業場から祖父の鏡を借りてきた。たくさん持ってきたのは、祖父の話が嘘になるのが嫌だったからだ。一枚よりも二枚のほうが、二枚よりも三枚のほうが、蝶が鏡の花にとまってくれる可能性は高くなるのではないか。でも四枚や六枚では、向かい合った鏡同士が合わせ鏡になってしまう。合わせ鏡はあの世とつながっていると祖父が言っていたので、ちょっと怖い。

だから美代は、五枚の鏡を花のまわりに並べた。並べてみると、それ自体が大きな一つの花にも見えた。真ん中にある本物の花が、めしべ。鏡の花たちは花びら。縁側に座り、美代はじっと待った。すると、やがて一匹の蝶が垣根の向こうからやってきて、

――あ。

鏡の花にとまったのだ。

嬉しくなり、すぐさま母を呼んだのだが、そのときちょうど電話が鳴って、母は長いことそれに応対していた。祖母は買い出しに行っていたし、父は作業場で鏡の仕上げをしている。けっきょく、蝶が鏡の花にとまっている姿は誰にも見せることができなかった。蝶は、五つの鏡の花を順ぐりにめぐったあと、いまは真ん中に生えた本物の花の上で、翅を休めている。

祖父が生きているあいだに、いっしょにやってみればよかった。すごいすごいと、もし目の前で喜んでみせたら、美代のせいでやめてしまった鏡作りを、祖父はもう一度はじめてくれていたかもしれない。

いまは、製鏡の仕事は父の明男《あきお》が一人でやっている。注文数が少ないので、それでも仕事が間に合わないことはないけれど、祖父と父が二人で鏡をつくっているところをもう一度見たいと、美代はいつも願っていた。祖父が死んでしまうそのときまで、ずっと願っていた。

祖父の要造が死んだのは去年、美代が小学一年生になったばかりの春のことだ。もともと癌が見つかって入院していたところへ、肺炎にかかってしまい、祖母や両親が医者から聞いていたという時期よりもずっと早くに死んでしまった。

あの日の学校帰り、美代は家に向かってこの丘を登っていた。もう少しで丘を登り切るというとき、足音に気づいたらしく、庭の垣根から母が首を伸ばしてこちらを覗いた。何か言いかけて、しかしそれをやめ、母は小さく手招きをして引っ込んだ。美代が垣根を回って庭へ入ると、病院から呼ばれたのだと、母は言った。縁側の向こうで、父が作業着から洋服に着替えているのが見えた。手足の動きはばたばたと慌てているのに、顔だけは真剣で、表情がまったく動いていなかった。

父の運転する車に、祖母と母と美代とで乗り込み、病院へ急いだ。

到着したときにはもう、祖父はほとんど意識がなかった。しかし、その意識が完全に途切れてしまう直前、うっすらとひらいた瞼の奥にある目が、美代の顔をとらえた。どこかに痛みが走ったように、皺だらけの顔が小さく歪んで、

——みーちゃん、ごめんね。

ほとんど聞き取れない声で、祖父はそう言った。

そして、そのまま死んでいった。

病室で、祖母も父も母も泣いた。しかし美代は泣かなかった。泣けなかった。目を閉じた祖父の顔を見つめ、ただ自分の右頬へ手をやっていた。

最期の瞬間まで、祖父は美代の火傷《やけど》のことを思っていたのだ。祖父は何も悪くないのに。何度も何度も、美代はそう言ったのに。しかし、足りなかったのだろう。もっとたくさん言わなければいけなかった。自分のせいなのだから仕方がないのだと。こんな火

傷なんて、自分はまったく気にしていないのだと。

祖父が死に、五人だった家族は四人になった。祖母の照子《てるこ》。照子と要造の息子である明男。そこへ嫁に来た清美《きよみ》。二人のあいだに生まれた美代は、今年で小学二年生だ。

「電話、お客さんだったの？」

「そう。遠くから来てくれるのよ」

「たくさん？」

「ええとね……五ぉ、六の……」

母は丸まっちい指を折って数える。

「十一人」

「わあ、すごいじゃん」

「ねえ。お部屋がいっぱいだわ。でもよかった、シルバーウィークが埋まってくれて」

今年は、夏はそこそこの忙しさだったのだが、秋の連休の宿泊予約が入らず、家族みんなで心配していたのだ。

「あ、そういえば訊くの忘れちゃった、二歳の子って、お布団いるのかしら」

「赤ちゃんも来るの？」

「二歳だから、もう赤ちゃんじゃないわよ。あんたなんてトンカチで銀杏割ってたんだから、二歳のとき」

「嘘」

「ほんとよ、こうやって、こうやって」

ガラガラを不器用に振り回すような動きをしてみせ、その腕をブンと前に振り下ろす。

「ちゃんと割れてた？」

「銀杏が丸のままあっち飛んでこっち飛んで、大変だったわよ。そのまま見つからないやつもあって、あとでお客さんが廊下で踏んづけてアイターッなんて言ったりして。あんなの、ちゃんとした旅館だったら怒られちゃうわ」

民宿と旅館の違いについて、美代は以前母に訊ねてみたことがある。そのとき母は「安いのが民宿よ」と言っていたが、いつだったかお客さんが忘れていった旅行雑誌を捲ってみたら、この宿よりも安い「旅館」が載っていた。それを母に言うと、「そりゃ、そういうとこもあるでしょ」と当たり前のように返されて、なんだかよくわからなくなった。

ただ美代は、こうした銀杏の話などを聞くたび、旅館の子に生まれないでよかったと思う。この宿ではお客さんがみんな同じ部屋で晩ごはんを食べるし、食べたあとは使った食器を自分で台所まで運ぶことになっているが、そのときの賑やかさなども大好きだった。旅館では、そういうことはないらしい。実際に泊まったことはないけれど。

家族が製鏡のほかに民宿の仕事をはじめたのは、美代が生まれる少し前のことだ。

この町では江戸時代からずっと鏡作りが行われてきた。学校の授業で、昔の製鏡所の場所が印されている地図を見たことがあるけれど、自動販売機の場所でもあらわしているのではないかというくらい、印はたくさんあった。美代の家も代々鏡作りをつづけてきて、そういう家を「鏡どこ」と呼ぶのだが、家族か、学校の先生か、歳をとった人の口からしか美代はその言葉を聞いたことがない。

年月が経ち、町の鏡どこは減り、いまではとうとう一軒だけとなった。

それが美代の家だ。

――悪くなるもんじゃないからねえ、鏡は。

残念なのか自慢したいのか、よくわからない口調で、夕食どきに祖父が言っていたのを憶えている。

――いっぺん作って届けてあげたら、割れちゃわないかぎり、ずっとなくならないだろう。なくならなけりゃ、新しいのはいらないもんなあ。

しかし、鏡どこが減った理由は、大手メーカーが安くていいものを売り出すようになったからだということを、祖父もわかっていたのだ。そして、このままだといずれ生活していくことさえ難しくなるということも、わかっていた。だからこそ、美代が生まれる少し前、鏡作りのほかに別の商売をはじめようと父が提案したとき、反対しなかったのだろう。

民宿をはじめたとき、銀行から借金をして母屋《おもや》の隣に客室を建て増ししたものの、最初はやりかたがよくわからず、お客さんはほとんど来なかったらしい。しかし、この民宿にはある珍しい特徴があり、それが次第に人を呼び集め、少しずつ部屋が埋まるようになった。やがては民宿の経営が主な収入源になった。

そして美代が生まれた。

鏡の注文は日に日に減っているので、自分の代でこの家の鏡作りも終わり、とうとう町の鏡どこが一軒もなくなってしまうと、父はいつも言っている。誰の顔も見ないで、笑いながら言う。

「十一人って何の旅行？　大家族？」

この町の秋は、葡萄《ぶどう》、梨、林檎《りんご》、栗《くり》狩りが楽しめるので、子供がたくさんいる家族が泊まっていくことが多い。

「ああ、一組じゃないのよ。あんたがほら、さっき作業場に行ってるときに電話が来て、そのあと戻ってきたときにもう一回かかってきたの。だから二組」

美代は縁側のへりに両膝で乗り上がった。日焼けして傷んだ古い板は、少しぐらついている。

「どんな人たち？」

「ええとね、片方は――」

母はメモ帳を顔の前に持ってきて覗き込む。ふっくらした白い手首に、かっぽう着の袖口の、ゴムの跡がついている。

「高校生の女の子二人と中学生の男の子二人の、四人組。それでもう片方が、大人六人と、二歳の子が一人」

「銀杏割るんなら、連休までに、そこまで実ってくれるかどうか……」

「でもねえ、連休までに、美代も手伝う。たくさん要るもんね」

母は丸い顎をそらして天井を見る。銀杏は、その向こう側に実っているのだ。地面から生えた太いイチョウの幹は、部屋の床を突き抜けて、天井を突き抜けて、屋根の上に大きく枝葉を広げている。

この宿の珍しいところというのは、つまりこれだった。

廊下を挟んで庭に面しているこの大広間は、宿泊客たちの食堂や談話室として使われている。床の真ん中に囲炉裏のような四角い穴が開いているのだが、そこに囲炉裏はなく、木枠いっぱいにイチョウの幹がはまっている。木枠と幹との隙間はコンクリートで固められ、幹はそのまま上へと伸び、梁《はり》の脇を抜けて天井板の中に消えている。

祖父母が生まれたときも、曾祖母《そうそぼ》がお嫁に来たときも、曾祖父が戦争に行ったり帰ってきたりしたときも、このイチョウはあったらしい。高くて、太くて、堂々と胸を張って生えているような木だった。しかしその立派なイチョウが、宿を建て増すときに邪魔になった。いや、邪魔になったというよりも、使いたい土地のど真ん中に生えていたので、これがあるかぎり宿を建てることはできなかった。家族は夜な夜なこの大イチョウをどうするかについて話し合った。伐《き》り倒すという意見、植え替えるという意見、離れた場所に新しく土地を買って宿を建てるという意見——誰がどの意見だったのかは、いちど聞いた気がするけれど憶えていない。ただ、このままにしたらどうかと言い出したのが祖父だったということは憶えている。いや、そのときの祖父の物真似をしてみせた、母のことを憶えている。

——おぉん？　これ、柱にちょうどいいんじゃねえのかぁ？　ってね、言うのよ、おじいちゃんが。

腕を組んで首を傾げ、フジツボのように唇を小さくすぼめ、母は寄り目になって天井を見上げてみせた。普段は物真似などをする人ではないので、祖父の能天気な物言いを大袈裟にやってみせたときの母は、ひどく可笑しかった。

——それでみんなアッてなって、すぐ工務店に連絡したの。

もちろん、柱として使うことに賛成したわけではない。生きている木を柱にできるわけがない。ただ、イチョウをそのままにして建物をつくるという発想が、それまで誰の頭にも浮かばなかったのだ。

——そしたら、やれないことはないって言うのよ。木も、もう大きくなったりしないだろうからって。だからパッと決めちゃったわ。

ただ、そのときは、まさかこのイチョウがお客さんを呼んでくれることになるとは誰も思っていなかったらしい。家族としては、邪魔な木を仕方なくそのままにして宿を建てるという気持ちだったので、かえってお客さんには申し訳ないことになると思っていたのだとか。

大イチョウのまわりに並べた座卓につき、旅のお喋りをしながら食事をしているお客さんたちを眺めるのが、美代は好きだった。秋から冬にかけては食卓に銀杏が出る。その銀杏がどこに実っていたかを、配膳係の母や祖母が教えたとき、みんなの眉がそろって持ち上がり、顔が一斉にイチョウの幹へと向けられる、その瞬間も大好きだ。

都会よりも少し早い秋が、今年もやってきた。

大イチョウは銀杏を実らせ、静かなときなど、枝から落ちた実が屋根を打つ音が、ぽこんぽこんと聞こえてくる。オレンジ色をした実は屋根の上で転がって、みんな南側の庭へ落ちる。それを母が拾いに出て、水の入った盥《たらい》に放り込む。ちょっと放っておくだけで庭が臭くなってしまうから、日に何度も拾いに行く。屋根瓦や樋に引っかかる実が、必ずいくつか出てくるので、二日にいっぺんは父が上って点検をする。

集まった実は、あとで母が洗面器に移し、水の中で種を取り出す。それを乾かしてから、金槌《かなづち》で殻を割り、中身を串焼きにしたり、揚げたり、甘露煮にしたり、ごはんに混ぜたり茶碗蒸しに入れたりする。

「もしあんまり穫れなかったら、人数が多いから、お夕食のときにちょっととっかしらねえ」

「銀杏ごはんは無理だよね」

振り返って庭を見渡すと、土の上に実が二つほど落ちていた。

庭のへりには柊《ひいらぎ》の生垣が左右に延びていて、その向こうに境湖《さかいこ》が見える。父の明男という名前のもとになった「明鏡止水」という言葉は、よく磨かれた鏡や静止している水のように心が静かな様子をいうらしいけれど、なるほどこうして見てみると、風のない日の水面は鏡によく似ている。そんなことを思いながら遠い湖を眺めていたら、頭の上でぽこんと音がした。目を上げた瞬間、視線と逆行するようにオレンジ色の実が屋根のへりから飛び出した。その実は庭へ落ち、地面で何度か弾みながら、あの白い花のすぐ脇をかすめ、蝶がそれに驚いて、ひらりと舞い上がった。

蝶の行く手を追う目の中に、真昼の太陽が飛び込み、美代は眩しさに瞼を閉じた。手びさしをしながら目をひらき、ふたたびそちらを見たときにはもう、蝶は秋空のどこかに消えていた。

何度頼んでも、母は新しい自転車を買ってくれなかった。

＊＊＊

だから直弥は三ヶ月と少し前、自分の自転車を捨てた。

場所は章也の家の近くだ。道路沿いの畑の奥に、背の高い雑草が茂っている一画があり、しばらく前から目をつけていた。梅雨が来る前の土曜日、直弥はそこまで自転車で出かけていき、畑のあいだの畔道《あぜみち》を走り抜け、その勢いのまま飛び降りて、五年間乗った自転車をざぶんと茂みに突っ込ませた。

離れて見てみると、草の上からハンドルの片方がザリガニのハサミみたいに覗いていたが、しばらくして草丈が伸びてくれれば、完全に隠れてくれそうだった。冬になったら雑草は枯れ、自転車が丸見えになってしまうだろうけど、べつに問題はない。ほんの何日かだけ見つからなければいいのだ。自転車が盗まれたと母に嘘をつき、新しいやつを買うことを承諾させ、自分がサイクルショップへ行ってそれを手に入れるまでのあいだだけ。

と、そんなふうに思っていた。

しかし作戦は見事に失敗した。

──下に置いといた自転車、盗まれちゃったみたいでさ。

二日後の夕刻、アパートの台所でそう切り出すと、母は途端に眉を吊り上げ、きちんとチェーンをかけておいたのかと直弥を問いただした。チェーンをかけておきながら盗まれるのは不自然だと思ったので、直弥は首を横に振った。すると母はもっと顔を尖らせ、何でお前はそうだらしないのだと怒《いか》り、そのあと直弥が新しい自転車のことを小声で切り出すと、信じられないものでも見たように両目を見ひらいた。そして何か言いかけたが、けっきょく馬鹿馬鹿しそうに鼻息を聞かせて流し台に向き直り、洗っている途中だったキャベツの葉にふたたび取りかかった。

晩ごはんのあと、録画しておいた宇宙ものの特集番組を居間で見ていると、父が会社から帰ってきた。母がすぐさま自転車のことを言いつけた。父はネクタイを外しながらこちらに顔を向け、直弥の微かな期待を裏切って、夕刻の母とまったく同じことを言った。

それから三ヶ月と少し。いったん捨てたものを拾いに行くのも悔しくて、直弥はずっと自転車なしで過ごしている。

「あーもう貧乏やだ……」

バスの窓に頭をごつんとぶつけて呟いた。

「べつに貧乏じゃないじゃん」

隣で章也がぼそりと言う。

「あれ、いつ起きたの？」

「ずっと起きてたよ」

「目つぶってたじゃんか」

「考え事してた」

「ほんと好きだね」

「何が」

「考え事」

そうかな、と生真面目な顔で首をひねり、章也は前に向き直る。

「章也ん家《ち》はいいなあ、お金あって」

「べつにないよ、お金なんて」

「一軒家じゃんか」

「でも、部屋は共同だもん」

後ろの席の翔子に聞こえないように言うが、そんなに声を落とさなくても、翔子と真絵美はずっと喋りっぱなしなので、どうせ聞こえないだろう。

「こんど部屋増やすとか言ってなかったっけ？」

「僕が高校に入ってからだって。それまではずっと同じ部屋」

「そんでもさ、増築できるんだからいいじゃんか。うちなんてアパートだから、そういうのできないもん。あーもっとお金稼ぐ親のとこに生まれればよかった。お金稼がなくても、もっと子供のこと考えてくれる親のとこがよかった。ほんとやだ。うちの親やだ」

章也がじっと黙っているので、また考え事でもはじめたのかと思ったら、しばらくしてから声が返ってきた。

「直弥は、お姉ちゃんと仲よくやってるんだから、いいよ」

「仲よく……ってわけでもないけど」

「うちみたいじゃないでしょ」

「まあ、うん」

たしかに自分たちは家で普通に口を利くし、たまには買い物にもいっしょに出かけるし、毎年十一月半ばには河原まで二人で獅子座《しし ざ》流星群を見に出かけたりする。章也のところでは、どれもやらない。

「俺とお姉ちゃん、どっちも親のこと嫌ってるからなあ。そのせいで、二人で気が合うみたいな感じになってるだけかも。——いいや、めんどくさい」

両手の指を組んで手を返し、ぐっと前に伸ばした。

「親の話とか、めんどくさい」

窓の外を見ると、種類はわからないが、真っ直ぐに伸びた木が遠くまでたくさん並んでいる。みんな、ゆっくりと左へ向かって流れていく。葉のあいだに見え隠れする空は真っ青だ。

「オリオン、見られそうだな……」

直弥は空を眺めて呟いた。

＊　＊　＊

目的地に着いてもいないのに、もう喋り疲れてしまった。真絵美といるといつもこうだ。しかし翔子は、中学時代から二人で何度も経験してきた、この心地よい気だるさが好きだった。

ペットボトルのお茶で咽喉を湿らせ、杉林が広がる窓の外を見た。

「もう半分くらい来たかな」

「民宿まで？　どうなんだろうね、駅からバスで三十分ってパンフレットに書いてあったのは憶えてんだけど、バスに乗ってからどのくらい経ったかわかんないもんね。十五分くらい？」

「あたしも時計見なかったから」

「でもずっとこうやってバス乗ってんのもいいよね。これ最後、食べていい？」

「いいよ」

真絵美は二人のあいだに置いたスナック菓子の袋を取り上げ、中身をざらっと口に流し込んだ。

「あんまり食べると、晩ごはん入らなくなっちゃうよ」

「お腹なんて、ちょっと動けばすぐ空くよ。あたしらほら、若いから」

という言葉はべつにあてつけのつもりではなかったのだろうが、翔子は通路の反対側に座ったグループの耳が気になり、ちらっとそちらへ目をやった。同じ宿に泊まるらしいあちらのグループには、二組の老夫婦がいる。

「ね。前の二人さ、なんかずっと黙り込んでるよね」

真絵美が肩をくっつけて耳打ちしてきた。そういえば前の席に座った章也と直弥は、ちょっと前からひと言も口を利いていない。

「うちの弟がまた考え事でもはじめたんじゃない？」

「あー得意の」

翔子は窓枠に肘を載せ、目の前に並んだ二つの席の右側、章也が座っているほうの背もたれを眺めた。

弟との関係が上手くいかなくなったのは、いつ頃からだったろう。

べつに、互いに憎み合ったり嫌い合ったりしているわけではない。少なくとも翔子はそう思っている。では、いっぽう章也のほうはどうかというと、考えていることがまったくわからない。そして、わからないというその点こそが、上手く付き合えなくなった理由なのだった。

いつも弟は、自分の世界に閉じこもっている。家にいても、翔子とはまったく口を利こうとせず、両親ともあまり話をせず、しょっちゅう何もないところを見て黙り込んでいる。図書館で借りたり、小遣いで買ってきたりした本を、何時間も、姿勢さえ変えずに読みふけっていることもあれば、横書きのノートに細かい文字でカリカリと、何かを一心に書き連ねていることもある。机に覆い被さるようにしてシャープペンシルを動かしている章也の後ろを、翔子が通りかかると、べつに覗くつもりなどないのにサッと表紙を閉じる。

昔はもっと、わかりやすい弟だった。哀しいことがあると泣き、気に入らないことがあればふてくされ、誕生日プレゼントを買ってやれば、それがどんなに安っぽいものであっても、両目をピンポン球みたいに大きくして喜んでくれた。

しかし章也は、小学校を卒業するあたりから、急に変わってしまった。

はじめのころ翔子が感じていたのは、途惑いだった。それが、気づけば煩《わずら》わしさに変わっていた。同じ部屋を使っているので、その煩わしさは家にいるあいだじゅうつきまとい、部活でトロンボーンが上手く吹けなかったりした日は、苛立ちが余計につのる。いっそ一人っ子だったらよかったのにと思うこともある。そして、そんなふうに考える自分が嫌で、もどかしさと苛立ちはいっそう色濃く胸にたちこめるのだった。去年の章也の誕生日は、いつものようにプレゼントを買いにデパートまで出かけたのだが、喜ばれないのではないかと思うと嫌になり、けっきょく手ぶらで帰ってきた。今年の誕生日には買い物にさえ行かなかった。

「直弥くんも可哀想に」

小声で呟いてみる。

「せっかく二人で並んで座ってるのに、相手に黙られて」

「男同士だから、べつに喋らないでもいいんじゃない？　わかんないけど。それにほら、喋らなきゃケンカとか仲違《なかたが》いもないし」

「まあ、そうだけど……」

章也と直弥は小学校から同級生で、ずっと付き合いつづけているので、きっと仲はいいのだろう。しかし翔子は、直弥が章也に対して自分と同じような苛立ちや煩わしさを感じているのではないかと、ときおり心配になる。余計なお世話なのだろうが。

「ほんと、よくわかんないの。うちの弟」

真絵美に顔を寄せて囁いた。

「昔はそんなことなくてさ。もしあのまま大きくなってれば、いまの直弥くんみたいになってたんじゃないかなって、よく思うんだよね」

「たしかにあいつはわかりやすい。馬鹿なだけだけど」

「今回の旅行だって、章也、ほんとに行きたいのかどうかよくわからなかったし」

「行きたかったんでしょ、来てるんだから」

「でもほら、流れで、行かなきゃしょうがなくなっちゃったのかもしれないじゃん」

「ああ、その可能性はゼロじゃないね」

真絵美は鼻に皺を寄せて笑う。

「直弥とあたしに、どんどん話すすめられちゃって」

あれはちょうど夏休みの真ん中あたりだった。

夜中に翔子はふと物音で目を覚まし、暗がりの中で何かが動いているのを見た。どうも、章也が部屋を出ていこうとしているらしい。

はじめは、トイレだろうと思った。しかし章也がドアを開けたとき、廊下のフットライトにぼんやり照らし出されたその姿を見て、違うと気づいた。章也はジーンズを穿《は》き、お尻のポケットには財布も入っている。まるでこれから、どこかへ出かけようとしているみたいに。枕元の目覚まし時計を見ると、深夜零時を過ぎていた。

——何してんのよ。

　さすがに声をかけると、章也はぴくっと肩のあたりを動かしたが、そのまま部屋を出ていこうとした。翔子は起き上がり、もう一度声をかけながら近づいた。弟の動きが速まり、階段を下りていくので、思わずシャツの背中を摑んだ。シャツは少し汗ばんでいた。章也は無言で上体をねじって翔子の手を振り払った。

　――夜遊びなんて駄目だからね。

　囁き声だが力を込めて言うと、章也は顔を半分だけ振り向かせて何か言い返そうとしたが、そのまま目をそらして階段を下りた。翔子はふたたび追いかけ、今度は弟の腕を摑んだ。振り払われないよう手首を握り込むと、章也は唸り声のようなものを洩らしながら力任せに身体を引いた。負けじと腕を引っ張り返したその瞬間、片足が階段のへりを踏み外した。翔子は尻餅《しりもち》をつき、痛みに声を上げ、章也がはっと息をのんだ。

　物音に気づき、両親が覗きに出て来た。

　深夜のリビングで、母がグラスに注いで出した麦茶を前に、章也は終始うつむいたまま何も話そうとせず、ただ壁の時計を気にするばかりだった。やがて時計の針が午前零時半を回ったとき、

　――……星を見るって。

　ようやくぼそりと口をひらいた。

　星？　と三人で同時に訊き返した。

——オリオン座を。

夏の早朝、ほんの短い時間、東の空にオリオン座が姿を現すのだという。それをいっしょに見に行こうと、直弥が電話で章也を誘ってきたらしいのだ。家族が寝静まってから、互いにこっそり家を抜け出して落ち合おうと。

その約束の時刻が深夜一時だった。このままでは直弥が一人きりで自分を待ちつづけることになるので、弟は思い切って白状したらしい。

事情を聞き、どうしたものかと三人で考えた。直弥の家に電話をかけようと母は言ったが、あまり事を大きくしてしまうのもよくないのではと父が反対した。けっきょく翔子が、携帯電話で真絵美にメールを送った。真絵美の家は家族四人が同じ部屋で寝ているが、メールなら彼女だけに報せられると思ったのだ。

一分後、『捕獲！』とだけ書かれた返信があった。

しばらくしてからまたメールが来て、絵文字まじりでこんなことが書かれていた。

翔子からのメールを読んで、真絵美は隣の布団を見た。すると、たしかに直弥の姿がない。そっと部屋のドアを開けてみると、ジーンズとTシャツに着替えた直弥が、いまさに玄関を出ていこうとしているところだった。真絵美は即座に直弥を台所へ引っ張り込み、両親にばれないようまた寝間着に着替えさせ、布団に押し込んだのだという。

——それがさ、あとでよくよく調べてみたら、それってそのへんで見られるものじゃなかったんだって。その夏のオリオンって。

　翌日、真絵美から笑いながら電話があった。

　――東の空がひらけてる場所からしか見られないみたいなんだよ。もし章也くんと二人で落ち合っても、近くにそんな場所なんてないでしょ、だからけっきょく無駄になってたみたい。ほんと馬鹿。

　そして直弥から相談があったのだという。

　――夜中に中学生だけで出歩くのは、警察の人なんかに見つかったらやっぱりまずいから、やめにしたらしいのね。そのかわり、どっか高い場所にある、まわりに何もないとこに一泊で旅行に行こうって考えたんだって。でもそれも中学生同士だと無理でしょ。だからあたしにもいっしょに行ってほしいらしくて。

　しかし中学生二人の子守をするだけでは面白くないので、翔子に電話したらしい。

　――だから、あんたも行かない？

　母に相談してみると、意外にもすんなり承諾してくれた。あれはもしかしたら、姉弟の不仲を改善させるいい機会だとでも考えたのかもしれない。

　夏休み中はもう、安い宿はどこもいっぱいだったので、秋のシルバーウィークにしようということになった。泊まる場所は直弥が情報誌で探し、真絵美が電話をかけてくれた。ちょっとした高台にある宿を選んで連絡していったのだが、先方に訊いてみると、どこも東側には山があったり、背の高い林があったりで、なかなか適当な宿は見つからなかった。しかしやがて、ちょうどいい民宿が見つかった。「菱花《りょうか》」というその民宿は、料金が安く、小高い丘の上にあり、東側は斜面で、その斜面の下は広い湖になっていて、部屋も空いていた。真絵美がすぐに予約をとった。

それが、ほんの一週間前のことだ。

菱花というのは、どういう意味なのだろう。宿のパンフレットが真絵美の膝の上にあったので、それに手を伸ばそうとしたとき、ごつんという音が前の席から聞こえた。

「あーもう貧乏やだ……」

小さく直弥の声がした。

＊　＊　＊

顎を上げ、瀬下はフロントガラスの先を眺めた。

バスが走行中の田舎道の左右には、丁寧に枝打ちされた杉の植林が広がっている。先程から何度か、雑草と灌木《かんぼく》を除去している作業員たちの姿が林の奥に見えた。ああして地拵《じごしら》えをし、これから新しい杉の苗木を植えつけていくのだろう。秋は植栽の季節だ。

いまは林業などの農業がこのあたりの主な産業になっているが、以前は製鏡が地場産業だったと聞く。これから泊まる民宿にも製鏡所が併設されていると、パンフレットに書かれていた。「菱花」という宿の名前も、そこに由来しているのだろう。

「菱花」には、鏡という意味がある。

菱《ひし》は湖面や池沼の水面に繁殖する植物で、布袋葵《ほていあおい》などと同じように、葉で水面を覆う。夏になると、ほんの数時間だけ白い可憐《かれん》な花を咲かせるが、その美しい姿がかつて金属製の鏡の裏側によく鋳つけられていたので、やがて鏡そのものを菱花と呼ぶようになったのだとか。

バスがやや速度を落とし、フロントガラスの先に一台の軽トラックが近づいてきた。窓際で目を閉じている栄恵の前に身を乗り出すようにして、瀬下は窓に顔を近づけた。すれ違いざま軽トラの荷台を覗くと、土で汚れたチェーンソーや、ヘルメットや、高所作業の際に腰に巻きつける安全帯が積まれていた。林業試験場に勤めていた頃、瀬下もああいったものを身につけて植林の中で作業をしていたものだ。

窓の外を眺めたまま、なんとなく昔の思い出をたどっていると、栄恵が短い溜息を聞かせた。

「……起きてるのか」

小さく声をかけてみたが、返事はない。眉間に軽く皺を寄せて目を閉じたままだ。どうやら寝ながら溜息をついたらしい。

背もたれにあずけた栄恵の頭が、バスの振動に合わせて揺れているのを見下ろしながら、瀬下もまた小さく息を吐いた。

定年を機に、長年暮らした海辺の町を出て、いまの場所に新居を建ててから、もう十四年が経つ。

その年月を、瀬下はこのところしばしば振り返る。

引っ越し。家具の購入と設置。町並みを眺めながらの散歩。慣れない家庭菜園。最初の収穫。それを使った料理。害虫の被害と対策。物珍しさや新鮮さは、いつしか習慣によって覆われていき、身体の老いとともに、何事をするにも億劫《おっくう》に感じるようになった。一日が過ぎるのが遅くなり、いつしか夫婦の会話も減って、話をしても互いの顔を見ず、本を読むことにさえ疲れを感じるようになり——気がつけば、もてあました時間の中でただ腹が減るのを待つような毎日だった。日々は過ぎていくのではなく、あとからあとからまとわりついてくるように思えた。磨いた岩にゆっくりと苔《こけ》がむしていくような十四年間だった。その岩は二つ並んでいた。

三年前に俊樹と葎が結婚し、その年の暮れには初孫の創介《そうすけ》が生まれた。それらのことが、いったんは自分と栄恵の人生の苔を綺麗に取り払ってくれたかに思えた。俊樹は相変わらず仕事が忙しいが、育児休暇中の葎は、創介を連れてよく家へ遊びに来てくれる。つぎに孫の顔を見るまでのあいだに、栄恵と連れ立ってデパートの玩具売り場へ出かけ、プレゼントを選ぶのが楽しみだった。

しかし、つい先月の日曜日、浮かない顔の俊樹が、葎と創介を連れて家にやってきた。夕食のテーブルで、息子は人事異動の話をした。会社からの内示があり、十月に本社へ異動することになったのだという。

俊樹が勤める木材加工会社の本社は、瀬下と栄恵が二十数年間を過ごし、俊樹も学生時代までを過ごした、あの寒い海辺の町にある。単身赴任は考えておらず、家族三人で引っ越すつもりだと息子は言った。そして、もう異動がないかもしれないので、ずっとそこで暮らすことになる可能性もあると。

その翌朝、瀬下は布団の中で奇妙な倦怠《けんたい》感が身体中に広がっているのを感じていた。意識ははっきりしているのだが、身を起こすことも、腕を動かすこともできず、壁の時計が秒を刻むのをただ聞いていた。首を回して隣の布団を見ると、栄恵も薄く両目をひらき、じっと天井を見つめていた。カーテンごしに入り込む、うっすらとした白い光の中で、栄恵の顔はつくりもののように、まったく動かなかった。

以来、栄恵の溜息を聞かない日はない。いや、本人は溜息のつもりではないのかもしれないが、会話の少ない静かな家の中で、ときおり吐き出される細い息は、みんな溜息に聞こえてしまう。

今回の旅行を提案してくれたのは葎だった。

たまたま捲っていた雑誌の中で、菱花という民宿のことを知り、大広間の真ん中に生えているという珍しいイチョウを、いちど見てみたくなったのだとか。きっと瀬下も興味を持つだろうと、彼女は俊樹に話し、俊樹が家に電話をくれた。葎のほうでも両親に電話をかけ、こうして飯先と結乃を含めた三家族での一泊旅行となった。

きっと、葎は気を遣ってくれたのだろう。息子家族が孫を連れて遠くへ行ってしまうことで、気力を失っている瀬下や栄恵に、旅行をプレゼントしようと考えてくれたのだ。

「あたしらほら、若いから」

通路の反対側から声が聞こえ、意識がふと現実に引き戻された。

このバスに乗り込んでからずっと賑やかに喋っていた少女たちだが、その声のあとで、急に静かになった。ひょっとすると、こちらの耳を気にしたのだろうか。なにやら申し訳ない気がして、瀬下はふたたび窓のほうへ顔を向けた。栄恵は相変わらず、ゆるく眉間に力を入れたまま眠っている。窓から射し込む昼の陽がその首もとを照らし、皮膚の細かい皺を目立たせていた。なんとなく、瀬下は自分の首を手のひらでさすった。

少女たちとは、このバスに乗り込むときに短い会話を交わした。

今朝、栄恵とともに自宅を出て最寄り駅に向かい、ホームで電車を待っているときから、彼女たちの姿は見ていた。高校生くらいの少女が二人。そして、もう少し年下に見える少年が二人。俊樹の家族や飯先夫婦と待ち合わせたターミナル駅で、特急に乗り換えるときも、その四人はいっしょだった。降りた駅まで同じで、バス停でも隣に並んだので、さすがに声をかけた。訊いてみると、同じ菱花という民宿に泊まることがわかり、その偶然に瀬下は笑ったが、向こうは気恥ずかしさが先立ったのか、揃って黙り込んでしまった。

道が狭まり、左右の杉がさっきよりも車体のそばまで迫っている。樹冠が日射しを遮り、窓には栄恵の影と重なって自分の顔が映っていた。その顔を、誰か他人のもののように、瀬下はしばし見つめた。

＊＊＊

今回の旅行を提案したのは、本当は俊樹だった。先月の出張帰り、新幹線の中でたまたま捲っていた旅行雑誌に、宿の記事が載っていたらしい。

——うちの親父、これ興味あるんじゃないかな。

家に持ち帰った雑誌のページをひらき、俊樹は葎に見せてきた。葎はキッチンで、創介に食べさせるうどんを煮ていた。二歳になった息子はもう、硬いものでなければ、大人と同じ料理を食べられる。ただし俊樹ゆずりか、しいたけが入ったものだけは苦手だった。

——部屋の中に生えてるんだって、木が。

——ほんとだ。

たしかに実物を見てみたくなるような写真だったが、葎はどちらかというと、記事の隅に小さく紹介された製鏡所のほうに興味がわいた。

——あの子も、もう遠出しても大丈夫だしね。

葎はリビングの創介を振り返った。創介は短い足をひらいてフローリングの床に座り、唇を結んだ生真面目な顔で、瀬下夫婦が買ってくれた昔ながらの木地玩具をいじくり回していた。

秋の連休あたりにどうかと、瀬下夫婦に都合を訊いてみることになった。

——ただこれ、葎が言い出したことにしていいかな。

——いいけど、何で？

——まあ、何でってことはないんだけどさ。

妙な感じで苦笑いし、そのまま俊樹は創介のほうへ行ってしまったが、気持ちはなんとなく理解できた。瀬下夫婦が毎週のように顔を見て、可愛がってくれている孫を連れ、自分たちが遠くへ引っ越してしまうことを、俊樹は申し訳なく思っている。旅行の提案は、その思いゆえなのだろう。しかしそれが相手に伝わってしまっては具合が悪い。葎が提案したというのであれば、多少違った意味合いで受け取ってくれるかもしれない。

きっと、そういうことだったのだ。

思えば、あの旅行雑誌だって、新幹線でたまたま捲ったというわけではなく、わざわざ旅の行き先を探していたのかもしれない。

窓際の席に座らせた創介の寝顔を、葎は眺めた。人生初の旅行だというのに、家にいるのと同じように両足を投げ出し、唇をちょっとひらいて、よく眠っている。これから一晩を過ごす民宿で、床と天井を突き抜けて伸びるイチョウを目にしたとき、二歳の息子はどんな反応をするだろう。もうある程度の言葉は話すようになったけれど、ちょっと家の外に出ただけで、目に映るもののほとんどが珍しいという息子にとっては、そんな奇妙な佇《たたず》まいの木も、同じ日常の発見の一つにすぎないのかもしれない。

そっと腰を上げ、前の席を覗いた。

そこに一人で座っている俊樹は、創介とそっくりのポーズで背もたれに身をまかせ、口をひらいて眠っている。笑いを堪え、葎は席へ座り直そうとしたが、そのとき俊樹の前の席に座った父の、灰色の蓬髪が目に入った。隣には母の、べっこう柄の髪留めでまとめた頭が並んでいる。二人の前に座っているのは瀬下夫妻だが、栄恵のほうは小柄なので、背もたれの向こうに隠れて見えない。

ターミナル駅で待ち合わせてからずっと、葎の両親と瀬下夫婦の様子は、普段と違っていた。長い付き合いだというのに、いまさら互いの距離を確認し合いながら口を利いているように感じられた。それが葎の気のせいではないとしたら、理由はやはり、自分たち家族の転居なのだろう。

初孫の顔を、いっぽうは見られなくなり、いっぽうは頻繁に見られるようになる。いっぽうは息子家族が遠くへ行き、いっぽうは娘家族が近くに移り住んでくる。親戚である前に旧友同士である四人のあいだに、自分たちのせいで何かが生じてしまうのが、葎は哀しかった。

（二）

「それで、鏡に映った自分のほうがその、皺が多かったりしますでしょう。あれなんかも不思議なもんでして……」

大広間の隅に座り、父が不器用に話すのを、お客さんたちはそれぞれ料理を口へ運びながら聞いていた。父はいつもこうして夕食どき、お客さんたちに鏡にまつわる話を聞かせる。これはもともと民宿をひらいたときに祖父が言い出した決め事だったらしい。泊まりに来てくれたお客さんへの、一つのサービスなのだそうだが、

――ひょっとしたらおじいちゃん、製鏡と民宿の立場が逆転しちゃうのが嫌だったのかもしれないわね。

母はそんなふうに言っていた。

以前は祖父がお客さんたちに話をしていたのだが、いまは父がこうしてあとを継いでいる。祖父は人前で話すのがとても上手で、落語のような調子ですらすらと喋ることができていたからいいけれど、父はこういうことが苦手で、美代はいつも見ていて可哀想になってしまう。

「要するにその、鏡といいますのは、どうしたって、本当のことを映し出してしまうわけで……」

ただ、父は父なりに苦手を克服しようと頑張っているらしい。以前、作業場の机にひらきっぱなしになっていた横書きのノートを見たことがある。それはどうやらネタ帳らしく、お客さんが聞いて面白がってくれそうな話が、父の几帳面《きちょうめん》な字でたくさん書かれていた。難しい漢字が多かったけれど、祖父や父の口から聞いたことがある話ばかりだったので、読み方は美代にもわかった。昔この家では、武将の兜《かぶと》につける前立物《まえだてもの》の注文なども受けていたこと。反射させた光の中に仏様が現れる「魔鏡」と呼ばれる鏡。その作り方。左右が反転しない「トゥルー・ミラー」。そこに映った自分の顔は、なんだか気持ち悪く見えること。北海道の網走《あばしり》刑務所の外にある橋には「鏡橋」という名前がつけられていて、出所のとき、川面に映った自分の姿を忘れないようにという意味が込められていること。

「ところでみなさん、鏡を見て、不思議だと思ったことはありませんか？」

父は言葉を切って座敷を見渡すが、その目がどこか自信なさげというか、なるべく予想外の反応をしないでくださいと訴えているようなので、お客さんのほうは気まずくなってしまい、誤魔化すように卓上の皿を覗いたりする。大広間に変な空気が流れる。

「鏡は、右と左は入れ替わるのに、上と下は入れ替わらないでしょう」

何人かが「ああそういえば」という表情をしてくれた。

「でもあれ、じつは不思議でも何でもなくて、左右が入れ替わるって考えるから変に思えるだけで、入れ替わってるのは前後なんです」

という答えを喋るのが、父はいつもちょっと早い。

祖父の場合は、もう少しお客さんに首をひねらせてから絶妙なタイミングで言葉をつづけたので、お客さんの反応も大きかったが、これでは大した感動も起きない。いつか美代は父にそのことを教えてあげようと思っているが、座敷でのお喋りが終わったあと、母屋の居間でぐったりと背中を丸めて晩酌をしている父の姿を思い出すと、なかなか言い出せないのだった。

「たとえば鏡に顔を近づけてみると、前後が入れ替わっているということがよくわかるんです。こちらが前に動くと、向こうはこっちに近づいてきますから」

宿泊客がいる日の夜、美代は座敷の端っこに折りたたみの卓袱台《ちゃぶだい》を置き、こうしてお客さんたちといっしょに夕食をとる。お客さんたちの座卓は大イチョウを囲むようにして置かれ、その上に母と祖母の手料理が並ぶ。美代が食べるのも同じ料理だった。今夜のメニューは野菜とサツマイモとキノコの天ぷら、白ウドの酢味噌和《あ》え。あらいにしてある鯉《こい》と、味噌汁に入っているシジミは、どちらも境湖で採れたやつなので新鮮だ。竹串に刺して塩を投げた焼き銀杏は、昨日、美代も手伝いながら縁側で殻を割って取り出した。

「それ食べないの？」

すぐ近くの席についた中学生が、向かい側に座ったもう一人の中学生のお皿を覗いた。相手はまわりをちょっと気にするような顔をしてから、黙って頷いた。手つかずのままの白ウドの酢味噌和えを、友達のほうに寄せる。

「食べていいよ。僕こういう青くさいの、駄目だから」

「美味いのに」

あの白ウドは境湖の近くで栽培されていて、祖父が生きていた頃、よく祖母が農家から直接買い付け、たくさん持って帰ってきた。祖父の大好物だったのだ。普段は台所を手伝うことなどない祖父だったが、白ウドだけは、流し台の前に丸椅子を持ってきて、菜っ切り包丁片手に自分で皮をむいていた。そして必ず途中で美代を呼び、戸棚の引き出しからピーラーを持ってこさせ、皮むきを手伝わせるのだった。旬は春だけれど、一年中栽培されているので、しょっちゅう二人で向き合って白ウドの皮をむいた。だから美代にとって白ウドは、何より祖父のことを思い出させてくれる食べ物だった。ただし、味はあまり好きではない。

祖父が死んでから、白ウドが食卓に出ることはめっきり減った。母に訊いてみたら、じつは祖父以外はみんな、あまり白ウドが好きではなかったのだと苦笑していた。それでもお客さんにはやはり土地のものを出したいので、宿泊客が来るときだけ買い付けて、こうして卓上に並べるのだ。

箸の先を舐めながら、美代はちらりとお客さんたちを見渡してみる。こうしてみんなの様子を見たり聞いたりしていると、いろいろなことがわかって面白い。母が文机の引き出しに入れた宿帳を、いつもこっそり覗くので、名前や関係性もだいたい把握できた。

白ウドの酢味噌和えを食べなかったのは章也。それをもらって食べたのは直弥。二人の隣に座っているのが翔子と真絵美。

向こうに座ったお年寄りの夫婦二組は、瀬下さんと飯先さん。おじいさんのほうは二人とも、あの大イチョウに興味津々のようだ。しかし、あまり深い付き合いではないのか、お互いにあまり話しかけることはなく、たまに言葉を交わすときも相手の目を見ようとしなかった。おばあさんたちも、ときどき誰かの言葉に相槌《あいづち》をうつだけで、ずっと黙って料理を食べている。

その隣に座っているのは、美代の両親よりも少し若そうな夫婦で、俊樹と葎。二歳の創介くんは元気いっぱいだ。その子が何か喋るたび、両親とお年寄り夫婦たちのあいだに小さな笑いが起きる。しかし、その笑いは少し変で、まるでみんな、ほかの誰かが笑うのを待ってから、やっと自分も笑うという感じだった。いっしょに旅行に来ているというのに、あんなにぎくしゃくしているグループは、ちょっと珍しい。

「こんななぞなぞがあるんですよ。あのですね、表を向けたら誰かさん、裏返したら誰でもない。これなあんだ」

大人のグループは問題が簡単すぎて苦笑し、高校生の女の人たちはお互いの顔を覗き合い、中学生の二人は眉を寄せて考え込んだ。

それにしても、今回は嫌なお客さんが一人もいないことが、美代は嬉しかった。ときどきいるのだ。みんなで食事をしているのに、大声で自分の奥さんに文句を言う人や、お酒をどんどん飲んで、どんどん勝手に不機嫌になっていく人——美代の火傷の痕をじろじろ見てくる人も、たまにいる。そんなときは視線が針みたいに肌に刺さって、いつまでもそこに残る。その痛みで、夜はなかなか眠れない。そして、あの日、死に際に美代に謝った祖父の声を鮮明に思い出す。

「答えは鏡です。このなぞなぞでよくわかるんですけど、鏡はですね、見る人がいないと意味がないんですね。逆に言うと、見る人がいて、初めて意味を持ちます」

四年前だった。

美代は幼稚園から戻って座敷にカバンを放り出したあと、祖父に遊んでもらおうと、作業場の戸を開けた。帰ってきた美代の顔を見ると、いつも祖父はにこにこ笑いながら、仕事の手を休めて相手をしてくれたのだ。

しかしその日、美代が作業場の戸を両手で引っ張って開けると、いきなり大きな声で怒鳴られた。危ない薬を使っているから入っちゃ駄目だと。

叱られたことが哀しかった。いつもみたいに笑ってくれなかったことが悔しかった。だから美代は、わざと平気な顔をして中へ入った。祖父は、シーソーのようにガラスを揺らす器械に両手を添えたまま、また怒鳴った。怖い声だった。両目にじわっと涙がこみ上げ、それを見られるのが嫌で、美代は祖父の作業服の脚に、ふざけて頭から飛びついた。あっと声が聞こえ、何かがガタンと鳴り、右耳と右頬と、首の右側が冷たくなった。聞いたこともないような祖父の叫び声が響いた。気づけば美代はシャツの背中を摑まれ、力まかせに床を引き摺られていた。

祖父は美代を作業場の入り口近くまで引き摺り、破くようにしてシャツを脱がせた。そのときにはもう、冷たかったはずの頬や首が熱くなっていた。いや、熱いどころではなかった。そのあたり全体が、真っ赤に焼けた大きなペンチに千切りとられようとしているみたいだった。祖父は水道の蛇口をいっぱいにひねり、美代に水をかけた。美代が動かないよう、髪の毛を摑み、両目を大きく瞠って水をかけつづけた。

美代が倒したポリボトルに入っていたのは、水酸化ナトリウムという液体だったらしい。鏡の裏側に銀の膜を張るとき、ほかの液体と混ぜて塗るものなのだという。

騒ぎに気づいた父がすぐに救急車を呼び、美代は病院で手当てを受けた。水酸化ナトリウムで火傷をすると、ひどいときには骨まで焼けてしまうのだそうだが、美代の場合は液体がかかった範囲がそれほど広くなかったことと、祖父が即座に水をかけつづけてくれたおかげで、皮膚の火傷だけですんだ。

治療がすんだあと、首と顔に包帯を巻かれた美代の前に膝をつき、祖父は声を上げて泣いた。美代は自分の身に起きたことをまだよく理解できずにいたが、その祖父の姿を見て、怖くなって泣いた。

祖父が鏡作りをやめたのは、そのすぐあとのことだ。

どうしても必要なとき以外、作業場に入ることさえなく、そうしているうちに体調の悪さを訴えて病院に運ばれた。そして病気が見つかり、けっきょく死ぬまで家には一度も帰ってこなかった。

――みーちゃん。

祖父に訊かれたことがある。

――……鏡、嫌いか？

あれは祖母と二人で病院へ見舞いに行き、花瓶の水を取り替えるため祖母が病室を出ていったときのことだ。枕から頭を持ち上げた祖父の視線は、美代の目に向けられているようで、よく見ると、ほんの少しずれていた。

美代は何も答えられなかった。鏡が好きだとか嫌いだとか、考えたこともなかったからだ。気がついたときには、鏡はいつもそばにあった。新品の鏡も、割れて粉々になった鏡も。透明なガラスから鏡が生まれるところだって、何度も見てきた。

どう言葉を返せばいいのかわからず、ベッドの横に立ったまま唇をひらいたり閉じたりしているうちに、祖母が花瓶を持って入ってきた。そちらを振り返り、またベッドに目を戻したときにはもう、祖父は枕に頭を落として天井を見つめていた。

祖父はきっと、美代が鏡を嫌いになったと思い込んでいたのだろう。火傷をしてから、美代が鏡を見なくなったから。家のあちこちに置いてある卓上鏡にも、洗面所の壁鏡にも、自分の顔を映さなくなったから。でもそれは、祖父を哀しませてしまうと思ったためだ。鏡を覗き込んでいるところを、もし祖父が見かけたら、美代が火傷の痕を気にしていると勘違いさせてしまう。そうなったら、また祖父は泣くかもしれない。美代の前ではなくても、どこかで一人で泣くかもしれない。

学校で、二度と聞きたくないあだ名をつけられていることは知っていたし、給食当番が順番で使うかっぽう着を、美代のあとに着るのを、みんなが嫌がっていることも知っている。道を歩いていると、美代の顔や首を、こっそり見てくる人もいる。でも、大きくなる頃には肌は綺麗になっているとお医者さんは言っていたのだ。それに、もともと自分が悪い。駄目だと怒鳴られたのに、作業場に入っていったから。祖父の脚に、無理やり抱きついたりしたから。

――……鏡、嫌いか？

あのとき、ちゃんと答えていればよかった。それができなかったから、祖父は美代の気持ちを勘違いした。そして死んでしまう直前、

――みーちゃん、ごめんね。

あんなふうに謝った。

「あの、ひょっとして」

父の話が一段落したとき、もじゃもじゃ頭の飯先が箸を持ち上げながら訊いた。

「丘の下にある境湖というのは、鏡と関係のある名前なんですか？」

父は小さく眉を上げ、首を突き出すようにして頷く。

「あ、よくご存知で」

飯先の眼鏡のレンズは、天ぷらの油がついた指でさわりでもしたのか、白く汚れている。隣に座った奥さんが何か訊ね、飯先はそれに首を横へ振り、まあ説明を聞こうじゃないかというように父のほうを手のひらで示した。父は咽喉で小さく笑ってから、正座

の膝に両手をつき、腕を真っ直ぐに伸ばして首をすくめ、両肩で顔を吊しているような恰好で話しはじめる。

「ええとですね、鏡という字は、こんなふうに書きますよね。金へんに、境という字の、土がないやつを」

「鏡」に金へんがついているのは、ガラス製の鏡が作られるまでは銅などの金属を磨いて鏡を作っていたから。右側の「竟」はもともと「境」で、何かの区切りや境目を意味する。どうしてそんな字が使われているかというと、鏡というのは昔から別世界の入り口だと思われていて、あの世に通じていると考えられていたため。たとえば浮世絵などを見てみると、女の人の姿といっしょによく鏡が描かれているけれど、使われていない鏡は必ず蓋や布で覆われている。それは、鏡を剝き出しにしておくと、あの世に引きずり込まれてしまうと言われていたからだ。——という説明を、父が訥々《とつとつ》と話し終えるより先に、美代は頭の中でもうさらい終えていた。祖父も得意な話だったので、聞いているうちにすっかり憶えてしまったのだ。

「境湖は、西側の風上にこの丘があるもので、昔から波がなくて静かだったんです。それであの湖は、大きな鏡にたとえられて、あっちの世界とこっちの世界が水面でつながっていると考えられるようになったんです。だから境湖という名前がつけられたのだそうで」

「ああ、やっぱり」

そんなふうに言うお客さんを、美代は初めて見た。喋るのが祖父であっても父であっても、この話を聞くと、みんなきまって「へえ」という顔になるのだ。いまも飯先以外は全員そんな顔をしている。あの人、学校の先生か何かだろうか。

「それで、あれですよね、たしか〝かがみ〟という音のほうは、影を見るという意味で〝影見〟から来ているとか」

「え、そうなんですか」

逆に父のほうが、知らないことを言われて驚いている。いまのは美代も初耳だった。追加のお湯が入ったポットと、茶葉を入れ替えた急須をそれぞれ台所から持ってきた祖母と母も、どうやら知らなかったことのようで、揃って立ち止まって飯先を見ていた。

「その影というのが、もう一人の自分という意味なのか、向こうの世界の誰かという意味なのかはわからないんですがね。あるいは鏡の語源は〝影見〟ではなく〝屈《かが》み見る〟だという人もいるようです。鏡のなかった頃は、水に屈んで自分の姿を映して、水の鏡、いわゆる〝みかがみ〟という――」

空中を突っつくように箸を動かしながら飯先は勢い込んで喋っていたが、ふと言葉を切った。そして自分の喋りすぎを反省するように、それとなく周囲に目をやって中途半端に黙り込んだ。奥さんと俊樹夫婦が苦笑し、しかし向かいの瀬下夫婦は硬い表情のままだ。

「……どしたの?」

すぐそばの席で、直弥が章也の顔を覗き込んでいた。章也は心持ちうつむいた姿勢で、ぼんやりと両目を見ひらいて人形みたいに動かなくなっている。

「ねえ、章也」

すっと顔を上げ、章也は直弥を見る。口をひらいて何か言いかけたが、それを我慢したようにまた口を閉じ、ただ首を横に振る。

＊　＊　＊

夕食後、葎は洗面道具を抱え、創介の手を引いて階段を下りた。

廊下の反対側にある浴場のほうへ歩いていくと、庭に面したガラス障子の向こうに黄色い光が見えた。花火をやっているらしい。ターミナル駅から同じ電車に乗ってきた、あの若いグループだろう、女の子たちのはしゃぐ声が聞こえてきた。

懐かしい火薬のにおいに誘われ、葎はガラス障子をすべらせた。庭で向かい合ってしゃがんでいた女子高生の二人組が、同時にこっちを見て、少し恥ずかしそうに、また自分たちの花火に顔を戻した。幼さがまだ抜けきらない頬と目元が、黄色く照らされて浮き立っている。

「創ちゃん、花火。は、な、び」

　創介は葎の手を握ったまま、何も言わずに庭へ顔を向けている。生まれて初めて目にする花火だというのに、やけに反応が薄い。そういえばさっきから創介はどこかぼんやりしているようだが、熱でもあるのだろうか。葎はしゃがみ込んで創介の額に手をあててみたが、体温は葎と同じくらいだった。

「お腹痛かったり、気持ち悪かったりする？」

　創介は黙って首を横に振る。

　きっと眠たいのだろう。なにしろ今日は人生初の遠出だ。長い時間電車に乗り、三十分もバスに揺られ、知らない場所で知らない人たちの顔を見ながら夕食を食べた。

「お風呂入ったら、もう寝ようね」

　創介はこくんと顎を引く。

　庭に目を戻すと、花火に照らされた石灯籠のそばに、曼珠沙華が咲いているのが見えた。

　福宗寺の曼珠沙華を最後に見たのは、いつだったか。俊樹と結婚する前、秋に実家へ戻ったときには必ず二人で福宗寺に足を向けた。しかし結婚後は、仕事と家事で忙しく、あの町に帰るのは盆と正月くらいになってしまった。創介が生まれてからは、両親が気を遣ってくれ、向こうがこちらへ出てきてくれるので、一度も帰省していない。

両親はいつも、葎たちのマンションに一泊していく。帰りは駅まで送るのだが、改札を抜けたあと、通行人の邪魔になりながら何度も振り返り、手を振って笑う。

俊樹の異動が決まり、両親はとても喜んでいる。嬉しいというその気持ちを、どちらも言葉にはしなかったけれど、父は用事で電話をするたびに上ずった声を聞かせるし、母はしょっちゅう連絡をしてきて、引っ越しの日程や、新しく住む地域の環境を訊いてくる。同じことを二度訊かれるときもある。

来年から、両親は孫に会うため電車に長時間揺られてやってくる必要がなくなる。そのかわり、瀬下夫婦が逆のことをしなければならなくなる。

「お風呂、行くよ」

障子を閉め、創介の手を引いて廊下を進もうとしたが、息子はその場に立ったまま動かない。顔を覗こうとすると、

「風呂、けっこう広かったぞ」

廊下の奥からスウェット姿の俊樹が歩いてきた。

「先にお義父《とう》さんが入ってたけど、あと二人くらい入れそうだった」

「ねえ、この子ちょっと変なの」

「うん?」

「ぼんやりして……熱はないんだけど」

「何だおい、大丈夫かよ」

俊樹は膝に手をあてて創介の顔を覗き込む。葎も廊下に膝をついて創介と顔の高さを合わせた。息子の目は俊樹のほうに向けられているが、まるで何も見ていないように、焦点が合っていない。

＊　＊　＊

「あの人、ほんと綺麗だよね」

ガラス障子が閉められたことを確認してから、真絵美は翔子に囁いた。翔子は待っていたように小刻みに頷く。

「ぜんぜん子供いるように見えないよね」

「あたしもあんなだったら彼氏できるんだけどなあ。いらないけど彼氏」

「何で?」

「いや何でっていうかさ——」

嘘だったので、真絵美は花火の先を覗き込んで誤魔化した。翔子も気づいたらしく、ちょっと顔を伏せて自分の花火を覗き込む。二人の花火は同時に勢いをなくし、ほとんど同じタイミングで消えた。そうなると、明かりは地面に立てた蠟燭の火と、離れた縁側の向こうに並んだガラス障子の四角い光だけだ。

「ほんと真っ暗だね、このへん」

翔子があたりを見回すが、その顔も、ほぼ闇に沈んで見えない。

「ね。でも、まわりに家とか建物があったら、花火やらせてもらえなかったかも」

「そっか」

持ってきた花火を庭でやってもいいかと、夕食の食器を下げながら訊いてみると、宿の若女将《わかおかみ》はどうぞどうぞと何だか嬉しそうな顔でオーケーしてくれた。そのあと「いいわねえ花火……花火いいわあ」と呟きながら、客たちが下げた食器を手際よく流しに突っ込んでいた。白くてぽっちゃりとした、ほっぺたが何だか美味しそうに見える、とても朗らかな印象の人だった。夕食のときに鏡の話をしていた御主人とは体格も性格も正反対だ。結婚する男の人と女の人は、あんなふうに違っていたほうがいいのだろうか。

そういえばさっき庭を覗いた女の人の旦那さんも、なんだかぱっとしなかった。

ジーンズのポケットで携帯電話が鳴った。ストラップを引っ張って取り出してみると、自宅の番号が表示されていたので、真絵美は舌打ちをして通話ボタンを押した。

「はい。うん……え、したよ、したけど出なかったんじゃん」

母の声は尖っていた。宿に着いたら電話を入れるよう言われていたのだ。

「トイレとか知らないよ……しょうがないじゃん、晩ごはんの時間になったりして、かけられなかったんだもん。ここ電波もすごい悪いし……え、いいよ替わんなくて」

今度は父が電話口に出て、たったいま母が言ったのとまったく同じことを、もう一度繰り返された。真絵美は電話機をなるべく耳から離して、適当に相槌を打ちながら、相手の話が終わるのを待った。途中で翔子のほうを見て苦笑してみせると、翔子は目だけで笑い返した。

「ああやだ……ほんとめんどくさい」

通話が終わると、真絵美は携帯電話を持ったまま項垂《うなだ》れた。花火はまだ袋に半分ほど残っているのに、火をつける気もなくなってしまった。いつもながら、父や母にうるさいことを言われたあとは、ぐったりと疲れて、何もやる気がなくなってしまう。

「前にさ……うちで火事が起きそうになった話、したじゃん」

項垂れたまま、真絵美は暗い地面を見つめて呟いた。

「蚊取り線香の？」

「そう」

母が蚊取り線香を消し忘れて布団に入り、それが夜中に風で転がるかどうかして、洗濯物に火が燃え移ったことがあったのだ。父がたまたま目を覚まし、燃え広がる前に消火したが、あのまま誰も気づかなかったら、どうなっていたかわからない。

「あのとき火事が起きてればよかったとか、たまに思うよ」

翔子は何も言わなかった。

「ほんとに思うんだよね。火事が起きて、それで親が死んじゃってればよかったって。前に直弥もおんなじふうに言ってた。親がいなくなって、あたしと二人でほら、たとえば児童養護施設とかに行って、そこでお金持ちの夫婦に引き取られたりして」

「そんなにうまくいかないでしょ」

「何が——ああ、お金持ちの夫婦？」

だよね、と溜息まじりに言い、真絵美は傍らに置いた袋から新しい花火を一本抜いた。蠟燭の火に先端を突き出すと、しばらくくすぶったあと、シューッと赤い火が噴き出した。ちょっと前まで綺麗だった花火は、もうただの火で、さっきはなるべくゆっくり燃え尽きてほしいと思っていたはずが、いまは早く消えてほしかった。

＊　＊　＊

夕食を終えたあと、四人分の荷物が並んだ二階の客室で、章也は横書きのノートにシャープペンシルを走らせていた。

いや、走らせるというほどスムーズに次々と言葉が出てくるわけではない。思いばかりが先走って、途切れ途切れの文章は、なかなかそれに追いついてくれない。胸がどきどきしている。さっきまで真っ白だったノートに言葉が並んでいく。

戸襖がひらいたので、章也は慌ててノートを閉じた。

「……花火やんないの？」

直弥が部屋に入ってきた。

「うん、いい。どうしたの？」

「ジュースとりに来た。咽喉かわいちゃって」

バッグを探り、直弥はバスの中で半分だけ飲んだ炭酸飲料のペットボトルを取り出す。それを持って出ていくかと思ったら、立ったままプシュッとキャップをひねり、ごくごく飲みはじめる。鼻からげっぷを出し、顔をしかめてから、直弥は急にニヤッと笑った。

「明け方、楽しみだね」

「何時に起きるつもり？」

「寝ないほうがいいかも。もし起きられなかったら最悪だし。明日、帰りのバスとか電車で寝ればいいじゃん。どうせ布団に入っても眠れないよ。なんか俺もう、興奮しちゃってさ。夏休みにほら、夜中に待ち合わせたときも、先にちょっと寝とこうと思って横になったんだけど、ぜんぜん駄目だったんだよね。今回はそれ以上だよ。明け方のオリオン……オリオンちゃん……」

直弥は夢見るように天井を見上げる。

直弥がこんなふうに喋るたび、章也は胸にぽっかりと穴があいたような気持ちになる。小学校や中学校の教室で、帰り道で、公園で、直弥はいつも星や月の話を聞かせた。首をぐっと突き出すようにして、眼鏡の向こうで目を倍くらいに大きくしながら、息継ぎももどかしいというような喋り方で。たとえば、風がないはずの月面で風にたなびいていた星条旗の話。黒こげになった兎の話。消えゆく運命にあるというオリオンの右肩の話。そのたび章也は、曖昧に相槌を打ちながら、あまり相手の顔を見ないようにして話を聞いていた。

直弥には、夢中になれる何かがある。

なのに自分には何もない。

卒業文集の「将来の夢」に、直弥は「宇宙の研究者」と書いていた。自分は悩みに悩んで「車掌」と書いたが、嘘だった。たまたまテレビで見た、電車の運転士に憧れる小学生のことを思い出しただけだ。

「それ何のノート？」

直弥が肩ごしに座卓のほうへ首を伸ばす。

「いや、ただちょっと思いついたことを書いてたんだけど——」

「思いついたって何？」

少し迷ったが、章也は正直に答えてみた。

「さっきのほら、晩ごはんのとき聞いた話があったでしょ。鏡と湖の話。あのこと考えてたら、なんかいろいろ」

「思いついたの？」

「そう」

「見して」

直弥が伸ばした手から、咄嗟にノートをかばった。

「まだできてないから」

言葉の意味がわからなかったのだろう、直弥は蛍光灯の光を眼鏡に映し、ぽかんと口をあけた。その顔を見上げながら、章也は胸がまたどきどきしてくるのを感じていた。

「うちのお姉ちゃんとかに、言わないなら……」

直弥は「？」と首を突き出したが、その恰好のままこくんと頷いた。心臓の高鳴りが大きくなっていく。胸の中が心臓でいっぱいになってしまうように思える。自分の顔が熱くなっていくのがわかる。章也はノートを座卓の奥へ押しやり、身体を直弥のほうへ向けた。

「見せられないけど、聞いてみてくれる？」

＊　＊　＊

俊樹を残して風呂を出ると、飯先は大広間へ足を向けた。

明かりは点いているが、誰もいない。人の姿がないと、大イチョウの存在が先程までよりもさらに際立って見えた。

「お茶、お淹れしますか？」

声に振り返ると、夕食時に若女将とともにせわしく立ち働いていた女将が、台所からこちらを振り返っている。

「ああいや、けっこうですよ」

「そんな高価《たか》い茶葉でもなし、遠慮せずに飲んでください」

「いえ、そうじゃなくて、自分でやりますんで」

ポットと茶器がイチョウのそばの座卓に置かれていたので、飯先はそこへ膝をつき、急須に茶葉を入れてお湯を注いだ。眼鏡を外して浴衣の袖で拭き、また顔に戻し、目の前にある灰褐色の幹を眺める。

「木のことにも、お詳しいんですか？」

女将が大広間に入ってきて、飯先のぼさついた白髪頭へちらっと目をやってから、座卓の脇にちょこんと正座した。

「ええ、まあ少々」

「お客さん、ずいぶん物知りでいらっしゃいますよね」

「木に関しては、もともとそっちの仕事をしていたもので」

「あ、林業関係の」

「ええ、研究のほうですが」

へえええと女将は飯先のことをもっとよく見ようというように上体を引いた。

「これは、しかし元気な木ですね。まだまだ長生きしそうだ」

「おわかりになるんですか？」

「見れば、ええ。それにイチョウというのは、もともと長命なんですよ。千年くらいは生きられます」

「そんなに」

「丈夫なんです。二億年以上前から同じかたちで生き残っていて、生きる化石なんて言われているくらいです。氷河期が来ても生き残りましたし、原爆が落ちたあとも、すぐに地面から芽吹いて再生したと聞きます」

「はああ」

長年付き合ってきた知人の、これまで知らなかった偉大さを聞いたように、女将はイチョウに膝を向けて両目を広げた。

「——創ちゃん、花火。は、な、び」

襖の向こうで娘の声がする。

「伐ってしまわないで、やっぱりよかったです」

女将はかっぽう着の腕を伸ばしてイチョウの樹皮に触れた。

「いえね、伐るっていう話も出たんですよ、この宿を建てるときに」

「木を残したまま建てるというのは、いい発想でしたね。鎌倉《かまくら》の大イチョウなんかは、何年前でしたか、風で倒れてしまいましたけど、ここは宿があるから倒れない」

「ああ、本当ですね。でもあの大イチョウは、風もそうですけど、中が腐ってたんですよねえ。わたしテレビで見ました」

「針葉樹は別ですが、歳をとった木は、たいがいああなっているものです。こういった大木は」

林業試験場に勤めていた頃、県内の大木の伐採に何度か立ち会ったことがある。そのときの光景を思い出しながら、飯先はざらついたイチョウの樹皮を撫でた。

「生きているのは、幹の外側だけなんです。中は死んでいきますから、だんだんと腐って、どうしても空洞になります。〝うろ憶え〟という言葉がありますけど、あれは一見ちゃんとしているように見えて、じつは中が空洞になっているという——」

言葉を切ると、女将は僅かに首をかしげてこちらを見た。

「……ついね、喋りすぎてしまうんです」

苦笑して自分の頰を手のひらで撫でた。

「仕事をやめてから、聞いてくれる相手がいないもので」

女将は声を出さずに笑った。つられて笑いながら視線を流すと、急須にお湯を入れたままだったことを思い出した。

湯呑みに注いだお茶は、だいぶ濃くなっていた。

「もうすぐ、葉が色づきますね」

渋茶に唇をつけながら天井のほうへ目をやった。

「ええ、もうすぐ。このイチョウの葉が黄色くなってくると、ああ雪が近いなあなんて思います、毎年」

「——ねえ、この子ちょっと変なの」

「——何だおい、大丈夫かよ」

「失礼」

浴衣の膝を立て、飯先は廊下へと出る襖に手をかけた。

＊＊＊

「お風呂は？」

栄恵が訊くと、瀬下は「ああ」と生返事をし、押し入れから枕を引っ張り出した。

「少し、休んでからにする」

きっと、風呂に行った飯先が部屋に戻ってきた気配がないからだろう。風呂場で顔を合わせるのが気詰まりなのだ。

「そう」

洗面用具と着替えを持ち、栄恵は冷たいスリッパに足を入れて部屋を出た。

小暗い階段を下りていると、全身にまとわりつく気怠《けだる》さが意識された。

俊樹の異動の話を聞いてからというもの、布団に入っても熟睡できた日がない。少し眠っては目を覚まし、じっと瞼の裏側を見つめて時間を過ごす。俊樹と葎の結婚や、創介の誕生で、しばし忘れていられた虚《むな》しさが、全身にのしかかってくるのを感じる。

いまの場所へ家を建てたりせず、ずっとあの町にいればよかったのかもしれない。そんな思いがときおり胸をよぎる。しかし、もういちど住まいを変える気力も金銭的余裕も自分たちにはないし、たとえそうして孫のそばへ引っ越したところで、俊樹はまた社命で別の土地に移り住む可能性もある。何をどうしても満足を期待することなどできず、しかし自分たちの抱えているこの不満や虚しさが世間にありふれたものであることも理解でき、けっきょくはただ、人生こんなものだと諦観したふりをしていることしかできないのだった。大きな成功も、取り返しのつかない失敗もない人生だったから、その晩年を、こうして世間並みの不満の中で過ごすのは必然なのかもしれない。

一階の廊下に出ると、俊樹と葎が創介の顔を覗き込んでいた。俊樹が栄恵に気づいて目を上げたが、小さく頷いただけで、また創介に顔を向ける。

「創ちゃん、どうかしたの？」

声をかけたのと、左手の襖がひらいたのは同時だった。

「具合が悪いのか」

飯先が廊下へ顔を出し、何か言葉をつづけようとしたが、栄恵に気づいてそれをのみ込んだ。

栄恵は創介のそばに膝をつき、頬と額に手をあてた。

熱はないが、表情がどこかおかしい。

「訊いても、ぼんやりして何も喋らないのよ」

飯先と栄恵のどちらにともなく、葎が呟く。

「早く寝かせなさい」

機先を制するような気持ちで、栄恵は言った。

「お風呂なんてやめて、布団に入れたほうがいいわ。疲れちゃったんでしょ」

(三)

布団に入ってしばらくしても、美代はまったく眠たくならなかった。

客室の中から聞こえてきた、あの話が気になって仕方がないのだ。

——境湖っていう湖は、あの世とこの世の境目だって宿の人が言ってたけど、あれは本当なんだ。

母に言われ、ハンドソープの中身を足しに二階の洗面所へ行った、その帰りだった。客室の戸襖の一つが半びらきになっていて、中から声が聞こえてきた。あれは章也の声だった。

——ずっと前に……でもそんなに前じゃないんだけど、トラックにはねられて死んじゃった男の子がいた。小学生の男の子。四年生。運動もできなくて、頭もあんまりよくなくて、友達とも上手く喋れなくて、休み時間も放課後も、いつも一人で過ごしてた。

美代は立ち止まり、そっと聴き耳を立てた。

——その男の子には二つ違いの妹がいて、何でもできる子だった。二年生なのに字も上手だし、学校のなわとび大会では学年で一番になるし、いつも親に褒められてた。でも男の子には、一つだけ妹よりすごいって自信を持ってることがあって、それは絵が好きだってことだった。すごく上手なわけじゃないし、図工の時間に先生から褒められたこともないけど、とにかく大好きで、授業で使うノートの後ろのページに、いろんな絵を描いてた。恥ずかしいから親とかには言わなかったけど、たまに自分で絵を見て、どきどきしてた。

聞いたことのない話だった。

夕食のときもそうだったけれど、今日は知らない話をたくさん聞く。

――あるとき学校で写生会があって、その男の子の学年全員が、丘の上で絵を描いた。男の子はそこに生えてた大きなイチョウの木を描いた。

この宿のイチョウだろうか。だとすると、宿ができる前の話だ。それとも、ここではない別の丘でのことかもしれない。

――夢中になって描いてるうちに、すごく気に入った絵が出来上がった。これなら先生もぜったい褒めてくれると思った。でも提出してみたら、先生は何も言ってくれなかった。その学校では、上手い絵には金賞とか銀賞をくれるんだけど、男の子の絵は何ももらえなかった。

美代の学校にも写生会はあるけれど、金賞や銀賞をあげたり、もらったりはしない。

——その何日かあとの放課後、家に帰ろうとしたら、二年生の教室の外に絵がたくさん貼り出してあるのが見えた。なんとなく行って見てみると、一枚だけすごく上手い絵があって、金賞のシールが貼られてた。妹の絵だった。そのとき、もう二年生はみんな帰っていて、廊下には誰もいなかった。

美代は戸襖の隙間に耳を近づけた。足の下で床板が小さく鳴ってドキッとしたが、章也はそのまま話をつづけた。

——気がついたら男の子は、妹の絵を壁から剝がして、無茶苦茶に破ってた。それで、紙くずを丸めて廊下の隅に投げつけて、学校を出た。途中で涙が出てきたから、家には帰らないで、写生会で行った丘に登っていった。それで、イチョウの木の下で、ずっと泣いてた。

美代、と階下《した》から母の声がした。

戻ってくるのが遅いので、気になったのだろう。

——夕方になった。男の子は泣きやんで、自分がやったことを思い返してた。そのうち恥ずかしくなってきた。妹に、正直に話さなきゃいけないと思った。明日学校に行って、妹が自分の絵が破られているのを見てしまう前に、ちゃんと自分がやったことを言わなきゃならないと思った。

男の子は丘を駆け下りた。途中でまた泣きそうになったが、なんとか我慢して走った。

しかし、丘を下りて路地に出て、家までもう少しで着くというところで、

——トラックにはねられた。

章也は言葉を切り、かわって直弥の声がした。

——死んだの？

死んだと、章也は答えた。

——気がついたときには、男の子は境湖の向こう側にいた。向こう岸じゃなくて、向こう側。つまり、水面の向こう。

——あの世ってこと？

——そう。

あの世に行ってから、男の子はずっと妹のことばかりを思っていた。妹に謝らなければならない。絵を破ったのが自分だということを正直に話さなければならない。しかし、死んだ人間は、その場所から出ていくことができない。

——だから、妹に会うには、妹にこっちへ来てもらうしかなかったんだ。

——妹も死ぬって意味？

——死なないでも、来てもらう方法がある。

鏡を使うのだという。

——合わせ鏡があの世に通じてるって話があるよね。その方法で、湖の向こう側、男

の子のいる世界に行けるんだ。夜の十時か夜中の三時に、鏡を水面に向けて覗き込むと、鏡の中に入っていける。そこが、向こうの世界に通じてる。

――何で十時か三時なの？

――一から十二の漢数字の中で、水面に映ってるみたいに上下が対称になってるのは、その二つだけだから。

また、母の呼ぶ声がした。

――でも妹は、その方法を知らない。だから男の子は、それを妹に伝える方法を考えて――。

階段を踏むスリッパの音がした。とうとう母が上がってきたらしい。客室の外で盗み聞きしているところなんて見つかったら叱られてしまう。美代は素早く戸襖の前を離れ、階段のほうへ向かった。

そして、何事もない顔をして、母といっしょに階段を下りた。

暗い天井を見つめ、美代は死んだ男の子のことを考えた。あのあと、どうなったのだろう。妹とは会えたのだろうか。謝ることができたのだろうか。

考えているうちに、いつしか美代の胸には祖父の顔が浮かんでいた。

布団から片手を出して、自分の右頬に触れてみる。

指先でなぞってみても、肌の凹凸はそれほど感じられない。毎日塗っている薬のおかげなのだろう、火傷の痕はどんどんよくなっている。祖父が死んでからこの一年半のあいだに、ずいぶん目立たなくなった。

――……鏡、嫌いか?

男の子の話と逆だなと、美代は思った。

祖父は美代に謝って死んでいった。そんな必要なんてぜんぜんなかったのに。そしていま、伝えたいことがあるのは、死んだ祖父ではなく美代のほうだ。本当は、祖父が生きているうちに伝えなければいけなかったこと。自分は鏡を嫌いになんてなっていない。祖父の前で鏡を見たら、火傷を気にしていると思わせてしまうから、わざと見ないようにしていただけなのだということ。

いつもの哀しみが胸に迫り上がり、美代はごろんと身体を横にした。窓の外でウマオイが鳴いている。枕に半分隠れ、夜光塗料で浮き出た目覚まし時計の数字が見える。緑色にうっすらと光る針は、九時三十八分を指している。

――夜の十時か夜中の二時に、鏡を水面に向けて覗き込むと、鏡の中に入っていける。そこが、向こうの世界に通じてる。

月明かりをすかしたカーテンを、美代はじっと見た。

章也の話は本当なのだろうか。あの湖が、死んだ人たちの世界とつながっていて、合わせ鏡でその入り口が見えるというのは。もしそれが本当なら、祖父に会うことだってできるのだけど。

布団から抜け出し、美代は窓の前に立った。

カーテンを指で小さく分けると、三角形の夜は、思ったよりも明るい。今夜は満月なのだろうか。でも、さすがに境湖のほうまでは見えなかった。

窓に手をかざし、冷たいガラスに指を触れさせる。ほんの微かに、自分の顔が映っている。鼻先を左へ向けてみる。火傷の痕はまったくわからない。ぐっと咽喉をそらして首もとを映す。そのとき自分のシルエットの向こうに、美代は何か白いものを見た。

あれは何だろう。

細かく動いている。

身を乗り出し、ガラスの冷たさが感じられるほど顔を近づけてみると——。

「あ」

蝶だ。

夜なのに、蝶が飛ぶことなんてあるのだろうか。

それに、すごく変な飛び方だった。同じ場所ばかりを行ったり来たりしている。ゆるやかな8の字を描くようにして、どこにも飛び去っていこうとしない。まるで、美代と同じように、向こうもこちらをじっと見ているみたいに。

この前の蝶かもしれないと、美代は思った。

＊　＊　＊

「ねえ、この子、様子がおかしいの」

抑えた声だが、息遣いに切迫したものがあった。身を起こすと、豆電球だけをともした部屋に、屈み込んだ葎の背中が見えた。

「がたがた震えて、返事もしないの」

俊樹は葎の隣に這い寄った。布団の上で、寝間着姿の創介が震えている。いや震えているなどというものではない、痙攣している。瞼を薄くひらき、しかし目は焦点を結ばず、硬く握った小さな拳《こぶし》を自分の胸に押しつけながら。

「これ、普通じゃないぞ。創介——創介！」

電流が走ったように創介は短く身体を痙攣させ、いきなりがばりと口をあけると、その口から泣き声と呻き声が混じったような音が洩れた。ついで身体を折り、創介は布団の上に激しく二度、嘔吐《おうと》した。

「創ちゃん！」

「救急車を呼ぼう」

自分の布団にとって返し、俊樹は枕元の携帯電話を摑んだ。ディスプレイを見ると電波レベルのアンテナが一本しか表示されておらず、発信操作をしようとしているうちに「圏外」に変わってしまった。俊樹は戸襖を払って廊下に出た。

＊＊＊

廊下から聞こえる俊樹の声で、結乃は目を覚ました。

浴衣の胸元を掻き合わせて廊下を覗くと、俊樹が携帯電話に向かって早口で何か言っている。低い声なので内容は聞き取れない。俊樹たちの部屋の戸襖が半びらきになっていて、室内には明かりがついている。

「どうした」

背後に聞こえた夫の声に、曖昧に首を振り、結乃は裸足《はだし》のまま廊下へ出た。

「お母さん、創ちゃんが――」

隣の部屋に入ると、葎が両手で創介の頭を支えていた。廊下から聞こえる俊樹の声が、苛立って高くなっている。この宿の名前を何度も繰り返している。夫が部屋に入ってきた。その後ろから、やはり俊樹の声で起きたのだろう、瀬下と栄恵もやってきて、布団の上の創介を見るなり顔色を変えた。

「救急車、すぐ来てくれる」

通話を終えた俊樹が部屋に戻ってきた。葎がタオルで創介の顔を拭きながら状況を説明する。嘔吐はおさまったようだが、創介の身体の震えはつづいていた。全員が口々に呼びかけても返事をしない。どの声にも反応せず、誰の顔も見ない。

「宿の人に説明してくる」

俊樹がスリッパを突っかけて廊下へ消え、足音が遠ざかっていった。部屋に集まった面々は、ただ創介の様子を見守るしかなかった。呼吸がひどく苦しげで、細い咽喉がつづけざまに音を立てている。その呼吸音の中で、夫が何か低く呟くのが聞こえた。結乃はそちらを見た。

「銀杏かもしれない」

今度ははっきりと、夫はそう言った。

葎が素早く上体を起こして父親の顔を見る。

「夕食に出ていた銀杏を、創介に食べさせたか？」

「食べさせた。好きみたいだったから、あたしと俊樹さんの分も――」

「アルカロイドを含んでいるんだ。神経に作用して、幼児の場合はひどい中毒症状を起こすこともある」

「何で言わなかったんですか！」

叫びといってもいいほどの声を上げたのは栄恵だった。頬が強張《こわば》って震え、瞠った両目が敵を見るように相手を睨みつけている。

「いっしょに食事してたじゃないですか。知ってたんなら、どうして教えてくれなかったんですか！」

夫の顔全体に、ぐっと力がこもった。

「すみません。完全に失念していました」

夫の目がちらりと瀬下のほうへ向けられたが、瀬下はその視線を拒むように顔をそむけ、言葉を発しないかわりに、咽喉だけが小さく動いた。廊下から、宿の主人と俊樹の声が入りまじって聞こえてきた。

＊＊＊

「……救急車」

豆電球だけ点けた暗い部屋で、直弥は聴き耳を立てた。

章也と二人、布団の上に胡坐をかいて向かい合い、眠ってしまわないよう頑張っている真っ最中だった。時刻はもう二時を過ぎ、真絵美と翔子は、部屋の奥側に敷いた布団でとっくに寝息を立てている。

救急車のサイレンは、だんだんと近づいてきたかと思うと、急にぷつりと途切れた。

直弥は立ち上がり、戸襖をそっとひらいてみた。

救急車そのものは見えないが、おそらく宿のすぐ前の道まで来ているのだろう、廊下の窓に赤色灯の光がちかちかと映っている。そのときいきなり廊下の明かりがともったので、直弥はぎくっとして身を引いた。いくつもの人声が入り乱れて聞こえてくる。声を抑えずにはっきりと喋っているのは、どうやら救急隊員のようだ。

章也と二人で廊下へ出た。

宿の主人と若女将の姿があり、戸襖のひらいた部屋の前に立って中を覗いている。やがて男の子を抱きかかえた救急隊員が部屋から出てきて、短く何か言いながら階段のほうへ向かった。その後ろをみんながついていく。

章也が廊下の窓をひらいて首を突き出した。直弥も隣に並んで外を見た。建物の前に救急車が停まり、周囲の真っ暗な景色を掻き回すように、赤色灯が回りつづけている。男の子を抱きかかえた救急隊員が、ほかの隊員たちと何か言葉を交わしながら救急車の後ろに乗り込む。男の子の腕や脚は、隊員の動きにつれてぶらぶらと揺れていた。そこへ客のおじいさんが近づいていき、ビタミンがなんとかと言った。隊員に訊き返され、おじいさんは大きな声でもう一度繰り返した。

「ビタミンB6注射をするように言ってください」

髪の毛がぼさぼさの——あれは夕食のときに鏡の話をしていた人だ。

「いや、医師でも知らない人が多いんだ。とにかくそう伝えてください」

隊員の一人が運転席に乗り込み、そのあとで、病院まで誰が同乗していくかで短いやりとりがあった。男の子の両親がまず乗り込み、隊員が「あと一人乗れます」と切迫した口調で言ったが、その目は先程のおじいさんのほうを向いていた。おじいさんは短く背後の面々を振り返ると、何も言わずに乗り込んだ。ハッチのドアが閉まり、救急車は発進し、サイレンを消したまま丘を下っていく。やがてまたサイレンの甲高い音が響き、赤色灯は遠ざかっていった。

「……なんかあったの?」

いま頃になって真絵美と翔子は目を覚まし、二人ともスリッパを引き摺りながら廊下に出てきた。直弥が説明しようとしたとき、窓の外から奇妙な声が重なり合って聞こえてきた。いや、声が奇妙というよりも、そのタイミングが奇妙というか——まるでたったいま何かまた新しい騒ぎがはじまったというような響きを持っていたのだ。直弥はふたたび窓から首を突き出した。

「いないのよ、どこにも」

切迫した声でそう言っているのは、年配のほうの女将さんだ。

「いないわけがない」

責め立てるように、宿の主人が声を返す。

「呼んで回ったんだけど、返事もないんだよ。家じゅう呼んで回ったんだけど」

若女将がその場を離れ、母屋へ入って「ミヨ」という名前をつづけざまに呼んだ。

＊＊＊

母屋の表札に書かれていた「美代」という名前を、翔子は思い出していた。若女将が呼んでいるのは、あの子のことだろうか。夕食のとき、部屋の隅に置かれた卓袱台でぼんやり箸を動かしていた、火傷の痕が痛々しい女の子。

「いないって何だろね」

真絵美がまだ目の覚めきっていない声で言いながら、直弥の頭を押し下げるようにして窓の外を覗く。

「夜遊びでもしてんのかな」

「だって、まだ小学生なのに」

そんなことを言い合っているうちに階段を上る足音が聞こえ、寝間着姿の宿の主人が廊下の向こうから近づいてきた。

「ああ、すみません」

何を謝られたのかわからなかったが、翔子たちは揃って小さく頭を下げ返した。歩調を緩めながら、主人は何か言いたげにこちらを見ている。翔子は察して「いないんですか？」と声をかけた。

「ええ、あの……娘が」

「見てないよね？」

振り返って訊くと、三人とも首を横に振る。

「あたしたちも、捜すの手伝いましょうか？」

真絵美が言った。宿の主人は短く迷う顔を見せたが、すぐに顎を引いて頷いた。

「お願いします。たとえば、寝ぼけて、どこかの押し入れにでも入っているとか――」

言いながらも、ありそうにないことだと思ったのか、主人は顔を歪めた。しかしほかに何を言っていいのかわからないらしく、そのまま頭を下げる。

「名前は美代といいますので」

宿の主人は翔子たちの脇を過ぎ、廊下の奥の洗面所に入っていった。娘を呼ぶ声を背後に聞きながら、翔子たちは廊下を反対方向へ向かった。ほかの客室はすべて戸襖が半びらきになっていたので、戸の隙間から部屋を覗いて名前を呼んでみた。返事はなかった。すべての部屋の前で声をかけ終えると、もうその先には階段しかなく、四人で一階へと向かった。

一階の廊下も明かりがつけられている。救急隊員が出入りしたのだろうか、庭に面した右手のガラス障子が開け放たれていた。廊下の明かりに照らされて、救急車を見送ったばかりの大人たちが庭で途惑った顔を突き合わせている。左手の襖を開け、あの大イチョウがある部屋に入ってみた。ここも明るい。翔子たちはばらばらになり、部屋の押し入れや、隣の台所を覗いていった。風呂場のほうを確認しに行く途中で、翔子は宿の若女将と行き合い、「すみません」と深く頭を下げられた。

「あの子、まさか外に出たってことはないでしょうから、すぐに見つかると思うんですけど……」

しかし、見つからなかった。

庭にいた大人たちも協力して捜しはじめ、翔子たちもスリッパを靴に履き替えて宿の周辺を歩き回ったが、美代の姿はどこにもなかった。暗がりに呼びかけながら夜道を下っていると、ヘッドライトをともした一台のタクシーが丘を登ってきて、翔子たちの脇を過ぎ、宿の前で停まった。聞こえてくる運転手と大人たちとの会話から、病院へ行くために呼ばれたタクシーだとわかった。ドアの閉まる音が二度聞こえ、ヘッドライトが半円を描いて周囲を照らすと、タクシーはまた翔子たちのそばを通って丘を下っていった。

宿に戻ると、庭に主人がいて、翔子たちに気づいて頭を下げた。

「すみません、ありがとうございました。あとは私たちで捜しますんで、どうぞもう、お部屋に戻られてください。ほんとにどうも、ご迷惑をおかけいたしまして」

ふたたび主人は深々と頭を下げた。宿の裏手のほうで、若女将の声が、さっきまでと違った響きで娘の名前を呼んでいた。

（四）

あの蝶が、道を教えてくれたのだ。

祖父の鏡にとまったあの蝶が、ここへ来る道を教えてくれた。

頭がぼんやりする。あたたかくて気持ちがよくて、いまにもまた瞼を閉じてしまいそうになる。真っ暗で何も見えない。祖父はどこにいるのだろう。どこかで自分のことを見ているのだろうか。

すっと意識が遠のきそうになり、美代は大きく息を吸い込んだ。

とてもいい匂いがする。

懐かしい祖父の匂い。

真っ暗な視界の中――遠くのほうに、鏡がぼんやりと見える。あの鏡から、自分はこの場所へ入ってきた。美代が部屋から持ち出してきた四角い鏡。三歳のとき、七五三のお祝いに祖父が作ってくれた卓上鏡。世界に一枚しかない大切な鏡。火傷をしてから、ずっと机の引き出しに仕舞い込んでいた。祖父が美代の部屋を覗いたとき、そこに鏡があると、よくないような気がしたから。

あの鏡と懐中電灯を持って、美代は家を抜け出してきたのだ。

美代にそんなことをさせたのは、蝶だった。こうして思い出してみると、本当にいたのだろうかと首をひねってしまうけれど、とにかく美代には見えていた。窓の外を飛んでいた蝶。ゆるやかな8の字を描きながら、じっとこちらを見ているように飛んでいた蝶。寝間着のままそっと玄関を抜け出ると、それを待っていたみたいに、蝶は夜の中を移動しはじめた。

上下左右に揺れながら、蝶は美代の前を飛んだ。美代とのあいだの距離は、ずっと変わらず、こっちが急げばあっちも逃げ、こっちがゆっくり歩けばあっちものんびりと飛ぶのだった。夕食でお酒を飲んで気持ちがよくなった祖父に、よく夜の散歩に連れ出されていたので、美代は暗がりも夜道も怖くなかった。それどころか、蝶を追えば追うほど安心できる気がした。

丘を下る一本道を、蝶は進んでいった。白いその姿は、月の光を映しているのではなく、ぼんやりと発光しているように見えた。夜の匂いがした。やがて丘の麓《ふもと》まで行き着くと、蝶は境湖へ通じる道に進行方向を変えた。そのとき、蝶は一度だけ空中で止まった。もちろんすっかり止まったわけではなく、翅の動きにつれて小さな身体を空中で揺らしていた。

揺れながら蝶は、

――ほんとにいいの？

そう美代に訊ねているような気がした。

――ついてきて、いいの？

立ち止まって蝶を見上げているうちに、びっくりするほど急に眠気がやってきた。夜道に一人でいて、眠たくなるなんて、不思議だった。

しばらくすると、蝶はまたひらひらと進みはじめた。道をそれ、稲刈りが終わって乾いたばかりの田んぼのほうへと向かった。それは境湖への近道だった。

しかし、行く手に境湖の湖畔が見えてきたあたりで、蝶は突然消えたのだ。

周囲を見渡してみたけれど、どこにもいない。勝手に下りてこようとする瞼を、頑張って持ち上げながら、美代は懐中電灯で足下を照らし、そのまま真っ直ぐに歩いた。やがて満月に照らされた境湖の湖面が見えてきた。月の光が切れ切れになって、細かく震えていた。しかし背が低いせいで、ほんの一部しか見えない。美代は右手に持った鏡を、頭の上へ掲げてみた。鏡面に水の輝きが映り込み、光のかけらたちをつかまえたみたいで、とても綺麗だった。

全身の感覚がふっと消えたのは、そのときのことだ。

そして、気がつけば美代は、ここにいた。

真っ暗な、あたたかい場所。あまりに気持ちがよくて、このままずっと動かずにいたくなってしまう。家に帰りたくなくなってくる。でも、父や母や祖母と別れるのは嫌だ。手に持っていたはずの懐中電灯が消えている。祖父はどこにいるのだろう。瞼が下りてくる。遠くに見える鏡が、揺れながら、滲むように霞んでいく。

――みーちゃん、ごめんね。

遠くで祖父の声がする。全身の感覚が消えようとしている。いろんなものが遠ざかっていく。美代はなんとか唇をひらいて声を返した。

――あたし、鏡を嫌いになってないよ。

自分の声も、どこかずっと遠くで聞こえているようだった。

――鏡も、おじいちゃんも、大好きだったんだよ。

＊　＊　＊

直弥が手にしたペンライトの光を、章也は心細く見下ろした。風が冷たい。月が雲に隠れてしまい、あたりは真っ暗で、建物の明かりが一つも見えない。

「これ、もうちょっと明るいと思ってたんだけどな」

直弥は舌打ちをして、ペンライトの先を地面に向けた。乏しい光が照らし出しているのは、子供用の浮き輪ほどの、ほんの狭い範囲だけだ。

「あっちの懐中電灯を使わせてもらえばよかったんじゃない？」

「でも、こっちが自分のだから……」

庭で宿の主人にああ言われ、いったんは四人で部屋に戻ったものの、やはり美代のことが気になるので捜しに行こうと真絵美が言い出したのだ。

——どうせあんたたち、朝まで起きてるつもりだったんでしょ？

そう言いながら、真絵美は部屋の壁に備え付けてあった懐中電灯を外した。

——あたしたちも、こんなことになってるのに眠れるわけないんだから。ねえ翔子？

——心配だもんね。

——直弥、ペンライト持ってきてるって言ってなかった？

真絵美に言われ、直弥が思い出して自分のバッグを探った。オリオンを見に行くときに使おうと思い、持ってきていたらしい。

四人で宿を出て、美代の名前を呼びかけながら丘を下っていった。そのときは、このペンライトの光がここまで弱いとは思っていなかったのだ。しかし、丘の下で二手に分かれ、宿の懐中電灯を持った姉と真絵美がいなくなってしまうと、とたんに暗さが際立った。

「まあ、ないよりましでしょ。行こう」

章也が促すと、直弥はペンライトで足下を照らしながら歩きはじめた。章也はすぐそばにくっつくようにしてついていった。あたりには何の物音もしない。

直弥が美代の名前を呼びかけ、追いかけるように章也も呼んだ。

「もし道沿いにいれば、通りかかった車の人が声をかけるんじゃないかな」

思いついて言ってみると、直弥は「そっか」と頷いた。

「じゃあ、向こうに行ってみよう。そっちの、畑のほう」

二人でそちらに足を向けたが、しかしそれは畑ではなく、どうやら稲刈りを終えた田んぼらしい。

「ね、ちょっと待ってて」

何か思い出したように、直弥がペンライトを持ったまま離れていった。え、と驚いて追いかけようとしたが、あんなに弱々しい光でも、ないと足下がまったく見えない。硬い稲株につまずきそうで、章也はその場から動けなかった。

「どこ行くの？」

「ごめん、おしっこ。さっきから我慢してて」

ある程度遠ざかったところで直弥は立ち止まり、ペンライトの光を振ってあたりを見回すと、最後にこちらを振り返ってから、ライトを口に咥《くわ》えて前屈みになった。

ふっと冷たい風が首もとを吹き抜けた。

それがやむと、あたりは先程までよりもずっと静かに感じられた。

真っ暗で見えないが、左手には境湖があるはずだ。

——あの湖は、大きな鏡にたとえられて、あっちの世界とこっちの世界が水面でつながっていると考えられるようになったんです。

宿の主人の話が思い出された。

＊　＊　＊

「……章也？」

ズボンのチャックを上げ、さっきの場所まで戻ると、章也の姿がどこにもない。からかわれているのかと思い、直弥は声を出して笑ってみた。その声は暗闇に吸い込まれるようにして消えた。ペンライトで周囲を照らす。右。左。後ろ。章也の姿はない。章也どころか、何もない。建物はもちろん、大きな木も生えていなければ、灌木が茂っている場所もない。どこかに隠れてからかおうとしても、隠れられる場所などない。

「章也？」

もう一度呼びかけてみたが、返事は聞こえない。月を覆う雲が厚くなったらしく、押し寄せるように、あたりの暗闇がいっそう濃くなった。

＊　＊　＊

飯先は助手席に身体を埋《うず》め、先を行くもう一台のタクシーのテールランプを見つめていた。

病院から宿に戻るところだった。あちらのタクシーには創介を抱いた葎と俊樹が乗り、こちらの後部座席には結乃と瀬下夫婦が乗っている。

創介が治療を受けたのは、境湖を迂回《うかい》して市街地を数キロ進んだ場所にある、中規模の総合病院だった。救急病棟はないのだが、当直の医師が創介の搬送を受け容れてくれ、すぐに処置が施された。飯先が医師に銀杏のことを伝え、アレルギー反応を抑制するビタミンB6の注射をするよう依頼したので、なんとか大事には至らずにすんだ。

しかし、銀杏がアルカロイドを含むという重大な事実を、自分は失念していた。もし運が悪ければ取り返しのつかないことになっていたかもしれない。病院の長椅子で創介の治療が終わるのを待っているときから、飯先は声を発することさえできずにいた。

後部座席も沈黙に包まれている。それぞれの思いを窺い知ることはできないが、おそらくは疲れや眠気による無言だけではないのだろう。

先を行くタクシーのテールランプが、目の中で微かな尾を引きながら右へ動く。ほどなく飯先たちのタクシーもカーブを折れ、連なった二台は境湖のほうへと、街灯の乏しい真っ暗な道を進みはじめた。

「……飯先」

不意に、背後から瀬下に声をかけられた。

飯先は僅かに顔を横へ向け、相手の言葉を待った。

「お前のおかげで助かった。お前が医者とやりとりをしてくれたおかげで」

どう応じればいいのか、わからなかった。そのまま言葉を返せずにいると、静かな室内の空気を通じて、瀬下がさらに何か言おうとするのが感じられた。しかしそのとき、前方でぴかりと赤い光がともった。ブレーキランプだ。信号機も交叉点《こうさてん》もない場所で、葎たちが乗ったタクシーが停車しようとしている。

「こっちも停まります？」

ドライバーが確認し、後部座席で瀬下が「停まってください」と応じた。

タクシーが停車すると、それまで気づかなかったのだが、反対側の路肩に軽トラックが停まっていた。前のタクシーから俊樹が降りて、そちらへ近づいていく。よく見れば軽トラックの脇に人影がある。ウィンドウを下ろして確認すると、どうやら宿の若女将のようだ。

飯先たちもタクシーから出た。すぐそばまで近づいてみると、若女将の顔は涙でひどく濡れていた。運転席には宿の主人が乗っている。

「主人の運転で、近くを捜し回ってもみたんです。でも、どこにもいなくて――」

警察に連絡することにしたのだという。

「ですから、皆様にも、ご迷惑をおかけすることになるかもしれません。その、いろいろと警察の人に訊かれたりと」

「もちろん構いません」

俊樹が答え、ズボンの後ろポケットに手を伸ばした。

「もし携帯電話をお持ちじゃなければ、この電話――」

言いかけて、ふと言葉を切る。

俊樹の目は、若女将の肩ごしにある何かを見ていた。相手の視線を追い、若女将は背後を振り返る。飯先たちもそちらを見た。しかし何もない。俊樹は視線を真っ直ぐ前方へ固定させたまま、軽トラックを回り込むようにして、その先に広がる樹林のほうへ近づいていった。

「いま向こうで、何か――」

＊　＊　＊

「駄目だ、翔子、もうこれ消えちゃう」

電池の残量があまりなかったらしく、宿から持ち出してきた懐中電灯の光が、先程から急激に弱くなっていた。真絵美は懐中電灯を手のひらでばんばん叩いてみたが、まったく意味はなく、ためしに光を足下に向けてみると、もう輪郭さえ曖昧になっている。

やがて光は、周囲の暗闇に吸い込まれるようにして完全に消えてしまった。

「……どうする？」

肩がくっつくほど近づいてきて、翔子が不安げな声を洩らす。

「このまま進んで行くの、危ないよね」

どちらの声も、光が消えたことで何故か小さくなってしまった。

直弥や章也と別れて二人が歩いてきたこの小径は、公道ではないのだろう、街灯もなければ舗装されてもいない。周囲からは物音ひとつせず、足を動かすと、靴が砂利の地面にすれる音がはっきりと聞こえた。径沿いの木々のシルエットが、自分たちにのしかかってくるようで、真絵美はいっそう声を落とした。

「直弥たちのとこまで戻ったほうがいいかな」

「そうしようよ」

「道、わかるよね」

「一回しか曲がってないから」

真絵美と翔子は背後に目を向けた。どういうわけか、そちらは闇がさらに濃いように見えた。ここまで歩いてきたときよりもずっと遅い歩調で、二人は小径を戻りはじめた。

しばらく歩いたとき、翔子が背後を振り返り、はっと息をのんだ。

「え、何？」

「……誰か来る」

「美代ちゃんじゃないよね」

「わからない」

小さな明かりが見える。真絵美たちの歩いている小径の先で、微かに動いている。真絵美と翔子はどちらからともなく路傍の木のそばへ身体をずらした。ざらついた樹皮に肩が触れ、苦い木のにおいがする。小さな明かりとともに、足音がだんだんと近づいてくる。すぐそばまでやってくると、相手がこちらに気がついてビクッと立ち止まった。

「ああ、やっと見つけた！」

直弥だった。

「あんた何してんのよ。章也くんは？」

「向こうにいる。美代ちゃんが見つかった！」

（五）

風が、頬に冷たかった。

ロープで美代と章也を引っ張り上げるのに時間がかかったので、もう空はうっすらと白んでいる。

父と母。お客さんたち。みんないる。こんなに大勢で捜していたとは思わなかった。母親の腕の中で眠ってはいるが、あの二歳の創介までいる。自分がやってしまったことの重大さを、いまさらながら美代は思い知らされ、声も出せなかった。

誰の顔を見ることもできず、背後に口をあけた四角い穴を振り返った。

——美代ちゃん？

この穴の底で、美代は章也の声を聞いた。

——そこにいるの？

声はやけに虚《うつ》ろで、妙な反響をともなっていた。やがて、ず……ず……という音が聞こえてきて、それにともなって少しずつ意識がはっきりしてきた。

何かやわらかいものの上に、美代は横たわっていた。布団ほどではないが、体育館で使う体操マットのような硬さと肌ざわりだった。

やがて、美代のいるところまで章也が下りてきた。

つぎに、穴の上から光が射し込まれ、直弥の顔が覗いた。

——章也？

——ここ。美代ちゃん見つけた。

——お姉ちゃんたち呼んでくる！

直弥が穴の入り口を離れ、また真っ暗になった。

章也は手探りで、美代が持ってきた懐中電灯を見つけてくれた。落ちたはずみで蓋が外れ、電池が飛び出てしまっていたが、それも拾って直してくれた。懐中電灯を上に向け、章也はスイッチを入れた。一メートル四方くらいの四角い入り口があった。穴はそこから四メートルくらい、真下に向かってつづいていた。美代たちはその穴の底にいたのだ。

——何なんだろ、この穴。

そう言いながら章也が懐中電灯を前に向けたとき、光の中に浮かび上がったのは、とても奇妙な景色だった。美代たちのいる場所から、前方に向かって広い横穴が伸び、それは畳二枚を縦に並べたほどの奥行きがある四角い空間で、地面には、真っ白いたくさんの……何かが生えていた。

――これ何だろね。

章也が顔を近づけ、やがて何か気づいたように、くんくんと匂いをかぎはじめた。

――あ、ウド？

そう言われ、美代は思い出した。白ウドは、こうして地下に穴を掘り、そこで光をあてずに育てるのだと、いつか台所でウドの皮をむきながら祖父が教えてくれたことがあった。

――美代ちゃん、何でこんな場所まで来たりしたの？

びっしりと並んだウドを眺めながら、章也は心底不思議そうに訊いた。

美代は正直に話した。廊下で話を立ち聞きしたこと。部屋の外を蝶が飛んでいたこと。その蝶についていったら、急にまわりの景色が消えて、気がついたらこの場所にいたこと。四角い穴の入り口を、自分が持ってきた鏡だと思ったこと。

――え……信じたの？

あれが章也のつくった嘘の話だと聞かされたのは、そのときのことだ。

章也は美代に謝ったが、美代はべつに、騙《だま》されたというような思いはなかったので、ただ黙って首を横に振った。

それからまた眠気がやってきて、美代は目を閉じた。そうしたまま、章也がぽつりぽつりとお姉さんの話をするのを聞いていた。

やがて、遠くから母の声が響いてきた。

――お母さん。

美代は思わず立ち上がったが、しかしそこで、急に不安になった。

――叱られないから大丈夫。

章也も腰を上げた。

――大丈夫。

しかし、どうやら大丈夫ではなかったらしい。

並んだ面々の中から、母が目の前まで進み出てきていきなり美代を怒鳴りつけた。これまで聞いた中で、いちばん大きな声だった。夜に家を抜け出したこと。みんなに心配をかけたこと。迷惑をかけたこと。――しかし母は、急に電池が切れたように膝を折ると、地面に座り込んで美代の身体を抱きしめた。

「あんたに何かあったらね……お母さんね……」

母の恰好は変だった。羽織っている上着は、父の作業着だ。その下には、寝間着にしている黄色いスウェットの上下。足には靴下もはかず、庭に出るときの健康サンダルを突っかけている。

「あの――」

章也が、母と、その後ろに立っている父のほうを曖昧に見比べながら近づいてきた。

「あの、違うんです。いや、違わないけど……」

つっかえつっかえ、章也は事情を説明してくれた。繰り返して二度、話した。父も母も、お客さんたちも、最初は明らかに意味がわからないという顔をしていたが、二度目の説明で――章也は単に同じことを二回話しただけなのだけど――全員の顔つきが変わった。みんな、年齢も違うし、男の人も女の人もいるのに、顔の下半分が笑い、上半分が驚いているという、同じ表情になった。母が美代の頰を両手で包み込み、顔を目の前に近づけて、走ったあとのように息を切らしながら呟いた。

「あんた、そんなの……そんな馬鹿なこと……」

馬鹿という言葉に、美代はちらっと章也のほうを見たが、章也は気にしていないようで、同意するように頷いていた。

「本当に、ありがとうございました」

父がお客さんたち全員に向き直り、両手で腿《もも》の前を撫で下ろすようにして深々と頭を下げた。寝間着の膝を握り込み、そのまましばらく頭を上げなかった。父の足下には、美代と章也を引っ張り上げるときに使ったロープが投げ出してある。軽トラの荷台に積んであったものだ。

葎の腕の中で創介が何か言った。しかしどうやら寝言だったらしく、目をつぶったまま笑顔になり、また静かになった。そばに立ったお祖母さん二人――栄恵と結乃が、顔を見合わせて笑いを堪えた。

「でもさ、ほんと――」

真絵美が美代を見て、母を見て、父を見た。

「ほんと、よかったね。お母さんとお父さんのこと、安心させられて」

「ウド穴か」

飯先が穴の入り口に近づいて中を覗き込む。

「これはしかし、蓋もせずに、危ないな。梯子《はしご》もついていない」

父が説明した。

「梯子は、ウドを盗まれたり、中に何か悪戯されたりしないように、作業するときだけ下ろすんだと言っていました。それで、作業が終わったら引っ張り出して、車に積んで持って帰ってしまうらしいんです」

父は付き合いのある農家の人の名前を言い、口の中で何か文句を呟いた。

「ああなるほど。マットはこれ、農具やなんかを上から投げ下ろすときのために敷いてあったんでしょうかね」

「ええ、たぶん」

「まあしかし、無事でいてくれてよかったじゃないですか」

瀬下が飯先と並んで穴を覗き込み、美代のほうを振り向いて頰笑む。

「無事でいてくれさえすれば」

瀬下の言葉に美代は、穴の中で章也から聞いた話を思った。

――ずっと前……僕がまだ生まれる前にね。うちのお姉ちゃんが、ベランダから落っこちそうになったことがあったんだって。

ほんの少し、章也の声には笑いが滲んでいた。

――こんなふうに、マットみたいなのはもちろん下に敷かれてなかったから、もし落っこちてたら、お姉ちゃん、死んじゃってたと思う。

小学二年生のときに、章也は両親からその話を聞いたらしい。

そしてその夜、やけにはっきりした夢を見たのだという。

――お姉ちゃんがそのとき死んでて、ほんとはもうこの世にいなくて、喋ることも、いっしょに出かけることもできないっていう夢。

朝になって目を覚ますと、部屋に翔子の姿がなかった。章也ははっとして姉を呼んだ。返事はなかった。気づけば章也は部屋を飛び出して階段を駆け下りていた。

――お姉ちゃん、麦茶飲みながらテレビ見てた。何だろうって顔でこっち向いて、でもまたすぐテレビのほうを見てた。

その途端、両目に涙がこみ上げた。

――嬉しくて、我慢できなくてさ。

章也は急いでトイレに入り、便座の上に座り込んで、声を出さずにずっと泣いていたのだという。

もし本当にベランダから落ちてしまっていたら、翔子はいまこの場にはいなかった。そうなると、もしかしたら章也だって、ここに旅行に来ていなかったかもしれない。するると美代は章也のつくった話を盗み聞きすることはなく、いま頃は布団の中で眠っていた。似ているけれど同じではない世界が、ここにあったはずだ。しかし、どちらがよかったかというと、美代はいまのほうがいいと思った。翔子が生きているからというのはもちろんだけれど、理由はもう一つある。ここへ来たおかげで、いまここにいるおかげで、美代にはわかったことがあるのだ。ずっとみんなに隠しつづけてきたこと。ずっと自分についてきた嘘――。

「ああ、来たな」

父が丘のほうを振り返った。遠くに人影が見える。ぼんやりと広がる景色の向こうから、祖母がぽつんと歩いてくる。

「さっき、電話をしたんだ。おばあちゃんも、心配してたんだぞ」

歩いて、わざわざ丘を下りて来てくれたのだ。近づいてくる祖母の姿を見つめながら美代は、さっきの母と同じような、いったん怒ってから抱きしめられるというようなことをもう一度されるのだろうかと考え――そうしてほしいと思い――しかし祖母の顔は笑っていた。祖母はお客さんたちに、父よりももっと丁寧な仕草で頭を下げ、それから美代の前にしゃがみ込み、何も言わずに寝間着の裾をズボンに押し込んでくれた。

祖父に会えると思ったのだと、美代は言いたかった。会って伝えたいことがあったのだと。しかし、できなかった。

それが嘘だということが、いまはわかっていたからだ。

死んだ人に会うことなんて、できるはずがない。

この顔に残った火傷の痕が、本当は嫌だった。気にせずにいることなんて無理だった。ずっと苦しくて、つらかった。二度と聞きたくないあだ名をつけられていることも、給食当番のかっぽう着を美代のあとに着るのをクラスメイトたちが嫌がっていることも、宿のお客さんの中に美代の顔をじろじろ見る人がいることも、哀しくて仕方がなかった。何度も何度も、これが夢ならいいのにと考えた。いまこの瞬間が、夢ならいいのにと。鏡を見なくなったのだって、祖父が気にしてしまうのを心配したからではない。これ以上哀しくなったりしたら、自分が壊れてしまいそうに思えたからだ。そして、その全部を、死んだ祖父のせいにしようとする自分にも気づいていた。でも実際は自分のせいだということもわかっていた。

だからあのとき、戸襖の隙間から聞いた章也の話を、信じたふりをした。

そんな自分になりたかったから。火傷のことなんて気にしていない自分、そして鏡を嫌いになんてなっていない自分になりたかったから。

でも、もういい。

もう何も哀しくない。苦しくない。

みんなが自分を捜してくれた。母の手は、火傷の痕がある右の頬と、何もない左の頬を、同じようにあたたかく包み込んでくれた。それだけでいい。

いままで出なかった涙が、急にあふれた。いったん出たら止まらなくなり、胸が勝手に震えはじめ、何も喋れなかった。身体の中まで泣き声と涙でいっぱいになり、気がつけば美代は、両手で母の上着を強く摑んで自分のほうへ引っ張っていた。もうこれ以上は近づけないのに、もっと近くに来てほしかった。泣きつづける美代を、母はきつく抱きしめ、祖母のやわらかな手が、そっと頭を撫でてくれた。

「ねえ、あれじゃないの？」

真絵美が唐突に言った。

誰に言ったのかも、何が「あれ」なのかもわからなかった。

美代は目を上げた。真絵美が視線を向けているのは、境湖の上の、何もない場所だ。

「あ……」

直弥が口をあけ、そのままの表情で固まった。

「オリオン……」

空は白みはじめているので、よくはわからないが、微かに星が散っている。直弥はそれを見ているらしい。

「消えちゃう……あ、消えちゃう」

太陽が顔を出そうとしていた。直弥は追いすがるように数歩進み、その先にちょうどあのウド穴があったので、真絵美と翔子が素早く左右から直弥のベルトを摑んだ。う、と直弥はその場で足を止められ、しかし顔は東の空に向けられたままだった。

やがて太陽が、湖の向こう側の丘を明るく染めた。降りそそぐようなその光は、みるみるうちに周囲へと広がり、丘をすべり下りて湖のへりまで届き、水面を流れた。すべてを包み込みながら、木々の輪郭を際立たせ、まだひらききっていないススキの穂を金色に輝かせ、地面では草の葉先で朝露がきらめいた。光が広がっていくのではなく、世界が眩しいほうへ、明るいほうへ進んでいくようだった。いまが夢でも、夢じゃなくてもいい。こんなに綺麗なのだから、もうどちらでもいい。そんな気持ちで胸がいっぱいになった。名前のわからない鳥が鳴いている。土の匂いがする。やさしい風が吹いて、薄い霧が景色の底を流れる。いろいろなものが息づきはじめている。この光は、いまここにしかあたっていないのだと美代は思った。それはたぶん、生まれて初めての確信だった。こんなに綺麗な場所は、ここにしかない。こんなに眩しい場所は、ここにしかない。

解　説

杉　江　松　恋

すべての灯《あか》りの中には誰かの暮らしがある。

幼いころ、夜行列車に乗っていてふと目が覚め、窓外を過ぎていく家並みを見つめながら畏怖の念に打たれたことがある。あまりにも多くの見知らぬ家並み、その中にどれほど多くの人がいるかを想像し始めて、頭がついていけなくなったのだ。世の中にどれほど自分の知らない人がいて、自分とは違う日々を送っていることか。

小説もまたそうした異なる人生につながる扉であり、畏怖の対象になりうるものであるということを、優れた作品は読者に思い出させてくれる。

道尾秀介も、そうした小説を書く作家の一人だ。

『鏡の花』は、その道尾が二〇一一年から二〇一三年にかけて「小説すばる」誌に発表した作品である。単行本は二〇一三年九月十日に刊行された。今回が初の文庫化である。

道尾作品には一部分のみを読んだときと、全体に目を通した後では中に描かれている事象や登場人物の見え方が異なるものがある。『鏡の花』もその一つで、通読することによって小説全体が収まっている箱の存在が見えてくる仕掛けなのだ。ただし六つの章はそれぞれ独立しており、相互に共通項があることははっきりと明示されるものの、内容に直接の影響関係はない。昔話の登場人物がみな「おじいさんとおばあさん」であっても個々の話ではまったく別人であるのに、意味は近い。

その中で語られるエピソードが一つの出処《しゅっしょ》（たとえば手記など）に起源を持つことが示される、枠物語という形式がある。まったく外形は似ていないのだが、『鏡の花』の読み心地はこの枠物語にも似ている。ただし、目に見えるような形で枠は準備されない。小説をすべて読み終えたとき、読者の目の前にそれは出現するのである。作者がその中に物語を入れて手渡そうとした観念上の箱の存在が、突如として浮かび上がってくる。だからこそ本書は、読み通すことに意味がある。六つの話が入っているのだから連作短篇と呼んでも差し支えないはずだが、続けて読まれるのが適切な小説なのである。

未読の方の興を削がないように配慮しつつ、以下簡単に六つの物語の内容を紹介する。

巻頭の「やさしい風の道」（初出：「小説すばる」二〇一一年三月号）は、章也という少年が姉と共にバスに乗っている場面から始まる。小説の初めでは明かされないが、彼には一つの目的がある。姉弟の家族では、かつて大事な人が生命を落とすという不幸な事件が出来した。それに起因するものなのだ。現実と直に対する前にまず「お話」を作って人に語り聞かせてしまう、という章也の人物設定が、後になって大きな意味を持っている。続く「つめたい夏の針」（初出：「小説すばる」二〇一二年十一月号）も姉弟の関係を軸にした話なのだが、第一章とは逆に高校生の翔子という少女の視点から語りが行われる。彼女は章也のようなお話の作り手ではないが、繰り返し見る夢に心を縛られているのである。

第三章「きえない花の声」（初出：「小説すばる」二〇一三年一月号）は、事故によって夫を亡くした栄恵の物語だ。事故が起きる少し前から、彼女は夫についてある疑念を抱いていた。突然の死によって回答を得る望みは失われ、思いだけが残ってしまう。章題に本の題と同じ花の文字が含まれているが、曼珠沙華《まんじゅしゃげ》が強烈な印象を残す形で用いられた一篇である。本章だけではなく『鏡の花』を構成する六つの物語はすべて、木石草花、あらゆる動植物や自然現象を効果的な形で描いている。たとえば前出の「やさしい風の道」では主人公たちの周囲を吹き抜けていく「あかんぼならい」と呼ばれる春の風が、「つめたい夏の針」では進行する事態の背後でずっと鳴りやまない蟬時雨《せみしぐれ》が、それぞれ強い印象を残す。単に作品の背景であるというだけではなく、自然現象が物語の心象風景を構成するために欠くべからざる要素としてとらえられているのである。本章の最後、主人公の心の中に曼珠沙華の赤ともう一つの色が浮かび上がる場面は、言葉を失うほどに昏《くら》い。

その次の「たゆたう海の月」（初出：「小説すばる」二〇一三年二月号）は、息子の突然の死に直面した夫婦が中心人物となる。息子が死の直前に投函した絵葉書の謎が興味を牽引《けんいん》する話なのだが、謎解きそのものよりも愛する肉親を失った者が味わうであろう欠落感を描くほうに重点が置かれている。

ここまで見てきておわかりのように、本書の各章では、すべて親しい人の死が描かれる。大事な人に先立たれた瞬間から遺された者たちの時間は停止し、答えを求めても得られない堂々巡りの苦しみが始まる。その悲哀を前提とする小説なのである。死の事実は、容易には乗り越えられないほどに重い。それゆえに作者は安易な救済を与えることはせず、登場人物たちを哀《かな》しみの中にそのまま立たせようとする。彼らがそこから先に踏み出せるか否かを読者は固唾《かたず》を呑《の》みながら見守ることになるのだ。

実は単行本版と本文庫では章の収録順が異なり、「つめたい夏の針」が第四章に配置されていた。今回の文庫化にあたり雑誌掲載時の通りに改められたが、これにより第一章と第二章、第三章と第四章の対比がより明確になった。各章の間には呼応する部分もあるので、実際に読んで確かめていただきたい。

第五章「かそけき星の影」（初出：「小説すばる」二〇一三年四月号）は前四篇とは少し趣きが異なり、見知らぬ者たちとの偶然の出会いを主軸にした物語だ。主人公である葎は、母親が重い病で明日をも知れないという日々を送っている。そうしたときに幼い姉弟と出会い、彼らの身の上に起きた出来事を聞かされるのである。道尾作品の特徴である「誰かの暮らしの重さ」が前面に出た章であり、手の届かないところで起きている事態、人の運命のままならなさを強く意識させられる。最後の場面において葎が、まるで無意味な恩寵《おんちょう》のように降り注ぐ光を目撃する場面がいつまでも胸に残る。運命はままならない。しかし人生は美しい。この並び立たないように見える二つの事実がわずかに共存しうる瞬間があることを示し、「鏡の花」（初出：「小説すばる」二〇一三年七月号）へと物語は接続されていくのである。

この最終章については、あえて触れないことにする。前述した通り、物語全体の構造はここで明らかにされる。そこで見える情景をどう解釈するかは読者の自由に任されているのだ。冒頭に夜行列車の窓から見た街、おそらくは決して足を踏み入れることのない他人の街について書いた。最終章を読み終えたとき、その記憶につながる扉がどこかで開くのを感じたのである。あまりにも多くの他人がいる。彼らはそれぞれ、私には知りえない人生を送っている。その事実をしばし嚙《か》みしめることになった読書だった。

最後に、作家の情報についても簡単に触れておく。

二〇〇四年に作家としてデビューを果たした道尾秀介は、主としてミステリーのジャンルで作品を発表し、短期間のうちに知名度を上げた。第六十二回日本推理作家協会賞の長編及び連作短編集部門を受賞した『カラスの親指』（二〇〇八年。講談社→講談社文庫）が好例だが、このころの道尾は伏線の埋設と回収を基軸にしたサプライズの作家として読者に認識されていたのである。言い換えればそれは、ミステリーの汎用的なプロットを最も効果的に使いこなせる書き手として支持されたということであった。

しかし道尾は、一つところに留《とど》まることをよしとしなかった。ミステリーのプロットに依存しない作品は、単行本では二〇〇九年に発表された長篇『球体の蛇』（角川書店→角川文庫）が最初である。とある人物の行動にまつわる謎が小説に存在してはいるが、初期作品の特徴であった伏線回収の要素は顕著ではなく、明らかにそれらとは一線を画している。謎の提示とその解決という要素を主軸にせずとも、主人公がたどっていく人生に寄り添うだけで小説は成立し、読者の感情を動かす物語がそこに現出したのだった。

その『球体の蛇』に雑誌発表では先行していたのが、二〇一〇年に単行本化された連作短篇集『光媒の花』（集英社→集英社文庫）である。収録作六篇はすべて二〇〇七年から二〇〇九年にかけて「小説すばる」誌に発表されたもので、掲載順がそのまま収録順になっている。同作において道尾は、人生のある一場面を切り取り、それを簡潔な言葉で表現することに徹した。まさしく短篇創作の基本といえる態度であるが、プロットではなくキャラクターを重視し、読者の情動を巧みに操ることに長《た》けた現在の作風はこの短篇群の創作過程で確立されたものといっていい。第三章「冬の蝶」と第四章「春の蝶」は続けて読むと暗から明への転換がくっきりとしており、その対照ゆえにそれぞれの作中で描かれる心象風景も鮮やかに記憶される。また、穏やかな情景の中に複数の登場人物の心理状態を織り込んだ第六章「遠い光」の結末はこの作品の中でも特に美しいものである。

『鏡の花』は題名の類似からもわかる通り『光媒の花』の延長線上にあり、姉妹作といっていい。不可逆な人生の残酷さと、瞬間の人生の美しさとを並行して書くという創作の構えはすでに『光媒の花』の中にあり、『鏡の花』はそれをさらに一つの大きな箱の中に物語群を入れて提示するという構成を用いて増強したものといえる。もう一つ重要なのは、先に見たように重要な構成物として背景の自然が使われていることで、これによって本書の文章のディテールは鋭さを増し、以前にもまして現実味のある形で感情が再現されるようになった。すでに完成していた「知」の側面に加え、「情」を道尾は本書で獲得したのだ。

道尾はしばしば理想とする文章を辻斬《つじき》りに喩《たと》える。読者の意表を衝《つ》き、思いがけない言葉でその心を切り裂くという辻斬り文体は、『鏡の花』にこそふさわしい言葉だ。望むところだ、どこからでも来い、という方はぜひ本書を読んでいただきたい。心を斬られる快感を存分に味わえるはずである。


（すぎえ・まつこい　書評家）

初出「小説すばる」
第一章　やさしい風の道……二〇一一年三月号
第二章　つめたい夏の針……二〇一二年十一月号
第三章　きえない花の声……二〇一三年一月号
第四章　たゆたう海の月……二〇一三年二月号
第五章　かそけき星の影……二〇一三年四月号
第六章　鏡の花……二〇一三年七月号

本書は、二〇一三年九月、集英社より刊行されました。

本文デザイン　片岡忠彦
目次・章扉絵　佐伯佳美

道尾秀介の本

光媒の花

認知症の母と暮らす男の、遠い夏の秘密。幼い兄妹が、小さな手で犯した罪。哀しみに満ちた風景を、暖かな光が包み込んでいく。儚く美しい連作群像劇。第23回山本周五郎賞受賞作。

集英社文庫

集英社文庫　目録（日本文学）

水谷竹秀　日本を捨てた男たち フィリピンに生きる「困窮邦人」
水野宗徳　さよなら、アルマ 戦場に送られた犬の物語
水森サトリ　でかい月だな
三田誠広　いちご同盟
三田誠広　春のソナタ
三田誠広　永遠の放課後
道尾秀介　光媒の花
道尾秀介　鏡の花
美奈川護　ギンカムロ
美奈川護　弾丸スタントヒーローズ
湊かなえ　白ゆき姫殺人事件
宮尾登美子　影絵
宮尾登美子　朱夏(上)(下)
宮尾登美子　天涯の花
宮尾登美子　岩伍覚え書
宮木あや子　雨の塔
宮木あや子　太陽の庭
宮城谷昌光　青雲はるかに(上)(下)
宮子あずさ　看護婦だからできること
宮子あずさ　看護婦だからできることII
宮子あずさ　老親《ろうしん》の看《み》かた、私の老い方
宮子あずさ　ナースな言葉 こっそり教える看護の極意
宮子あずさ　ナース主義！
宮子あずさ　卵の腕まくり 看護婦だからできることIII
宮沢賢治　銀河鉄道の夜
宮沢賢治　注文の多い料理店
宮下奈都　太陽のパスタ、豆のスープ
宮下奈都　窓の向こうのガーシュウィン
宮田珠己　ジェットコースターにもほどがある
宮田珠己　だいたい四国八十八ヶ所
宮部みゆき　地下街の雨
宮部みゆき　R.P.G.
宮部みゆき　ここはボツコニアン 1
宮部みゆき　ここはボツコニアン 2 魔王がいた街
宮部みゆき　ここはボツコニアン 3 二軍三国志
宮部みゆき　ここはボツコニアン 4 ほらホラHorrorの村
宮本輝　焚火の終わり(上)(下)
宮本輝　海岸列車(上)(下)
宮本輝　水のかたち(上)(下)
宮本昌孝　藩校早春賦
宮本昌孝　夏雲あがれ(上)(下)
宮本昌孝　みならい忍法帖 入門篇
宮本昌孝　みならい忍法帖 応用篇
三好徹　興亡三国志一〜五
武者小路実篤　友情・初恋
村上龍　テニスボーイの憂鬱(上)(下)
村上龍　ニューヨーク・シティ・マラソン
村上龍　ラッフルズホテル

集英社文庫　目録（日本文学）

村上　龍　すべての男は消耗品である
村上　龍　龍言飛語
村上　龍　エクスタシー
村上　龍　昭和歌謡大全集
村上　龍　KYOKO
村上　龍　はじめての夜　二度目の夜　最後の夜
村上　龍　メランコリア
村上　龍・中田英寿　文体とパスの精度
村上　龍　タナトス
村上　龍　2days 4girls
村上　龍　69 sixty nine
村山由佳　天使の卵　エンジェルス・エッグ
村山由佳　BAD KIDS
村山由佳　もう一度デジャ・ヴ
村山由佳　野生の風
村山由佳　きみのためにできること

村山由佳　キスまでの距離　おいしいコーヒーのいれ方Ⅰ
村山由佳　青のフェルマータ
村山由佳　僕らの夏　おいしいコーヒーのいれ方Ⅱ
村山由佳　彼女の朝　おいしいコーヒーのいれ方Ⅲ
村山由佳　翼　cry for the moon
村山由佳　雪の降る音　おいしいコーヒーのいれ方Ⅳ
村山由佳　緑の午後　おいしいコーヒーのいれ方Ⅴ
村山由佳　海を抱く　BAD KIDS
村山由佳　遠い背中　おいしいコーヒーのいれ方Ⅵ
村山由佳　夜明けまで1《ワン》マイル　somebody loves you
村山由佳　坂の途中　おいしいコーヒーのいれ方Ⅶ
村山由佳　優しい秘密　おいしいコーヒーのいれ方Ⅷ
村山由佳　聞きたい言葉　おいしいコーヒーのいれ方Ⅸ
村山由佳　天使の梯子
村山由佳　夢のあとさき　おいしいコーヒーのいれ方Ⅹ
村山由佳　ヘヴンリー・ブルー

村山由佳　蜂蜜色の瞳　おいしいコーヒーのいれ方 Second Season Ⅰ
村山由佳　明日の約束　おいしいコーヒーのいれ方 Second Season Ⅱ
村山由佳　約束　―村山由佳の絵のない絵本―
村山由佳　消せない告白　おいしいコーヒーのいれ方 Second Season Ⅲ
村山由佳　凍える月　おいしいコーヒーのいれ方 Second Season Ⅳ
村山由佳　雲の果て　おいしいコーヒーのいれ方 Second Season Ⅴ
村山由佳　彼方の声　おいしいコーヒーのいれ方 Second Season Ⅵ
村山由佳　遥かなる水の音
村山由佳　記憶の海　おいしいコーヒーのいれ方 Second Season Ⅶ
村山由佳　地図のない旅　おいしいコーヒーのいれ方 Second Season Ⅷ
村山由佳　放蕩記
村山由佳　天使の柩
群ようこ　トラちゃん
群ようこ　姉の結婚
群ようこ　でも女
群ようこ　トラブルクッキング

集英社文庫　目録（日本文学）

群ようこ　働く女
群ようこ　きもの365日
群ようこ　小美代姐《こみよねえ》さん花乱万丈《からんばんじょう》
群ようこ　ひとりの女
群ようこ　小美代姐さん愛縁奇縁
群ようこ　小福歳時記
群ようこ　母のはなし
群ようこ　衣もろもろ
室井佑月　血《あか》い花《はな》
室井佑月　作家の花道
室井佑月　ああ～ん、あんあん
室井佑月　ドラゴンフライ
室井佑月　ラブ ゴーゴー
室井佑月　ラブ ファイアー
タカコ・半沢・メロジー　もっとトマトで美食同源！
毛利志生子　風の王国

茂木健一郎　ピンチに勝てる脳
望月諒子　神の手
望月諒子　腐葉土
望月諒子　田崎教授の死を巡る桜子准教授の考察
望月諒子　鱈目《たらめ》講師の恋と呪殺。桜子准教授の考察
森絵都　永遠の出口
森絵都　ショート・トリップ
森絵都　屋久島ジュウソウ
森鷗外　舞姫
森鷗外　高瀬舟
森達也　A3《エースリー》(上)(下)
森博嗣　墜ちていく僕たち
森博嗣　工作少年の日々
森博嗣　ゾラ・一撃・さようなら Zola with a Blow and Goodbye
森まゆみ　寺暮らし
森まゆみ　その日暮らし

森まゆみ　旅暮らし
森まゆみ　貧楽暮らし
森まゆみ　女三人のシベリア鉄道
森まゆみ　いで湯暮らし
森瑤子　情事
森瑤子　嫉妬
森見登美彦　宵山万華鏡
森村誠一　壁の目 新・文学賞殺人事件
森村誠一　終着駅
森村誠一　腐蝕花壇
森村誠一　山の屍
森村誠一　砂の碑銘
森村誠一　悪しき星座
森村誠一　黒い神《み》座《くら》
森村誠一　ガラスの恋人
森村誠一　社《しゃ》奴《ど》

集英社文庫　目録（日本文学）

森村誠一　勇者の証明
森村誠一　復讐の花期　君に白い羽根を返せ
諸田玲子　月を吐く
諸田玲子　髭麻呂　王朝捕物控え
諸田玲子　恋縫
諸田玲子　おんな泉岳寺
諸田玲子　狸穴《まみあな》あいあい坂
諸田玲子　炎天の雪(上)(下)
諸田玲子　恋かたみ　狸穴あいあい坂
諸田玲子　四十八人目の忠臣
諸田玲子　心がわり　狸穴あいあい坂
矢口敦子　祈りの朝
矢口敦子　最後の手紙
薬丸岳　友罪
八坂裕子　幸運の99%は話し方できまる！
安田依央　たぶらかし

安田依央　終活ファッションショー
柳澤桂子　愛をこめいのち見つめて
柳澤桂子　生命《いのち》の不思議
柳澤桂子　ヒトゲノムとあなた
柳澤桂子　すべてのいのちが愛《いと》おしい　生命科学者から孫へのメッセージ
柳澤桂子　永遠のなかに生きる
柳田国男　遠野物語
矢野隆　蛇衆
矢野隆　慶長風雲録
矢野隆　斗《とう》棋《ぎ》
山川方夫　夏の葬列
山川方夫　安南の王子
山口百恵　蒼い時
山崎ナオコーラ　「『ジューシー』ってなんですか？」
山田詠美　メイク・ミー・シック
山田詠美　熱帯安楽椅子

山田詠美　色彩の息子
山田詠美　ラビット病
山田かまち　17歳のポケット
山中伸弥　畑中正一　ひろがる人類の夢　iPS細胞ができた！
山前譲・編　文豪の探偵小説
山前譲・編　文豪のミステリー小説
山本一力　銭売り賽《さい》蔵《ぞう》
山本兼一　雷神の筒
山本兼一　ジパング島発見記
山本兼一　命もいらず名もいらず(上)　幕末篇
山本兼一　命もいらず名もいらず(下)　明治篇
山本兼一　修羅走る関ヶ原
山本文緒　あなたには帰る家がある
山本文緒　ぼくのパジャマでおやすみ
山本文緒　おひさまのブランケット
山本文緒　シュガーレス・ラヴ

集英社文庫　目録（日本文学）

山本文緒　まぶしくて見えない
山本文緒　落花流水
山本幸久　笑う招き猫
山本幸久　はなうた日和
山本幸久　男は敵、女はもっと敵
山本幸久　美晴さんランナウェイ
山本幸久　床屋さんへちょっと
唯川恵　さよならをするために
唯川恵　彼女は恋を我慢できない
唯川恵　OL10年やりました
唯川恵　シフォンの風
唯川恵　キスよりもせつなく
唯川恵　ロンリー・コンプレックス
唯川恵　彼の隣りの席
唯川恵　ただそれだけの片想い
唯川恵　孤独で優しい夜
唯川恵　恋人はいつも不在
唯川恵　あなたへの日々
唯川恵　シングル・ブルー
唯川恵　愛しても届かない
唯川恵　イブの憂鬱
唯川恵　めまい
唯川恵　病む月
唯川恵　明日はじめる恋のために
唯川恵　海色の午後
唯川恵　肩ごしの恋人
唯川恵　ベター・ハーフ
唯川恵　今夜 誰のとなりで眠る
唯川恵　愛には少し足りない
唯川恵　彼女の嫌いな彼女
唯川恵　愛に似たもの
唯川恵　瑠璃でもなく、玻璃でもなく
唯川恵　今夜は心だけ抱いて
唯川恵　天に堕ちる
唯川恵　手のひらの砂漠
湯川豊　須賀敦子を読む
行成薫　名も無き世界のエンドロール
夢枕獏　神々の山嶺《いただき》(上)(下)
夢枕獏　黒塚 KUROZUKA
夢枕獏　ものいふ髑髏《どくろ》
養老静江　ひとりでは生きられない ある女医の95年
横森理香　凍った蜜の月
横森理香　30歳からハッピーに生きるコツ
横山秀夫　第三の時効
吉川トリコ　しゃぼん
吉川トリコ　夢見るころはすぎない
吉木伸子　スーパースキンケア術 あなたの肌はまだまだキレイになる
吉沢久子　老いをたのしんで生きる方法

集英社文庫

鏡《かがみ》の花《はな》

2016年9月25日　第1刷　　　定価はカバーに表示してあります。

著　者　道尾秀介《みちおしゅうすけ》

発行者　村田登志江

発行所　株式会社　集英社
東京都千代田区一ツ橋2-5-10　〒101-8050
電話　【編集部】03-3230-6095
【読者係】03-3230-6080
【販売部】03-3230-6393(書店専用)

印　刷　凸版印刷株式会社

製　本　凸版印刷株式会社

フォーマットデザイン　アリヤマデザインストア　　マークデザイン　居山浩二

ISBN978-4-08-745487-1 C0193